무도연지겁 2

武道臙脂劫

연위풍운(連威風雲)

무도연지겁 2

武道胭脂劫

연위풍운(連威風雲)

사마령 지음 · 중국무협소설동호회 중무출판추진회 옮김

중무동 중무출판추진회에서 첫 번역작을 내며

중무출판추진회(위)가 중국무협소설동호회(중무동) 내의 소모임으로 출발한 것은 2007년 6월이었다. 당시 회주였던 고죽옹 님을 비롯하여 십여 명의 회원들은 침체되어 가는 중국 무협소설 시장을 모두 안타까워하며, 중국 무협소설 명작의 번역을 추진하게 되었다.

중국 무협소설에 무한한 애정을 가지고 있는 회원들의 토의를 거쳐 사마령의 『무도연지겁』을 번역하여 출판하는 것으로 의견을 모으고 사업을 추진하였다. 이 과정에서 와룡생, 양우생, 이량, 정풍 등 신구 무협소설 작가들의 많은 작품이 거론되었지만 사마령의 명작인 『무도연지겁』이 번역 대상작으로 선택된 것이다.

이어서 중무출판추진회에서는 번역을 위한 기금 마련을 시작했다. 당시의 기금은 필자를 비롯하여 강호야우, 무림명등, 하리마오, 심랑, 황석공, 죽산, 고죽옹, 출수무심, 허중, 만면소인 등(출자 일시 순) 회원들의 출자에 의해 마련되었다. 기금이 모인 후, 연변예술대학 장익선 교수의 도움으로 중국을 통해 1차 번역을 시작할 수 있었다. 번역 계약은 그해 7월 11일 일사천리로 이루어졌고, 우리 모임을 통해 사마령의 『무도연지겁』이 번역된다는 사실에 모든 회원이 한껏 기대에 부풀어 올랐다.

2008년 1월에 기대하던 1차 번역고가 도착했지만, 이 번역고는 중국 번역가들에 의해 진행되었기 때문에 교정과 윤문이 필요한 상태였다. 그렇기 때문에 윤문을 위한 비용이 필요했고, 그것은 필자의 일부 무협소설 고본을 정리하는 것으로 일부 마련할 수 있었다. 이후에 신춘문예에 당선된 한국예술종합학교 연극원 극작 전공의 김효정 씨가 1차 윤문에 참여해줌으로써 2008년 9월에 1차 윤문이 완성될 수 있었다. 그리고 1차 윤문본은 필자가 2012년까지 틈틈이 문장을 다시 다듬고, 1차 번역고에서 번역이 누락되었던 박본 8권 분량을 새롭게 번역하여 최종 번역본을 완성할 수 있었다.

하지만 번역보다도 더 어려웠던 것은 저작권을 확보하는 일이었다. 대만의 무협소설 중 일부 유명 작가의 저작권은 분쟁 중에 있는 경우가 많이 있었다. 사마령의 무협소설도 이러한 송사에 휩쓸려 있었기 때문에, 저작권 확보를 위해 저작권자를 찾는 것도 매우 어려운 일이었다. 채륜 대표와 함께 백방으로 저작권자를 알아봤으나 결국 찾는 데 실패했다.

시간은 계속 흘러 2010년 6월, 필자는 대만에 갈 기회를 잡았다. 수소문 끝에 중국무협소설사 연구의 권위자인 임보순林保淳 교수를 만날 수 있었고, 그는 필자에게 저작권 문제를 해결해 줄 수 있다는 뜻을 전했다. 하지만 이후 동호회가 둥지를 여러 번 옮기고, 모임지기인 필자 또한 다른 바쁜 일을 핑계로 저작권 확보는 늦어질 수밖에 없었다. 이후 임보순 교수를 통해 얻은 연락처를 통해 저작권자와 연락할 수 있었고, 오랜 협상 끝에 2012년 최종적으로 채륜에서 『무도연지겁』의 저작권을 확보하고 드디어 2013년 오늘에 와서야 마침내 사마령의 『무도연지겁』을 출판할 수 있게 되었다.

　이러한 형태의 중국 무협소설 번역은 중국 무협소설 시장이 점차 줄 어드는 현실 속에서 우리 모임이 찾은 하나의 자구책이 아닌가 생각된 다. 이번 사마령의 『무도연지겁』 출판으로 발생하는 기금 일체는 향후 중국 무협소설 명작을 번역하는데 재투자하는 것을 기본 원칙으로 하 였기에 이번 출판에 기대하는 바가 적지 않다. 아무쪼록 이번 번역 출판 을 지지해주시는 탄묵서생 회주님과 함께 모임을 이루며 이번 번역 사업 을 진행했던 회원님들께 깊은 감사의 말씀을 올린다.

　1권 발간 이후 오랫동안 2권 발행이 늦어졌다. 채륜 대표님의 배려와 중국무협소설동호회 중무출판추진회 회원님들의 성원에 힘입어 드디어 2권을 발간하게 되어 기쁘게 생각하는 바이다. 1권에서와 같이 이번 2권 발행에도 교정을 도와주신 중국무협소설동호회 전 회주이신 허중님께 깊은 감사를 드린다. 앞으로 최선을 다해 마지막까지 완간을 위해 노력 할 것을 약속드린다.

2014년 7월
모임지기 풀잎 배상

시대의 대가 사마령—무협소설의 새로운 시대적 의미

대만에서의 초기(1950~1974) 무협소설 독서 붐에서 알 수 있듯이 무협소설 읽기는 서민의 대표적인 여가 취미 생활 중의 하나였다. 내 고등학교 시절의 선생님은 1965년에 "무협소설은 사회와 민심을 안정시키는 역할을 한다"라고 말한 적이 있다. 사상이 비교적 폐쇄적이었던 당시 사회에서 정말 개방적이고 현실적인 평가였으며 지금 다시 그 시절을 회상하여 보아도 그 의미를 실감하게 된다.

세월이 흐른 후, 새로운 시각으로 사마령을 다시 보다

26부의 『사마령 작품집』은 나의 소년 시절과 동반 성장해 온 성장의 역사라고 해도 과언이 아니다. 어렸을 때는 전집이 다른 소설보다 재미있었다는 것이 기억의 전부였다. 미국에 와서 생활한 이 24년간 연구소에 취직하고 가정을 이루어 아이들의 부모가 된 후에도 늘 사마령의 전집을 다시 읽곤 했다. 어렸을 때의 이해와는 달리 전집은 해외 생활을 한지 얼마 안 되었던 나에게는 향수를 달랠 수 있는 안식처였고 또 긴장한 생활에서 스트레스를 풀며 자유롭게 상상하는 여유를 주는 약이 되었다. 세월이 흐르고 인생의 경험이 쌓여가면서 나는 사마령의 전집을 새로운 시각으로 보게 되고 체험하게 되었다. 사마령의 작품은 한 번 읽으면 또 읽고 싶고 아무리 읽어도 싫증이 나지 않는다. 작품은 소설로서의 예술적인 아름다움을 갖추었을 뿐만 아니라, 다양한 메시지를 독자에게 전달하고 있었다. 그의 작품은 순수한 문학적인 가치와 유불도 3대 종파의 종교 학설뿐만이 아닌 천문, 지리, 의술, 풍수, 고고, 서화 등 아우르지 않은 영역이 없다. 삼라만상을 담은 방대한 내용을 책의 이야기 전개에 자연스럽게 반영시켰을 뿐만 아니라 저자의 견해를 담아 해석하고 있으며 학술적인 설명은 피하고 알기 쉬우면서도 재치 있게 쓰고 있어 독자의 접근이 편하며 큰 공감을 자아내고 있다. 독자가 작품의 생동감 넘치는 서술에 깊이 매료되어 책을 읽고 있으면 자신도 모르는 사이에 유익한 정보를 얻게 되는 것이다. 따라서 많은 사람이 여가 소설을 읽는 것은 일종의 지성적인 여행이 되는 셈이다. 이것이 지식인들이 그의 작품을 즐기는 하나의 이유가 될 것이다. 그의 작품들은 오랜 세월 속에서 검증을 거쳤으며 세월이 흐를수록 새로운 맛을 더해가고 있다.

두뇌 운동 체조

독자들은 사마령의 작품을 읽을 때면 각각 다른 느낌을 체험한다. 하지만 모든 독자가 공감하는 부분은 그의 작품은 추리와 지혜, 모략과 계책이 뛰어나 일본 추리소설이나 서양 탐정소설처럼 추리를 위한 추리와는 다르다는 것이다. 사마령의 추리는 작품 속 등장인물의 일상생활에서 자연스럽게 전개되고 있으며 인물들 사이의 역동적인 관계는 두뇌가 끊임없이 사고할 수 있게 만든다. 작품의 스토리는 한 걸음씩 세밀하게 나아가고, 합리적이며 논리적인 방향으로 전개되고 있어 좋은 사람이 갑자기 나쁜 사람으로 바뀌거나 긍정적 인물이 갑자기 부정적 인물로 바뀌는 극적인 반전이 일어나지 않는다. 다만 복잡한 인물의 심성을 현미경으로 자세히 관찰한 것처럼 드러나게 하고 있어 이야기의 결과가 뜻밖의 내용이 될 수는 있으나 그 과정은 합리적으로 엮어나가고 있다. 책을 읽는 과정은 독자가 두뇌 운동을 하는 과정이 되므로 읽고 나면 후련하고 뿌듯한 느낌이 들게 한다. 한 하이테크기업의 운영자는 자신이 사마령의 작품을 읽고 기업의 운영에『손자병법』보다 더 많은 도움이 되었다고 말하고 있다. 나는 과감히 추천하는 바, 심리학, 커뮤니케이션학, 기업관리학, 책략학, 담판과 협상학 및 기타 관련 학문을 가르치는 교수가 사마령의 작품을 참고도서의 목록에 넣을 것을 추천한다.

생명과학의 새로운 페이지

사마령의 풍성한 창작 기법은 인성에 대한 깊이 있는 이해, 사람의 내면에 대한 통찰과 해부를 제외하고도 무예에 대한 깊이 있는 이해에서도 잘 나타나고 있다.

그의 작품인『제강쟁웅기帝疆爭雄記』에서는 시가와 채찍 편법을 조화롭게 소화하고 있는데 한편으로 시를 읊으며 한편으로 채찍을 휘두르는 부분이 절묘한 조화를 이루고 있다. 또『황허 강에서 말이 물을 마시다 飮馬黃河』에서는 필묵으로 수묵화를 그리는 듯한 검술법으로 독자를 매료시키고 있으며 출중한 무예는 심신의 수련에서 비롯된다는 정신적인 경지를 작품의 '심령수련', '기류의 감응', '의지로 적을 극하기' 등을 통하여 보여주고 있는 바, 일종의 인생철학을 독자들에게 피력하고 있는 부분이기도 하다.

독자들은 대만대학교 이사잠李嗣涔교수가 다년간 국과회國科會의 지원 사업으로 진행하여 왔던 기공프로젝트의 부분적인 연구로 사마령 작품 속 무술묘사의 진실성을 검증하였다는 것을 잘 알고 있다. 우리 선조들의 도가 양생학과 사마령의 무협소설 속의 상상은 현대과학의 그것과 너무나 잘 들어맞는다. 이는 미래 생명과학의 발전을 위해 새로운 한 페이지를 열어놓은 것이 될 것이다. (중국에서도 기공과 같은 학문에 관한 연구가 지속적으로 이루어져 왔고 구체적인 성과를 거두면서 이를 '인체과학'으로 분류하고 있는데 필자는 근세의 서양 생명과학 영역에 큰 이바지 한 것으로 본다. 이 교수는 그의 인생 후반의 학술연구는 이 분야에 중점을 두겠다고 하였다.)

무협소설의 사회적 기능

상관정上官鼎은 사마령을 천재적인 작가로 보았고 고룡古龍, 대만 무협소설 대가은 사마령을 무척 존경하였으며 장계국張系國은 사마령을 '무협소설가의 소설가'로 추대하였으며 섭홍생葉洪生은 사마령이 대만 무협문학소설 창작 역사에 있어서 선인의 성과를 승계하고 후배를 이끄는 교두보의 역할을 하였다고 평가였고, 필자의 부친인 송금인宋今人, 진선미출판사 창시자선생은 사마령을 '신파의 수장'이라고 높이 평가하고 있다.

그의 작품은 전통을 계승하면서도 새로운 창의성을 잘 결부시킨 부분이 독보적이다. 또한, 문자의 구성이 잘 짜여 있었으며 기승전결이 잘 조화된 것이 특징이다. 20여 부의 작품 속의 등장인물들은 저마다 개성이 있어서 비슷하게 전개된 작품은 거의 찾아볼 수 없다. 작품은 여러 부분에서 인류 사회와 법의 질서 및 예의와 교리의 가치를 암시적으로 드러내고 있으며 도덕적 인성이 순기능 순환의 절차에 따라 필연적으로 이루어진다는 것을 암묵적으로 나타내고 있다. 독자는 책을 읽는 중에 스스로 중화 민족의 충, 효, 인, 의의 미덕을 공감하게 되고 무의식적으로 깨달음을 얻게 되며 이런 견지에서 사마령의 소설은 사회적으로 훌륭한 이바지 한 성과작으로 평가해야 한다.

전 세계 화교들이 공동으로 느끼는 정서

미국에서 생활하는 24년간 중화 문화에 대한 더없이 큰 애착을 느끼게 되었다. 개인적인 감상이라면 유럽에 SF소설이 있고 일본에 추리소설이 있다면 우리에게는 『사마령 작품집』이 있음이 자랑스럽다는 것이다. 이 점은 전 세계 화교들이 가슴을 내밀고 21세기로 들어설 때, 우리에게도 중화 문화를 대표하는 대중적인 읽을거리인 무협소설이 있다고 당당히 말할 수 있는 근거가 되어줄 것이다.

진선미출판사 발행인 송덕령
1997년 12월 5일
미국 캘리포니아에서
(글 옮긴이: 박은옥)

사마령을 소개하는 기쁨

사 사마령司馬翎의 본명은 오사명吳思明, 1936년 광둥에서 태어났으며 대만대학 재학 중 『관낙풍운록關洛風雲錄』과 『검기천환록劍氣千幻錄』을 써 독자의 시선을 끌었다. 1989년 세상을 뜨기까지 평생 40여 편의 무협소설을 썼는데, 문체가 깔끔하고 탈속했으며, 인물의 성격도 살아있는 듯 생동적이었다고 한다.

초기 작품으로 『금루의金縷衣』, 『백골령白骨令』, 『학고비鶴高飛』가 있고, 중기에는 『검담금혼기劍膽琴魂記』, 『제강쟁웅기帝彊爭雄記』, 『성검비상聖劍飛霜』, 『섬수어룡纖手馭龍』, 후기 작품으로는 『음마황하飮馬黃河』, 『검해응양劍海應揚』, 『분향논검편焚香論劍篇』 등이 꼽힌다.

한국에는 『음마황하와』 『분향논검편』을 비롯한 여러 작품이 번역되었는데, 그중 상당수가 다른 제목, 다른 저자, 특히 와룡생의 이름으로 나왔기 때문에 사마령의 작품인지도 모르고 본 독자들이 많다. 한국 무협번역업계의 잘못된 관행 때문이지만 사마령 만의 독특한 작품세계를 좋아하는 독자로서는 한국에서 그가 더 많이 알려지지 못한 것, 그 결과 더 많은 작품이 번역되지 못한 것이 아쉽고 안타깝다.

특히 그의 작품 『음마황하』는 내게 남다른 의미가 있는데, 생애 최초로 읽은 무협소설이 이 작품이기 때문이다. 1975년으로 기억하는데, 당시 초등학교 5학년이었던 나는 동네 만화방을 풀방구리 쥐 드나들듯 드나들면서도 만화방 한쪽 벽면을 가득 채우던 책들이 무협지라는 것도, 아니 그 전에 세상에 무협지라는 게 있는지도 모르고 있었다. 그러다가 옆집 형에게서 여덟 권짜리 반 양장본 책을 빌려서 읽게 되었는데, 당시 월부책 장수가 팔고 다녀서 좀 산다 하는 집에 꽂혀있던 여러 권짜리 책 중 하나가 그것이기 때문이었다. 그러니까 월탄 박종화의 『금삼의 피』, 김동인의 『운현궁의 봄』 같은 것들을 빌려 읽다가 그 속에 끼어있던 『마혈魔血』이라는 괴상한 제목의 책까지 읽게 되었던 것.

당시에는 『마혈』이 『음마황하』의 번역제목이었다는 것도, 작가가 와룡생이 아니라 사마령이라는 것도, 그리고 이게 무협지, 무협소설이라는 것도 모르고 그저 역사소설의 하나로만 알았던 나는 이 한국은 분명 아닌 것 같은, 하지만 진짜 중국 같지도 않은 무림이라는 괴상한 세계의 영웅 이야기에 걷잡을 수 없이 빠져들고 말았다. 다 읽고, 또 읽고, 다시 또 읽고 돌려준 뒤 다시 빌려서 또 읽고를 몇 번이나 반복했던지. 생각해보면 그게 오랜 세월 나를 사로잡은 무협 중독의 시작이고, 무협소설을 직접 쓰게까지 한 일의 단초이고, 오늘날의 작가 좌백을 만들게 한 결정적인 계기였던 거다.

만화방 무협지가 무협지임을 알고 탐독하게 된 것은 그로부터 삼 년이나 지난 후였다. 그리고 그때부터 수없이 많은 무협소설을 읽었다. 고룡과 와룡생, 김용을 비롯한 중국작가들, 사마달과 금강, 서효원과 야설록을 비롯한 한국작가들의 세계도 그에 못지않게 좋아했지만 돌이

켜 보면 내 인생의 첫 무협소설을 사마령의 작품으로 시작한 것은 무척이나 다행스러운 일이었다. 그의 작품은 단순한 영웅담이 아니라 협객의 정신이 살아있는 진정한 의미의 무협소설이기 때문이다.

그의 소설에는 협의俠義가 담겨있다. 협의가 무엇인지 고민하고, 자신이 처한 상황에서 옳은 선택이 무엇인지 갈등하는 주인공이 그려져 있다. 협객은 윤리적으로 옳은 일을 하는 사람이 아니다. 그가 따르는 협의라는 가치관은 시대의 윤리가치와 다를 수 있기 때문이다. 협객은 성인군자가 아니라 자신이 생각하는 의를 위해, 가령 실수로 한 약속을 지키기 위해 범법행위를 주저하지 않고 행하는 사람이다. 이런 기준으로 보면『영웅문』1부의 곽정은 협객이라기보다는 대인이고, 군자이며, 민족의 장래를 걱정하는 지사이며, 영웅이다. 거기서 협객은 한순간 자존심 때문에 맺은 약속을 지키기 위해 십수 년의 세월을 바친 강남칠의가 더 적당하고, 나라를 팔아먹은 매국노의 간담을 꺼내 씹은 구처기가 더 어울린다. 그렇다고 곽정에게 협객의 정서가 없었던 것은 아니다. 김용이 협의를 몰랐다고 말하는 것도 아니고.

『영웅문』2부에서 양과의 팔을 자른 곽부를 잡고 그 잘못을 보상해야 한다며 딸의 팔을 자르려고 한, 아마도 황용이 잡아채서 달아나지 않았으면 실행하고 말았을 곽정의 그 정서, 그 가치관은 분명 협객의 정서였으니까.

고룡이 따로 토로한 바 있는 것처럼 무협작가가 늘 협객을 그리는 것은 아니다. 독자는 진정한 협객, 그러니까 밝은 면만이 아니라 어두운 면, 협객의 광휘 뒤에 숨어있는 협객의 그늘까지 그리는 것을 때로는 안 좋아하기도 해서다. 독자들은 사실 협객보다는 성인군자를 더 좋아하

14

는 것 같기도 하다. 그리고 대중소설을 쓰는 무협작가로서는 그 대중의 구미를 맞추어야 할 필요를 느낄 때가 있는 것이다.

하지만 사마령의 작품은, 적어도 내가 읽어본 작품들에서 그는 항상 협객을 그리고 있다. 가령 『분향논검편』에서 주인공 곡창해는 요녀들의 소굴인 적신교에서 피치 못할 선택의 상황에 처하고 만다. 사부의 연인인 천하제일미녀 허홍선을 구하기 위해 마굴에 침투했는데 구할 사람이 둘 더 있는 것이다. 어릴 때부터의 친구인 소녀를 구할 것인가, 아니면 침투한 후에 만났지만, 자신을 도와준 그곳 여인을 구할 것인가. 둘 중 하나만 구할 수밖에 없고, 남겨둔 하나는 적신교 요녀들에 의해 창녀가 될 것이 불을 보듯 뻔한 상황이다. 고민 끝에 주인공은 처음 만난, 하지만 자신을 도운 여인을 구하고, 어린 시절부터의 친구를 남겨두기로 한다. 어린 시절부터의 친구인 소녀는 나중에 어떤 신세가 되더라도, 그러니까 당시의 시대상과 가치관을 생각하면 결정적인 흠결을 지니게 되는 소녀는 자신이 아내로 거두어서라도 평생 보상해 줄 수 있지만, 기본적으로 모르는 사이와 다름없는 여인에게는 그렇게 보상하는 것도 불가능하기 때문이다. 즉 아는 사람을 두고 모르는 사람을 물에서 건져주는 선택을 하는 것, 이것이 협객의 선택이고, 협객이 협객이 될 수 있도록 하는 협의도俠義道라고 작가는 말하고 있는 것이다.

물론 이것은 '나는 이렇게 읽었다'는 이야기이고, 많은 독자는 동의하지 않을 수도 있다. 하지만 이런 해석이 가능할 수도 있게 한다는 바로 그 점에 사마령의 작품이 가진 많은 장점 중 하나가 있다고 나는 주장한다.

한편 사마령의 작품에는 김용의 무초승유초無招勝有招, 즉 '초식 없음이 초식 있음을 이김'—『소오강호』의 독고구검 같은—이나 고룡의 '싸움 없는 승부'—『소리비도』에서 병기보 서열 1위인 천기노인과 2위 상관금홍의 대결 같은—것 또한 있다. '싸움 이전의 승부', 이른바 '기세 대결'이 그것이다.

사마령은 실제로 싸움에 들어가기 전에 마주한 상대의 기세대결을 중시했다. 그의 작품에서는 대결 이전에 이미 기세로 결판이 나서 굳이 칼을 들어 겨루지 않고도 승부를 가르는 장면이 여럿 나온다. 이 작품 『무도연지겁』의 1권에서 그려지고 있는 주인공과 칠살도의 대결 장면 역시 그러하다. 기세만으로 결판은 이미 나 있다. 칼을 들어 겨루는 것은 그 결과를 확인하는 것에 지나지 않는다. 그러니 싸울 필요가 없다고 말하는 것이 아니다. 질 줄 알면서도, 그래서 죽을 줄 알면서도 싸워야 할 때가 있다. 그게 협객이다.

이대로 싸우면 질 게 뻔하니까, 이기기 위해서 기세를 키워야 할 필요가 있다. 그래서 무협이다. 사마령의 작품 속 주인공은 그래서 협객이고, 그의 작품은 그래서 무협이다.

사마령의 작품을 좋아했던 분들에게 참으로 오랜만에 소개되지 않은 작품을 읽을 수 있게 되었음을 축하드린다. 사마령의 작품이라고는 처음 읽어보는 분들에게 드디어 새로운 세계가 열리게 되었음을 진심으로 축하드린다.

어려운 여건 속에서도 사재를 털어 번역 작업을 진행하고 마침내 출간까지 진행한 풀잎 님을 비롯한 중국무협소설동호회 회원분들에게 감사와 경탄의 염을 표한다. 쉽지 않은 작업, 회의적인 시장 상황에도 불구하고 출간을 결행한 채륜의 여러분께 사마령의 독자 중 한 사람으로서, 무협을 좋아하고 직접 쓰기도 하는 한 작가로서 깊이 감사드린다.

계사년 새해에
좌백 올림

慕名駒管窺毒龍槍

連威堡大意落陷井

報大仇詐死　　凶

鬥齒耗青蓮生嗔心

假當真誤入毒火陣

遊山水女尼惹塵緣

度春育枕下藏毒刀

차례

武道胭脂劫

제9장

慕名駒管窺毒龍槍

명구名駒에 호감을 갖고,
독룡창毒龍槍을 엿보다

현지가 놀라서 물었다.

"당신은 그가 마도 문중 사람이라는 것을 어떻게 알았소?"

심우가 말했다.

"그게 그리 놀라실 일입니까?"

현지가 말했다.

"물론이오. 이치대로 말하자면 그가 일찍부터 도법을 드러낸 건 맞소. 그런데 천하가 넓고 인재가 많아도 마도문의 도법은 우리 문파사람이 아니면 그 내력을 쉽게 알 수 없소."

심우는 의아해서 속으로 뇌까렸다.

'음, 이 말이 맞을 거야. 나 역시 이전에 그의 도법을 알지 못했으니까.'

심우는 두 파의 무공을 겸하여 가지고 있는데다 더욱이 소림 고승 자목대사로부터 천하 각 문파 절기의 특징을 들은 적이 있었다. 비록 자목대사가 마도의 특징을 얘기한 적 있지만 려사의 도초刀招와 수법手法이 특이해 심우가 처음에는 알 수 없었던 것이다. 지금 현지 노도인도 이렇게 말하니 자목대사가 잘못 안 것은 아니었다. 심우가 말했다.

"우문등의 마도는 천하를 종횡하며 천하무적이었다는데, 그의 절예를 본 사람 중에는 지금도 세상에 살아있는 사람이 적지는 않을 텐데 어떻게 귀 문파사람만 알아볼 수 있다 하십니까?"

현지가 말했다.

"우문등의 젊었을 때의 도법은 우리 문파 사람들만 아오. 그의 도법이 만년晩年에 와서 이미 최고봉에 다다라, 출신입화의 경지에 이르렀소. 본래 번잡하고 오묘한 초식을 단지 단순한 일도만으로 이 모든 초식의 위력을 발휘할 수 있었다오."

그는 잠시 끊었다가 다시 이었다.

"이런 까닭에 천하 사람들은 아무도 우문등의 이 간단한 일도에 사실 천변만화의 위력이 있음을 알지 못하고, 겉으로 이 일도의 진화 과정의 자취를 알아볼 수 있는 사람 역시 없었소. 그러니 그의 초창기 도법을 본 사람이 있다 해도 그것이 진정한 마도임을 알아보지 못하오."

심우는 공수하면서 말했다.

"도장의 가르침을 받으니 눈앞이 탁 트입니다. 고맙습니다."

현지가 말했다.

"천만의 말씀이오. 빈도는 다만 돌아가신 사형의 말을 들어 알 뿐이오. 빈도는 무공을 조금도 알지 못하오."

심우가 말했다.

"사형의 법호를 어떻게 부릅니까?"

현지가 말했다.

"돌아가신 사형의 성명은 서통徐通으로, 법호는 신기자神機子요."

심우는 공손하게 말했다.

"원래는 서徐 노선배였군요. 제가 알기로는 서 노선배가 비록 직접 세상에 뛰어들어 의로운 일을 한 적은 없지만 그는 오랜 세월 동안 줄곧 그의 절세의 지혜로 높은 덕망과 온 세상의 경모를 받았다 들었습니다. 그런데 이미 세상을 떠났을 줄은 생각지 못했습니다."

현지는 웃음을 머금고 말했다.

"그가 남몰래 쏟은 심혈을 세상에 아직 알고 있는 사람이 있을 줄이야."

그는 이어서 관심 어린 어조로 물었다.

"심 시주가 변장하여 려사를 감시하는 건 그들과 얽힌 무슨 사연이 있으시오?"

심우가 대답했다.

"예, 그는 저를 죽이려 하고 있습니다. 그래서 부득이 변장하고 그를 피해 다니고 있습니다."

현지는 또다시 관심있게 물었다.

"왜 당신을 해치려는 거요?"

심우가 말했다.

"사실 별 이유도 없습니다. 원인이라면 우연히 그가 사람들을 잔인한 방법으로 죽이는 것을 목격하게 됐는데, 그에게 발각되었지요. 그는 제가 무공을 연마한 것을 알고 저를 핍박했습니다. 그런데 그의 마도가 과연 거세어 제가 당해낼 수 없었습니다. 다행히 천명이 다하지 않고, 유리한 지형 탓으로 그의 칼 아래에서 간신히 벗어날 수 있었습니다만 그는 그런 줄도 모르고 저에게 정말로 그런 능력이 있는 줄 알고 끈질기게 저를 핍박하고 있습니다."

현지가 말했다.

"그렇다면 당신은 그에게 쫓기다 이곳까지 오게 된 것이오?"

심우가 말했다.

"그렇다고 할 수 있습니다. 요 몇 달 사이에 저는 한곳에 숨어 두문불출하였습니다. 그러다 제가 성도成都에 이르자 그들도 이곳에 이르렀지요. 그들 역시 제가 성도에 나타날 것을 예상했던 것 같습니다."

현지가 말했다.

"심 시주께선 그를 어찌 상대하려 하시오?"

심우가 말했다.

"그는 고강한 무공을 믿고 사람을 무시합니다. 제가 기꺼이 패배를 시인하던가 아니면 꼭 그의 마도의 허점을 찾아내어 그를 격패하고자 합니다."

현지가 말했다.

"그렇다면 심 시주는 상승의 무공을 연마해서 려사와 맞설 수 있는 실력을 갖추고 있단 말이오?"

심우가 말했다.

"어찌 도장을 속이겠습니까, 제가 전력을 다하여 무공을 시전한다면 려사의 도법이 비록 더없이 고강하다 하더라도 이삼백 초 내에 저를 패배시킬 수는 없을 겁니다. 그렇지만 지금 저의 무공으로 려사를 이길 가망은 전혀 없습니다."

현지가 말했다.

"돌아가신 사형은 싸울 때 승부를 결정하는 것은 흔히 무공이 아니라 지혜라 했소. 만약 그분의 말이 맞는다면 당신이 그를 이기지 못한다고만도 할 수 없소."

심우가 말했다.

"도장의 말씀이 옳습니다. 기지나 계략 따위로 논하자면 제 스스로 총명하다고 자신합니다. 결코 패배를 인정할 수 없습니다."

심우가 머리를 돌려 바라보니 그를 엄호한 노부인과 조카가 벌써 모든 것을 수습한 후 한쪽 옆에 서서 심우를 기다리고 있었다. 심우는 현지 노도인을 향하여 담담하게 웃으며 말했다.

"아마 지금 려사와 애림이 도관 밖에서 가지 않고 있을 겁니다. 그들은 이런 행위를 내가 예상하지 못할 거라 생각하는 거죠. 왜냐하면 그들의 무공과 신분으로는 거리낌 없이 저를 조사할 수 있지만 그렇게 하지 않은 것은 내가 분명 그들이 멀리 가버렸다고 여기고 또 그들이 문밖에서 기다리고 있다는 것을 모른다고 여기기 때문입니다."

현지의 눈에서는 흥분된 기색이 흘러나오며, 연신 머리를 끄덕이면서 말했다.

"그렇다면 당신은 어떻게 그들을 대처하려 하오?"

심우가 말했다.

"기어코 대문으로 나가 그들이 체념하여 물러나게 하겠습니다."

그는 미소를 지었고 웃음 속에는 믿음으로 가득 찼다.

"사실 그는 입이 무겁고 말을 하면 꼭 말한 대로 하는 사람이지요. 그는 어떤 말을 하든 어떤 일을 하든 자신감이 넘치는데다 충분한 증거가 있기 전에는 경거망동을 하지 않습니다. 그래서 저를 놓아주어 도관 밖에서 엿보고 있습니다. 일단 저의 본색을 간파하거나 뚜렷한 허점을 발견하면 비로소 공세를 펼칠 것입니다."

현지는 속으로 찬탄하였다.

"아! 당신의 말은 틀림없소. 그는 분명 그런 생각일 것이오."

심우는 몸을 일으키면서 말했다.

"이만 작별하겠습니다."

현지가 말했다.

"잠깐만 기다려주시오."

심우는 의아해서 물었다.

"도장께서는 어떤 분부가 있습니까?"

현지가 말했다.

"빈도가 려사를 죽일 수 있는 방법을 하나 알려주겠소이다."

심우는 이 제안에 깜짝 놀라며 바라보자 현지가 수염을 만지며 말했다.

"이것은 돌아가신 사형이 남긴 금낭묘계錦囊妙計인데 한번 보시겠소?"

심우는 재빨리 생각하고 나서 말했다.

"제가 묘계를 삼가 받는 것은 무방하지만, 꼭 실행한다고는 할 수 없습니다."

현지는 어리둥절한 기색을 나타내면서 물었다.

"어째서요?"

심우가 대답했다.

"려사가 비록 마도문의 무공을 연성하여 도법이 잔인하고 지독하여 출수하면 꼭 사람을 상하게 하지만 저는 그가 천성적으로 잔혹하며, 심지어 꼭 이유를 만들어 사람을 죽인다고는 생각지 않습니다. 그래서 그를 가볍게 죽일 수는 없습니다."

현지의 창노하고 수척한 얼굴에는 순간 희열과 존경하는 기색이 떠오르며 성실하게 말했다.

"당신은 이 같은 사람이었군요. 아, 마음가짐이 너무도 훌륭하오. 빈도는 다만 당신의 위인이 어떤가를 알아보려고 시험한 것뿐이오. 당신의 품성을 이제 알았으니 빈도가 진심으로 한마디 하겠는데, 이제 또 려사와 만나지거든 그를 더는 따라다니지 마시오."

심우는 잠깐 생각하고 나서 말했다.

"저는 도장께서 가르쳐주신 심오하고 미묘한 도리를 잘 알지 못하겠습니다."

현지 도인이 서서히 말했다.

"천기는 누설할 수 없는 법. 빈도가 말이 많았소. 빈도의 말을 따른다면 그 안에 복이 있을 것이오."

심우는 포권하며 말했다.

"도장의 가르침을 마음속에 새겨두겠습니다. 그럼 이만."

현지는 재빨리 자리를 떠나 곧 한 측문 뒤 작은 틈사이로 밖을 엿보았다. 그가 서 있는 위치는 도관 밖의 형편을 살필 수 있었다. 심우와 한 젊은이가 노부인을 부축하여 도관 문을 나가는 것이 보였다. 거동이 불편한 노부인을 부축하는데다, 심우가 나무함을 어깨에 엊고 있어서 그의 행동이 불편해 보였다.

현지는 문뜩 크게 깨닫는 바가 있어, 다른 방향으로 눈길을 돌렸다. 오른쪽 길옆 두 장되는 나무가 빼곡한 곳에 사람의 그림자가 숨어 있는 것이 보였다. 일남일녀였다. 처음에는 얼굴을 볼 수 없었지만, 그들이 큰길로 걸어 나오자 다름 아닌 려사와 애림임을 알 수 있었다.

현지는 심우가 걱정되었다. 려사와 애림이 심우를 가만 내버려두지 않을 것 같은 생각에서였다. 심우도 려사와 애림이 큰길로 걸어 나오는 것을 보았다. 려사는 심우를 날카로운 눈으로 보았다. 현지는 그가 심우를 주시하는 것을 보고 중얼거렸다.

'형세가 좋지 않구나!'

순간 현지는 심우가 걱정되어 숨이 차올랐다. 애림은 가벼운 걸음걸이로 성쪽으로 걸어갔다. 려사는 잠깐 생각하고 나서야 천천히 몸을 돌렸다. 현지는 려사가 몸을 돌려 가려는 것을 보고 오히려 더욱 긴장했다. 현지는 경험이 풍부한 사람이었다. 그가 지금까지 겪은 바로는 지혜가 뛰어난 사람일수록 돌발적인 행동으로 사람을 놀라게 하는 것을 보았다. 려사가 몸을 돌리려는 행위는 사실 가장 두려운 순간으로 과연 복이 되는지 화가 되는지는 알 수 없는 일이었다.

현지는 눈을 크게 뜨고, 숨을 고르며 이 순간을 주시하였다. 기쁠지 슬플지를 막론하고 빨리 그것을 알고 싶었다. 그렇지 않다면 걱정만 더 커지기 때문이다. 려사가 걸음을 잠깐 멈추는가 싶더니 애림이 서너 장이나 앞선 것을 보고 재빨리 뒤따랐다. 이제 려사가 몸을 돌려 심우에게 다가가서 시비하려고 했는지는 이제 영원히 알 수 없는 비밀이 되어버렸다. 현지는 한시름 놓았고, '무량수불無量壽佛'을 외우면서 몸을 돌려 도관 안으로 들어갔다.

심우도 긴장을 풀고 미소를 지었다. 마음속으론 늙고 고통스러워하는 노부인으로 분장한 할머니에게 매우 감사해 했다. 그가 시간을 계산해 보려 했다면, 그가 도관에서 현지 노도인과 너무 오랫동안 이야기를 나누었다는 것을 알았을 것이다. 그래서 그들의 예상했던 대로 시간이 딱 맞았다면 애림과 려사는 밖에서 기회를 엿보다가 분명 크게 의심을 품고 심지어 그가 뒷문으로 도망쳐 버렸다고까지 생각할 것이다.

그러나 두 사람이 혹시 그를 쫓지 않는다면, 적어도 그들은 이 수상한 일꾼이 바로 거짓으로 분장한 심우라는 것을 이미 눈치챘다는 것이다. 그래서 심우는 할머니에게 걷기도 힘들고 온통 고통스러운 표정으로 위장하게 했고, 그것을 려사와 애림 두 사람에게 보임으로써 그들이 지체한 원인이 할머니의 낙상한 상처 때문이라는 것을 짐작하게끔 했다. 이런 이유로 그들은 당연히 가로막을 수 없었던 것이다.

만약 려사가 생각을 바꾼다면 그것은, 그들은 심우가 그들이 밖에서 기다리고 있음을 알아차렸다고 여겨서 낙상한 할머니는 그들에게 믿음을 줄 수 없다는 것이다. 그러나 려사는 자신들이 밖에서 숨어 기다린다는 사실을 심우가 알고 있다고 생각하지 않았다. 따라서 심우가 일부러 이유를 만들어 낼 수 없다고 생각했고, 결국 려사와 애림은 떠나게 된 것이다.

심우는 의기양양했지만 한편으론 무엇을 잃은 것 같은 느낌이 들었다. 오래지 않아 심우는 낡고 허름한 집에서 마중창과 우득시를 만났다. 심우는 아까 겪었던 일을 두 사람에게 알려 주며 마지막으로 덧붙였다.

"마지막으로 노도사에게 려사와 애림 두 사람이 어떤 곳으로 가는 법을 물어서 알고 갔다는데, 노도사가 제게 그곳이 어딘지 말하지 않아 저로서도 알 방법이 없습니다."

우득시가 말했다.

"젠장. 그 늙은이는 과연 말하기 싫어하는 놈이군. 당신이 그를 핍박했어도 그 늙은이는 말하지 않았을 게요."

마중창이 물었다.

"이번 걸음에서 얻은 게 뭐 있소?"

심우가 대답했다.

"예, 있습니다. 제 생각에는 려사와 애림은 곧 성도를 떠날 것 같지는 않습니다. 한동안은 성도에 머물러 있을 겁니다."

마중창이 말했다.

"무슨 이유가 있는 거요?"

심우가 말했다.

"만약 그들이 즉시 출발한다면 이미 노도사에게서 그곳으로 가는 길을 알았겠지요. 그런데 이곳에 더 머무른다면 두 가지 경우를 생각해 볼 수 있습니다."

우득시가 말했다.

"그게 뭔지 말해보시오."

심우가 말했다.

"첫 번째는 그들이 노도사가 말한 곳을 몰라서 즉시 출발하지 못하고 다시 길을 물으러 올 것입니다."

마중창이 말했다.

"일리가 있군. 그럼 두 번째 경우는?"

심우가 말했다.

"두 번째는 그들이 가는 길을 비록 알지만 그전에 저를 붙잡고 나서 출발하는 것일 테지요. 어쨌든 첫 번째 경우든 두 번째 경우든 조만간에 성도를 떠나지는 않을 겁니다."

마중창이 말했다.

"우리야 그들이 성도에 머물수록 기회가 있으니 나쁠 건 없소이다."

심우가 웃으며 말했다.

"두 분은 마음을 놓으십시오. 그들이 스스로 머문다면 거론할 필요가 없지만 만일 그들이 성도를 떠나려고 한다면 제게 그들의 생각을 돌릴 수 있는 방법이 있습니다."

마중창이 말했다.

"대체 어떤 방법으로 그들을 머물게 할 수 있다는 거요?"

심우는 느릿하지만 힘 있는 어조로 말했다.

"아까도 말씀드렸듯이 그들이 서둘러 떠나면 이미 노정을 안다는 것인데 그렇게 된다면 저를 붙잡기 위해 지체하지 않을 테지요. 그런데 만약 제가 모습을 드러내 려사를 격노시킨다면 려사는 생각을 돌려 저와의 일을 매듭짓고 난 후 그곳으로 갈 것입니다."

마중창이 심우에게 물었다.

"그들에게 붙잡히는 것이 두렵지 않소?"

심우가 대답했다.

"비록 위험하지만 백골총白骨塚의 황금굴을 위해서는 어쩔 수 없습니다."

우득시가 말했다.

"옳은 말이요. 천하에 이런 모험도 하지 않고 어떻게 횡재할 수 있겠소?"

마중창은 망설이다가 겨우 말했다.

"소심의 표정과 말투가 처음 만날 때와 다른 것이 정말 괴이하군."

심우가 미처 입을 열기 전에 우득시가 물었다.

"어떤 점이 다르다는 게요?"

마중창이 대답했다.

"우리가 처음 만났을 때 소심은 횡재할 일에 대해서는 물론 지금과 같이 열심이었소. 하지만 려사와 애림에 대해 말할 때의 표정과 말투가 힘이 없는 것이 오히려 그들을 건드리는 걸 매우 꺼리는 것 같았소."

우득시가 말했다.

"지금은 어떻소?"

마중창은 날카롭고도 세파의 노련함이 담긴 눈길로 심우를 응시하였다.

"지금 그는 불시에 웅심을 왕성하게 드러내며, 조금도 두려워하지 않는 듯하오. 그것은 무의식중에 노출한 것으로, 자세히 보지 않았다면 못 볼 뻔했소."

우득시도 회상하고 나서 머리를 끄덕이면서 말했다.

"당신의 말이 맞소. 심우는 처음과는 달리 자신감도 회복하고 려사와 애림에 대한 태도가 의욕적이오."

그들이 보기에 심우가 소극적인 태도로부터 적극적인 태도로 변하였고 심지어 사람을 압박하는 웅심과 호탕한 기백이 있음을 발견했다. 그들의 이러한 관찰은 정확하였다. 심우가 투지를 회복한 것은 호옥진의 권고를 받아들였기 때문이었다. 그래서 되도록이면 피맺힌 원한을 풀고 싶었다. 결국 흑도 중 투절문의 고수인 마중창과 우득시 두 사람을 찾아서 함께 행동하기에 이르렀던 것이다.

그러나 심우는 소극적인 나날을 너무 오래 보낸 탓으로, 처음 만났을 때는 겉으로는 처음과 같은 소극적인 느낌을 준 것이다. 심우는 려사, 애림 두사람과 지혜와 담력을 겨루고 난 뒤 그의 웅심과 호탕한 기세는 이미 회복된 상태였다. 더욱이 현지 노도인과 이야기를 나누고 나서 그에게 적지 않은 격려와 계시를 받았던 터였다. 심우의 투지에 뛰어난 지혜가 더해지니, 바로 관측에 능한 마중창에게 발견된 것이다. 이러한 것은 매우 자연스러운 일이다. 마중창이 말했다.

"내 말인즉슨 내 생각이 옳다는 것을 확인하려는 것뿐이오."

우득시가 참을 수 없어 물었다.

"무슨 생각인데요?"

마중창이 대답했다.

"처음 소심을 봤을 때는 소심이 우리와 같은 직업의 친구가 아니라고 느꼈소. 그의 몸에서는 우리와 같은 분위기를 찾아볼 수 없었기 때문이오. 그는 오히려 특이한 기질을 가진 사람으로 분명 몸에 절기를 지니고 있었을 것이오."

우득시가 말했다.

"심우가 절기를 지니고 있다면, 더 좋은 일 아니오?"

마중창이 말했다.

"그럴 경우 그의 천성이 사악한지 아니면 정파인지를 보아야 하오. 만일 사악한 무리라면 흥! 우리는 그에게 이용만 당한 뒤 개죽음을 당할 것이오."

심우가 말했다.

"그렇다면 제가 어느 무리에 속한다고 보십니까?"

마중창이 대답했다.

"당신은 정파의 무리에 속하오. 하지만 이해할 수 없는 것은 당신이 어떻게 해서 우리 같은 부류의 규칙과 은어를 아는가 하는 점이오."

심우가 말했다.

"그것은 간단한 일입니다. 제가 그런 직업의 사람을 찾아서 배웠기에 가능한 일이지요."

마중창이 머리를 가로저었다.

"설령 당신이 우리와 같은 직업의 사람을 찾아 모종의 가르침을 받았다 해도 우리 눈을 이토록 감쪽같이 숨길 수는 없소. 더구나 우리 직업의 남북이노南北二老의 비밀 전설인 백골총의 일도 당신이 알다니 말이오."

심우는 한동안 침묵하더니 입을 열었다.

"만약 두 분께서 저를 그래도 믿고 계신다면 처음 계획대로 하는 것이 어떻습니까?"

우득시가 말했다.

"우리가 질문이 많다고 여기는가?"

심우는 진지하게 말했다.

"그렇습니다. 두 분께서는 저에 대해 전혀 모르시는 것이 두 분에게 위험도 없고 시비거리에 연루되지 않을 것입니다."

마중창이 말했다.

"그 말은 오히려 믿음직하군."

마중창은 우득시를 향해 말했다.

"우형, 우리 의논 좀 합시다."

두 사람은 함께 문밖으로 나가자 심우는 할 수 없이 그들의 결정을 기다릴 수밖에 없었다. 얼마나 지났을까. 두 사람이 방으로 되돌아왔다. 마중창이 말했다.

"우리 결정했소."

심우가 물었다.

"어떻게 할 작정이신지요?"

마중창이 대답했다.

"당신과 함께하겠지만 우리의 조건을 수락해야 하오."

심우가 말했다.

"어떤 조건입니까?"

마중창이 말했다.

"당신은 반드시 전력을 다해 우리에게 협조해야 하며 일이 성사된 뒤엔 우리를 모른 체 하면 안 되오."

심우가 말했다.

"예, 받아들이겠습니다."

마중창이 말했다.

"우리가 지도를 얻어서 황금굴을 찾았을 때 반드시 약속한 대로 우리에게 나누어 주어야 하며 혼자 독식해선 안되오."

심우가 말했다.

"물론입니다."

마중창이 말했다.

"당신은 우리와 일하는 동안 어떤 사람도 죽여서는 안 되며 특히 여자아이에게 난잡하게 대해서는 안 되오."

심우가 말했다.

"절대 준수할 것입니다. 다른 조건은 없습니까?"

마중창이 우득시에게 말했다.

"더 보충할 것이 없소?"

우득시가 말했다.

"없소."

심우가 말했다.

"한마디로 결정했으니 이제 일을 시작합시다."

우득시가 말했다.

"나는 가서 그들의 행방을 살펴보겠소."

우득시가 나간 뒤 심우는 즉시 가부좌를 하고, 참선하는 자세로 운공행기運功行氣하고 호흡을 조절하였다. 마중창도 심우가 무공을 연마한다는 것을 알고 방해하지 않기 위해 정원으로 나와 기다렸다. 그러나 그의 머리 속은 쉬지않고 복잡하게 돌아갔다. 이렇게 손을 잡는 것에 대해 더 이상 미심쩍은 부분이 없다는 결론에 이르자 속으로 중얼거렸다.

'운공조식運功調息을 하는 것으로 봐서 곧 손 쓸 일이 있다고 보는 걸까?'

반시진이 지났을까. 심우가 갑자기 큰소리를 질렀고 그의 몸은 몇 치 높이나 뛰어올랐다가 '펑'하며 땅으로 꽂혔다. 마중창은 경악했고 재빨리 심우를 안아서 침상에 뉘였다. 마중창은 다친 곳을 살폈지만 심우는 정상이었다. 사지가 굳어지는 현상도 없었고 안색도 그대로였다. 다만 심우의 두 눈에서 고통스러운 빛이 보여서 그의 혈맥을 주물러 주었다. 잠깐 지나 심우가 몸을 일으키면서 말했다.

"괜찮습니다."

마중창이 말했다.

"도대체 어찌 된 일이요?"

심우는 탄식하면서 말했다.

"저는 아무래도 려사의 칠살마도를 이길 수 없을 것 같습니다."

마중창은 그의 말뜻을 곰곰이 음미하고 나서 말했다.

"너무 조급하게 생각하지 마시오. 만일 우리 일이 순조로우면 당신은 그의 무공 비급을 가져가 연마하면 그를 이길 수 있지 않겠소?"

심우는 머리를 가로저으면서 말했다.

"그렇게 간단한 일만은 아닙니다."

심우는 바닥에 내려서서 의자에 앉으며 또 말을 이었다.

"제가 만일 비열한 방법으로 려사를 격패한다면 그건 완전한 승리가 아닐 겁니다."

마중창이 말했다.

"경우에 따라서는 성공을 위해 수단을 가릴 필요가 없소."

심우가 말했다.

"아, 내가 그를 격패할 기회가 전혀 없는 것은 아닌데, 너무 많은 어려움이 있군요. 많은 난관을 걸쳐야만 비로소 최 상승무공의 심오한 이치를 깨달을 수 있을 것 같습니다."

마중창이 근심스럽게 말했다.

"당신은 원래의 의기소침하고 기운이 없던 모습으로 다시 되돌아갔군."

심우는 그 말을 듣고 마음속으로 놀라면서 말했다.

'아, 이토록 쉽게 변하는 사람이 되었단 말인가? 지난날의 의지력과 결심이 어찌 다 없어졌단 말인가?'

심우는 자기 자신이 불만스러웠다. 그의 내면에서 들리는 소리와 스승의 가르침은 그에게 꾸준히 노력하고 또한 용기를 잃지 말라고 끊임없이 격려하였다. 심우는 변덕이 많고 꾸준한 마음이 없는 자를 가장 멸시하였다. 하지만 심우는 돌연 자신에게 그러한 경향이 있다는 것을 발견하고, 자신이 환멸스러웠다. 심우는 이런 자신을 변화시켜야겠다고 결심하였다. 그는 앙천일소仰天一笑하며 호탕한 기세로 말했다.

"마형이 질책한 것은 대장부가 천추불후千秋不朽의 공적을 이루려면 분발하여 기세를 떨치고 곤란을 극복해야 한다는 것이 아니겠소?"

마중창은 흔연히 말했다.

"그렇소."

이때 어떤 사람이 소식을 전해왔다. 마중창이 그 사람과 몇 마디 나눈 후 심우에게 말했다.

"우형이 가장 능력 있는 네댓 명을 시켜 려사와 애림을 감시하였소. 그가 수집한 정보에 의하면 려사와 애림이 성도를 떠나려 한다 하니 준비를 해야겠소."

심우가 말했다.

"려사와 애림이 지금 어느 곳에 있다 합니까?"

마중창이 말했다.

"그들은 지금 그들이 사용할 물품을 사고 있다 하는데, 그 물품 중에는 건량이 포함되어 있다하니 내가 가서 더 살펴보겠소. 그럼 그들이 구입한 물건으로 그들이 가려는 곳을 짐작해 낼 수 있지 싶소."

심우가 말했다.

"조사할 때 주의하십시오. 그들과 마주치면 일을 그르치게 됩니다."

마중창이 웃으며 말했다.

"물론이오. 걱정말고 여기서 잠시 기다리시오."

마중창은 집을 나와 몇 개의 거리를 지나 손님으로 북적대는 찻집에 들어가 우득시를 만났다. 저녁 무렵이었으나 사람들은 여전히 붐볐다. 우득시는 다짜고짜 마중창에게 말했다.

"그들은 행장을 다 꾸리고 지금 막 저녁밥을 먹고 있는 중이오."

마중창이 말했다.

"아마도 그들은 더 이상 성도에 머물 것 같지 않군요."

우득시가 말했다.

"내 생각도 그러하오."

마중창이 말했다.

"그들이 많은 물건들을 샀다고 들었소. 그들이 산 물건으로 그들이 어디로 갈지 짐작해낼 수 있지 않겠소?"

우득시가 말했다.

"글쎄요. 이것은 쉽지 않소. 그들은 옷과 양말, 신, 건량을 더 사들였고 또 여기 특산품도 몇 개 샀는데 아마 지인들에게 주려는 것 같소."

마중창이 말했다.

"그렇다면 다른 데서 정보를 얻어야 할 것 같소. 만약 수레 끄는 자를 고용한다면 분명 유류자劉瘤子의 수레일 테니 사람을 파견해서 그들을 대신해서 수레를 끌게 한다면 여러모로 편리하게 되지 않겠소."

우득시가 말했다.

"좋소. 그렇게 합시다."

그들은 모든 것을 마련한 뒤 사람을 시켜 심우에게 먹을 것을 보내는 것을 잊지 않았다. 또한 그들도 거뜬한 차림으로 출발하기를 기다렸다. 그들은 만일 려사와 애림이 큰길을 따라 남쪽으로 간다면 장강長江 변두리까지 마중창과 우득시 두 사람이 잘 아는 길이라 기회를 봐서 손을 쓰기로 하였다. 만약 려사와 애림이 남쪽으로 가지 않는다면 심우가 나타나 그들을 유인해서 성도로 되돌아오게 하도록 하였다. 우득시와 마중창은 찻집에서 간단한 음식을 시켜놓고 먹고 있었다. 우득시가 말했다.

"마형, 당신은 처음보다 더 이 일에 더 힘을 쏟고 있소. 무슨 이유가 있소?"

마중창은 곱창과 말린 닭고기를 청하여 시원스럽게 뜯어 먹으며 말했다.

"심우의 사람됨을 믿기 때문이오. 그는 우릴 속이지 않을 거요. 게다가 심우는 우리가 황금굴을 찾은 뒤에 자기 몫마저도 요구하지 않을 것이오."

우득시는 잠깐 멍해졌다.

"만약 그렇다면 오히려 좋지 않소."

마중창이 말했다.

"좋지 않다니오?"

우득시가 말했다.

"자고로 '사람은 돈을 위해 죽고 새는 먹이를 위해 죽는다'고 하였소. 그가 돈 때문이 아니라면 어떤 까닭으로 머나먼 성도에 왔으며 또 그가 그의 몫을 요구하지 않는다면 어찌 믿을 수 있겠소?"

마중창은 머리를 가로저으면서 말했다.

"세상의 이치대로 말한다면 당신 말이 맞소. 하지만 심우는 평범한 사람이 아니오. 게다가 우리와 같은 부류의 사람도 아니오."

우득시는 어리둥절해서 물었다.

"그는 어떤 사람이요?"

마중창이 대답했다.

"그는 무림인물로 천하를 떠돌아다니는 협객이오. 아무리 많은 황금이라도 그의 마음을 움직일 수 없소. 그에게 제일 중요한 일은 려사를 격패하는 일이고, 그래서 천하의 영웅이 되어 편안히 눈을 감는 것이오."

우득시가 말했다.

"그 말이 사실이오?"

마중창이 말했다.

"당연하오. 우리의 교분이 이십여 년인데 아직도 내 말을 믿지 못한단 말이오?"

우득시가 말했다.

"믿지 못하는 게 아니라 모든 게 너무 괴이하다고 느낄 뿐이요."

마중창이 말했다.

"당신이 하늘을 찌를 듯한 그의 호탕한 기세를 봤다면 아무 의심도 하지 않고 믿었을 것이요."

우득시가 말했다.

"당신이 이렇듯 한 사람을 놓고 칭찬을 다 하다니 믿지 않을 수 없소."

마중창이 말했다.

"심우와 같은 사람은 신용을 지키고 약속을 중히 여길 뿐만 아니라 만약 그가 천하 무림의 큰 인물이 된다면 그와 우정을 쌓은 것이 오히려 우리에게 자랑이 될 것이오. 그렇게 되면 그 어떤 사람도 우리를 감히 업신여기지 못할 것이요."

거리에 이미 어둠이 내렸고, 화려한 등불은 밤하늘에 별과 같았으며, 번화한 도시의 거리는 휘황찬란했다. 거리에 한 쌍의 남녀가 있었는데 행인들의 주목을 끌었다. 그들은 백색과 은색의 겉옷을 걸치고 있었고, 남자는 비록 서생의 복식을 갖췄지만 칼을 찼고 한 손에 행낭을 들었으며, 여인의 날씬하고 맵시 있는 걸음과 자태는 더없이 황홀하여 사람들이 한 번 더 눈길을 돌리지 않을 수 없었다.

그들은 수레를 빌려주는 가게 앞에서 걸음을 멈추었다. 가게 안에는 너덧 명되는 사나이가 있었고 그들은 모두 형형한 눈길로 그들을 바라보았다. 그중 한 사람이 마중을 나왔고 웃음 띤 얼굴로 허리 굽혀 인사하면서 말했다.

"두 분 손님, 수레를 빌리실 겁니까."

칼을 찬 흰옷의 서생은 려사였다. 그는 섬뜩한 눈빛으로 수레 주인을 눈여겨보며 냉랭하게 말했다.

"그렇소."

주인은 마치 한 줄기의 싸늘한 도기가 얼굴을 스쳐 지나가는 느낌이어서 목을 움츠렸다. 그는 려사의 눈길을 회피하려고 흰옷의 미녀를 보았는데 싸늘하고 날카로운 한 쌍의 눈길과 또 한 번 부딪치고는 놀란 나머지 몸을 움찔했는데 하마터면 소리를 지를 뻔했다. 이 주인은 각양각색의 사람들을 다 보았지만, 이같이 두려운 눈빛을 가지고 있는 사람은 처음이었다. 그는 더듬거리면서 말했다.

"손님께선 어디로 가시려 합니까?"

려사가 말했다.

"묻지 말고 좋은 수레나 하나 주시오. 어딜 가도 가겠지."

주인은 쓴웃음을 지으면서 말했다.

"손님께서 행선지를 밝히지 않으시면 값을 어떻게 정할 수 있겠습니까?"

려사는 자그마한 금덩이 하나를 그의 손에 쥐여 주면서 말했다.

"값은 넉넉하게 쳐주겠소. 단 수레를 모는 자가 우리말을 잘 들어야 할 것이오."

주인은 금덩이를 보자 수백 리 밖의 장강 변두리까지 간다고 짐작하고 연신 대답하고 머리를 돌려 한 말몰이꾼에게 빨리 말을 메서 떠날 준비를 하라고 당부했다. 이렇게 해서 려사와 애림은 수레에 타고 어둠 속에서 성도를 떠났다. 수레는 남쪽 교외로 달렸고 말몰이꾼은 수레 뒷면을 향해 계속 쳐다보았다.

그가 말을 몰자 뒤에서 어렴풋하게 말발굽 소리가 들렸다. 그래서 머리를 돌려 확인하려 했지만 아무것도 보이지 않았다. 그의 귀에는 드문드문 수레 안의 아름다운 한 쌍의 젊은 남녀의 웃음소리와 말발굽 소리가 들려왔다. 미녀의 은방울 굴리는 듯한 웃음소리를 듣고 있노라니 비천한 말몰이꾼인 그도 마음속이 근질거려 왔다.

마차는 캄캄한 어둠 속을 오랫동안 달렸고 한 마을을 지나게 되었다. 어떤 집 문밖에 등불이 걸려 있었다. 말몰이꾼은 수장 밖을 보다 명확하게 볼 수 있게 되었을 때 재빨리 머리를 돌려 수레 뒤를 보았다. 그러나 수레 뒤쪽은 휑하니 아무것도 뒤 따라 오는 게 없었다. 그렇다면 오는 도중 수시로 들려왔던 말발굽 소리는 뭘까? 수레는 계속해서 달렸지만 밤중이어서 시야가 어두워서 앞을 잘 인식할 수 없게 되자 속도가 점점 느려졌다. 또 어느 정도 지나자 말몰이꾼은 수레 뒤편에서 들려오는 말발굽 소리를 들었을 뿐만 아니라 아울러 앞에서 들려오는 다급한 말발굽 소리도 들렸다. 그는 이맛살을 찌푸리며 중얼거렸다.

"이 삼경三更 야밤에 저리 빨리 달리다니. 미친 사람이 아니고서야."

눈 깜짝할 사이에 두 필의 말이 맞은편에서 달려왔고 수레에 걸려있는 풍등 불빛 아래에서 말몰이꾼은 말을 탄 사람의 얼굴을 볼 수 있었다. 말몰이꾼은 수레를 몰아 앞으로 계속 내달렸다. 수레 안의 두 사람은 오히려 이야기를 시작했다. 려사가 말했다.

"두 필의 말이 한밤에 질주하는 것을 보니 급한 일이 있나 보오. 내가 보기에 그들은 무림인이지만 어느 파인지는 짐작을 못하겠소."

애림이 말했다.

"짐작해내는 것이 오히려 이상하지요! 내 생각에는 사천에 아미峨嵋,

44

청성靑城과 독약 암기에 능한 당가唐家 등 천하에 위명을 떨친 문파를 제외하고도 위명이 높지 않은 문파만 해도 일곱, 여덟 개나 되지요. 그 밖에도 이곳에서 단체를 결성해 문파를 세운 것만 해도 적어도 백 수십여 개 문파죠. 이렇듯 무풍武風이 성하여 이에 비할 만한 곳이 더 없을 정도죠. 그러니 당신이 사천에서 무림인을 만나더라도 그의 문파를 가려내는 것은 힘든 일이 될 거예요."

려사가 말했다.

"지당한 말이요. 조금 전 말 위의 두 사람은 눈빛이 강렬했고, 사람을 핍박하는 잔인한 기세는 그들이 무공을 높다는 것이며, 안력 또한 뛰어나 야밤에도 지장 없이 사물을 가려서 보는 이 기세는 무공으로부터 단련한 기술이라는 것을 알 수 있소. 이런 사실에 근거하면 그들은 출신이 절대 여느 평범한 문파가 아닐 것이오."

애림이 말했다.

"음. 그들의 말안장 옆에는 다섯 치 길이쯤 되는 단강창短鋼槍이 있었는데 무게가 무거워 보였어요. 이런 병기는 모두 기이한 병기라고 할 수 있지요. 대체 어떤 문파에서 이처럼 민첩하고 용감한 인물을 배출해냈는지 궁금하군요."

려사가 말했다.

"다시 되돌아가서 보겠소?"

애림이 말했다.

"아휴. 그만두세요. 무슨 볼만한 것이라고!"

려사는 망설이다가 말했다.

"만약 그들이 단강창에서 놀랄만한 조예를 갖고 있다면 그들을 전수한 사람을 짐작할 수 있을 테고 나 또한 그 사람과 겨루어 보고 싶소."

애림이 말했다.

"당신의 도법이 천하제일인 것은 의심할 바 없으니 더 확인할 필요가 없어요."

려사가 말했다.

"현재 나의 도법으로 진정한 일류 고수를 만난다면 십중팔구 비관적이오."

애림이 말했다.

"그럴 리가 없어요?"

려사가 말했다.

"정말이오. 심우만 해도 그는 가전 절학과 불문고수의 양가 절기를 겸하였소. 물론 아직은 최고의 경지에 이르지 않았다지만 적어도 나의 칼을 벗어날 수 있는 것은 분명하오. 지금의 내 실력으로는 아직 그를 죽일 수 없소. 그러니 내가 각대 문파의 절정의 고수를 만나면 패할 수도 있소."

애림이 말했다.

"당신은 심우를 안중에 두지도 않으면서 또 그를 죽일 실력이 안 된다고 생각하다니 이상하군요. 당신 생각은 틀렸어요."

려사는 애림의 이 같은 태도에 속으로 흥취가 일어 생각했다.

'그녀는 줄곧 심우의 화제를 회피하였는데 뜻밖에 나를 충고하여 심우를 경시하지 말라고 하다니 나를 비호하는 것인가.'

그가 말했다.

"나의 어떤 곳이 잘못되었다는 거요?"

애림이 말했다.

"심우가 어릴 적에 당시 많은 명문고수들이 그의 골격이 좋다고 칭찬한 적이 있었어요. 그들은 모두 한결같이 그가 가전무공을 배운 뒤에는 반드시 무림 중 백 년에 한 번 나타날 드문 인물이 될 것이라 칭찬하였지요. 게다가 그는 지금 두 파의 무공을 겸하였는데 당신이 오히려 그를 격패하였으니 정말 대단한 거 아니겠어요?"

려사는 애림의 말을 가로막으려다가 입을 다물었다. 한참 지나서 애림이 낮은 소리로 말했다.

"아까 말발굽 소리 있잖아요. 그 두 필이 되돌아올 것 같은데 안 그래요?"

려사는 고개를 끄덕였다.

"내 생각도 그러하오. 두 필의 말 가운데 한 필은 훌륭한 준마였소. 내 귀엔 그 준마의 말발굽 소리가 점점 가까이 들리고 있소."

려사와 애림이 한동안 이런 얘기를 나누는데 말몰이꾼 역시 다급히 뒤쫓아오는 말발굽 소리를 들었다. 말몰이꾼은 직감적으로 불길한 느낌이 들어 말고삐를 단단히 쥐고 말을 재촉해 질풍같이 내달렸다. 마차의 속도가 빨라지자 마차는 격렬하게 흔들렸다. 말몰이꾼이 한창 말을 몰아 질풍 같이 달리다 돌연 한 필의 말이 더 불어난 것을 보았다.

말몰이꾼은 놀라서 눈을 비비고 다시 바라보았는데, 어둠 속에서 과연 한 필의 검은 말과, 수레를 끌고 있는 두 필의 말과 나란히 달리고 있음을 보았다. 그 말은 전신이 온통 새까맣고 윤기가 돌았다. 그는 이때에야 문득 짚이는 게 있었다. 줄곧 말발굽 소리가 들렸지만 말의 그림자가 보이지 않았는데, 알고 보니 이 검은 말 때문이었다. 뒤에서 들려오는 말발굽 소리가 점점 더 가까워 왔다. 말몰이꾼은 그 검은 말을 상관할 겨를 없이 머리를 돌려 뒤쪽을 향해 바라보았다.

이때 마차와 뒷면의 두 필의 말의 거리는 겨우 삼장 밖에 안 되었다. 말몰이꾼이 바라보고 있을 때 갑자기 어떤 물건이 그의 귓가를 가볍게 스쳤다. 한순간이었지만 그의 얼굴이 점점 뜨거워지면서 아팠다. 그는 깜짝 놀라 목을 움츠렸고 몸을 구부리면서 마차를 멈춰 세웠다. 그 두 필의 말이 가로질러 수레 옆에 붙어섰다. 두 필의 말 중에 한 필의 말에 탄 기사가 거칠게 욕설을 퍼부었다.

"너 이놈, 어딜 도망치는 거냐?"

다른 한 기사는 말을 탄 채로 긴 팔을 휘둘러 말몰이꾼의 뺨을 한 대 갈기며 쟁쟁한 소리를 발출했다. 이 일장은 힘이 있어 말몰이꾼은 하마터면 땅바닥에 떨어질 뻔했다. 말몰이꾼은 너무 아파서 '앗'하고 소리를 질렀다. 려사는 수레 안에서 머리를 내밀고 덤덤하게 말했다.

"야아! 웬 놈들인데 차를 막고 사람을 친단 말이냐?"

말을 탄 한 사람이 사납게 말했다.

"당신은 상관이 없으니 빠지시오."

려사가 말했다.

"그 사람은 내 마부인데 어찌 상관을 안 할 수 있소."

그 기사가 말했다.

"묻지도 말라."

먼저 출수하여 때린 그 사람이 말몰이꾼의 멱살을 움켜쥐고 흔들며 소리쳤다.

"내 검은 말은?"

말몰이꾼은 황망히 말했다.

"저기…… 저기에 있습니다……."

그들이 눈을 돌려 쳐다보니 과연 수레를 끌고 있는 말 두 필 옆에 반지르르한 한 필의 검은 준말이 서 있는 것을 보고 모두 기쁜 기색을 나타냈다. 그중 한사람이 말했다.

"좋소. 잠시 후면 주룡朱龍이 적수가 생기니, 한번 다리 힘을 겨룰 수 있겠소."

다른 한 사람이 말했다.

"이 검은 말이 풍채가 뛰어나서 주룡보다 강할 것이오."

그의 동반자가 말했다.

"그 말話은 믿을 수 없소. 주룡이 이곳 천강川康 땅 위에서는 만마지왕萬馬之王이라 할 수 있지. 이 말이 비록 비범하나 주룡하고 비할 바가 못 되오."

애림은 참을 수 없어 욕설을 퍼부었다.

"허튼소리들 말아요."

두 용맹한 기사는 놀라서 돌아보았다. 애림은 마차 밖으로 뛰어내려 모습을 나타냈다. 그의 깨끗한 머리카락과 옷깃은 모두 솔솔 부는 저녁 바람에 휘날려 날씬한 그녀의 자태를 더욱 아름답게 하였다. 두 기사는 그녀를 자세하게 눈여겨보았는데, 애림에게 음탕하고 예의에 어긋나는 인상을 풍기지는 않았다.

그들은 애림의 아름다운 모습에 넋을 잃었다. 그들이 애림을 보는 태도는 하나의 예술품을 감상하듯 아름다움을 찬탄하였고 욕정 같은 것은 아니었다. 그래서 려사도 굳이 그런 그들을 탓하지 않았다. 려사는 수레 밖으로 나와서 말했다.

"저 말은 낭자의 말이요. 주인이 있는데 무슨 소릴 하는 게요?"

두 사람은 려사를 보았다. 그중 한 사람이 말했다.

"나는 이기李奇요. 저 사람은 장일풍張一風이라 하오. 당신의 존함은 무엇이며 이 낭자의 존함은 또 어찌 되오?"

려사는 이름을 알려주며 말했다.

"이 애 낭자는 나의 벗이요."

이기가 말했다.

"우리는 갈 길이 바빠 길게 말할 시간이 없소. 이 검은 말을 사고 싶소. 어디 값을 불러 보시오."

애림이 그들을 향해 욕하려 할 때 려사가 먼저 말했다.

"과연 두 분 노형의 안목은 참으로 고명하시오. 이 깜깜한 밤에 한번 보고도 이 말이 평범한 말이 아님을 알아보다니 대단하오."

이기와 장일풍은 려사의 말에 기분이 좋았다. 장일풍이 말했다.

"우리에겐 수백 필의 좋은 말이 있기 때문에 말을 볼 줄 알지만 이런 것을 재간이라고 할 수는 없소이다."

이기가 말했다.

"려형, 어디 값을 불러 보시오."

려사가 말했다.

"좋소, 좋소. 두 분은 이 말의 값을 얼마로 해야 적당하다 보오?"

애림은 려사가 농담한다는 것을 알아채고 말했다.

"충고하건대 이 말을 사지 마세요."

그녀의 말은 두 사람을 놀라게 했다. 이기와 장일풍은 의아한 눈빛으로 그녀를 쳐다보았다. 비록 희미한 등불빛 아래지만 그들은 그녀를 매우 뚜렷하게 식별할 수 있었다. 이기는 흥미를 가지며 물었다.

"애 낭자께선 왜 그런 말을 하시오?"

애림이 대답했다.

"이 말이야말로 다루기가 힘들기 때문에 우리 두 사람은 감히 이 말을 타질 못해요."

장일풍은 크게 웃더니

"아하, 그런 일이구만. 하지만 애낭자, 걱정 마시오. 우리야말로 성깔 사나운 짐승을 전문적으로 조련하는 사람이오."

이기가 말했다.

"려형이 시원스러워 지금 우리들더러 값을 결정하라고 한 이상 정직하게 값을 대겠소이다."

그는 검은 말을 주시하며 말했다.

"당장이라도 이 말로 바꿔 탈 수 있소이다."

려사가 말했다.

"도대체 얼마를 지불하겠소?"

장일풍이 말했다.

"우리에겐 다 방법이 있소."

이기가 검은 말로 다가가 말고삐를 잡아당겼는데 검은 말은 꿈쩍도 하지 않아 짐승 같지 않고 마치 영민하고 지혜가 있는 사람과 같았다. 용맹한 이기는 무심결에 소리를 지르면서 감탄했다.

"아, 아. 좋다. 정말 좋은 말이다. 분명 완서宛西의 명품이다."

그의 목소리는 경탄과 애모의 정이 가득 찼고 그야말로 더할 나위 없이 검은 말 앞에 꿇어앉아 절이라도 할 태세였다. 마치 숙련공이 아름다운 옥을 발견한 것처럼 말을 탐내어 갖고 싶은 욕망으로 가득 찼을 뿐 아니라 말에 대해 경건하고 숭고한 경의로까지 변하였다. 이어서 그는 말안장을 잡고 능숙한 동작으로 용맹하게 말 등에 뛰어올랐는데 자세가 기마술의 고수였다.

애림은 그가 꿋꿋이 말안장에 앉은 자세를 보고 그 말과 어울리는 것 같고 빈틈이 없어 마음속으로 감동을 했다. 애림은 좀 더 두고 보기로 하고 말에게 신호를 하지 않아 이기를 조롱하지 않았다. 그녀는 되려 '쉬' 하는 낮은 소리를 냈는데 이것은 말더러 명령에 복종하라는 것이었다.

이기는 약간 몸을 일으켰고 두 다리를 모으고 두 손으로 가볍게 두드리자 이 검은 말은 삽시간에 시위를 벗어난 화살 마냥 매우 빠른 속도로 앞으로 질주했다. 말발굽 소리는 어둠 속에서 삽시간에 멀리 사라졌다. 장일풍은 큰소리로 웃으면서 말했다.

"아, 정말…… 정말 좋은 말이요."

려사는 괴상해서 팔꿈치로 애림을 슬쩍 치면서 낮은 소리로 말했다.

"당신은 왜 저자가 편안하게 떠나게 했소?"

애림이 말했다.

"그는 일류의 기사예요."

려사가 말했다.

"이것을 가리켜 상품은 값어치를 잘 아는 사람에게 팔린다고 하는 것이에요?"

그들은 모두 가벼운 소리로 웃었고 애림은 즉시 그에게 알려주었다.

"염려 말아요. 그는 말의 힘을 시험해볼 뿐이니까, 한 바퀴 돌고 돌아올 거예요."

려사가 말했다.

"나는 말을 사 본 적이 없어서 이런 규칙은 잘 모르겠소."

애림이 말했다.

"어렵게 생각할 거 없어요. 장일풍이 여기서 그를 기다리고 있잖아요?"

려사가 말했다.

"나는 그에겐 관심이 없고 오히려 갈기가 붉은 저 말이 매우 마음에 드오."

애림이 말했다.

"저것은 좋은 명구名駒로 다리 힘이 나의 오연표烏煙豹에 뒤지지 않죠."

려사가 높은 소리로 말했다.

"장형, 당신이 타고 있는 말을 주룡朱龍이라 하오?"

장일풍이 말했다.

"그렇소이다."

려사가 말했다.

"그 말의 값은 얼마나 나가오?"

장일풍이 말했다.

"나도 잘 모르오. 이 말은 우리 보주堡主의 애마인데 아마 황금 만 냥에도 안 팔려할 게요."

려사가 말했다.

"귀보에서는 많은 말을 기르고 있지 않소?"

장일풍이 거드름을 피우며 말했다.

"그렇소. 숫자로 치면 우리 보가 제일 크다 할 수 없으나 품질로 치면 우리 보가 천하에 제일이오. 우리 보에는 삼백여 필의 말이 있는데 품종이 다양한데다 모두 명마요."

려사가 말했다.

"주룡이 그중에 가장 좋은 말이라고 할 수 있소?"

장일풍이 대답했다.

"그렇소. 두 달 전에 가장 좋고 빠른 말 열 필을 골라내어 겨루었는데 주룡이 가장 빠르고 또한 가장 멀리 달렸다오."

려사가 말했다.

"그렇다면 장형과 잠깐 의논을 할 수 있겠소?"

장일풍이 말했다.

"무엇을 의논하려 하오?"

려사가 말했다.

"주룡을 내게 양도하는 게 어떻소?"

장일풍은 려사에 말을 잘못 들었나 싶어 멍해 있다가 돌연 미친 듯이 웃었다. 그가 말안장에서 배를 잡고 웃는 것을 보면 마치 세상에서 가장 익살스러운 우스운 이야기를 들은 모습이었다. 려사는 그의 웃음이 그치길 기다렸다가 비로소 말했다.

"장형은 왜 웃소?"

장일풍이 말했다.

"당신 혹시 우리 보의 이름을 들은 적이 있소이까?"

려사가 말했다.

"없소. 귀보의 이름이 무엇인지, 어느 곳에 있는지 모르오."

장일풍이 말했다.

"나와 이기는 연위보連威堡에서 왔소. 당신이 가본 적이 없다 해도 그

54

이름은 들어보았을 거요?”

려사는 문득 깨닫고 말했다.

“알고 보니 명성이 쟁쟁한 연위보로군. 듣기로는 사천성에서 가장 세력이 큰 도적굴로써, 백성들은 물론이고 공문公門의 사람이라도 연위보에서 돌아다니며 구경할 수 있고, 매번 장이 설 때면 언제나 수천의 사람들이 시장에 모여들어 북적거리는 것이 마치 성도成都의 꽃놀이에 비할 수 있다고 하더군.”

장일풍은 노기를 띠고 말했다.

“이놈, 함부로 그런 말을 하다니 쓴맛을 보고 싶어 환장했구나?”

애림이 그의 말을 받았다.

“아니, 려사형. 당신이 어떻게 연위보를 도적굴이라 말하죠?”

려사가 말했다.

“그것은 사실이요. 내가 알기로는 보주는 그 자리에서 훔친 재물을 나누어 가지는 도적의 큰 두목이고, 장일풍이나 이기 같은 자는 대개 두목에 속할 것이요.”

장일풍은 크게 노하여 욕설을 퍼부었다.

“네 이놈! 죽여버리겠다.”

그는 안장 옆에 있는 강창鋼槍을 잡고 ‘훅’하는 일성과 함께 그 준마를 타고 번개와도 같이 려사의 옆을 스쳐 지나갔고, 그 찰나에 장일풍은 강창을 가로 쓸었다. 강렬한 바람 소리가 귓가를 세차게 울렸다. 장일풍은 이 일초면 상대방을 넘어뜨릴 수 있고, 적어도 서너 대의 갈빗대를 끊어버릴 것이라 짐작했다. 그런데 강창이 허공을 찔렀지만 말 위에서 창으로 찌를 때 거리가 너무 멀었기 때문에 닿지 않았다.

그는 말고삐로 말을 지휘하지 않고, 두 다리로 말에게 뜻을 전했다. 주룡은 별안간 크게 회전하더니 '후훅'하고 또다시 돌아왔다. 주룡은 회전할 때 매우 영활했고, 돌아올 때도 매우 빨랐으며, 경공을 연마한 사람과 비하여도 더하면 더했지 못한 것이 없었다. 장일풍이 이번에는 상대방을 격중시켰고, '펑'하는 일성에 려사는 이미 일여덟 자 밖으로 나가 떨어졌다. 장일풍은 크게 웃었다.

"려씨성을 가진 놈아, 네가 스스로 자초한 화이니 이번에는 말값마저도 받을 수 없게 되었구나!"

애림은 날카로운 소리를 지르면서 말했다.

"이봐요, 그 검은 말은 내 거요. 그와는 상관이 없어요."

장일풍은 되려 깜짝 놀라면서 말했다.

"당신네 두 사람은 대체 어떻게 되는 사이오? 당신은 그가 죽었는지 살았는지 살펴보지도 않소?"

애림이 말했다.

"내가 알고 싶은 건 당신들이 얼마에 내 말을 사려고 하는 가예요."

장일풍이 머리를 가로저으면서 말했다.

"당신과 함께 다니는 사람이 안됐소. 운수가 사나워도 이렇게 사나울 수가. 우리 같은 사람은 좋은 말을 보면 곧 사들였소. 값이야 다만 네댓 냥의 은자를 주면 뭐 되지 않겠소."

애림이 말했다.

"뭐라구요? 절대 안 돼요. 있을 수도 없는 일이에요."

장일풍이 말했다.

"그만두오. 나는 여인과는 입씨름을 하지 않소. 당신에게는 딱 열 냥을 주겠소.”

애림이 날카롭게 말했다.

“절대 안 돼요.”

장일풍이 말했다.

“세상 물정을 모르는군. 지금 상황을 전혀 파악을 못하지. 그러지 말고 좋게 말할 때 동전 한 닢이라도 받아 두시오.”

그는 그녀가 또다시 날카로운 소리를 지르는 것을 보고 말했다.

“좋소, 좋소. 그럼 스무 냥 주지.”

애림이 말했다.

“안 돼요. 정 그렇다면 당신의 보주를 찾아가겠어요.”

장일풍은 허허하고 웃으면서 말했다.

“좋소. 내가 당신을 보주에게 데리고 가겠소. 올라타시오.”

장일풍의 말소리가 끝나기도 전에 주룡은 암시를 받고 애림 옆으로 왔다. 민첩한 이기는 허리를 굽혀 손은 내밀어 말했다.

“올라타시오. 내가 당신을 보주한테 인도하겠소이다.”

애림은 두 손을 등 뒤로 감추면서 말했다.

“싫어요. 당신하고 같이 타지 않겠어요.”

장일풍이 말했다.

“물론 당신은 저 수레를 타고 가도 되오. 허나 나와 같이 이 말을 타고 가는 것이 좋을 것이오.”

애림이 의아해서 물었다.

“왜요?”

장일풍은 사악한 웃음을 지으며 말했다.

"당신이 혼자인데 이 캄캄한 밤에 마차를 타고 가는 게 좀……."

애림이 말했다.

"허튼소리."

장일풍이 말했다.

"솔직하게 당신에게 말하겠소. 우리 보주가 얼마 전에 새 부인을 맞았소. 그래서 최근에는 그 어떤 여인에 대해서도 한눈을 팔지 않소. 만약 당신이 나를 따른다면 입을 것은 물론이고 은자도 마음대로 쓸 수 있소."

그의 커다란 손이 대뜸 애림의 가느다란 허리를 강제로 끌어당겼고 거만한 웃음소리를 발출하면서 그녀를 말 등에 올리려 하였다. 그러나 뜻밖에도 이 미녀를 들어 올릴 수가 없었다. 장일풍은 있는 힘을 다하였는데 '펑'하는 소리가 나며 장일풍이 땅에 떨어져 넘어졌다. 애림은 깔깔거리며 웃었다.

"당신은 왜 그냥 앉아 있지 않았어요? 어디 다친 곳은 없어요?"

장일풍은 애림이 손을 내밀어 자기를 당기려는 것을 보고 화가 치밀어 그녀의 손을 뿌리치고는 노성을 질렀다.

"더러운 창녀 같은 년, 이 손 치워라."

그는 욕설을 마구 퍼부으며 허리를 펴고 일어섰다. 그런데 이상하게도 두 다리는 감각을 잃었고 온통 저려서 설 수가 없었다. 장일풍은 마음속으로 적이 놀랐다. 얼굴에는 땀방울이 솟았다.

'넘어지면서 다리가 부러졌단 말인가?'

그가 이런 생각을 하고 있을 때 말발굽 소리가 다가오고 있었다. 오연표를 타고 갔던 이기였다. 이기가 주변을 살펴보니 려사가 여덟 치 밖에 나가 쓰러져 있고 장일풍이 땅에 주저앉아 있었다. 그는 황급히 강창을

58

뽑으면서 물었다.

"어찌 된 일이요?"

장일풍이 대답했다.

"좀 넘어졌는데 아무래도 다리를 다친 것 같소."

이기가 말했다.

"려가는 또 어찌 된 일이요?"

장일풍이 말했다.

"그는 나의 창을 맞았는데 아마도 살아날 것 같지 않소!"

이기는 투덜거렸다.

"거 잘 됐소. 그러나 당신이 뼈를 상했다면 어떻게 서둘러 가서 일을 볼 수 있겠소?"

그는 '획'하고 뛰어 내리면서 손을 내밀어 장일풍을 잡아당겼다.

"어디 한번 일어나 보시오."

장일풍이 말했다.

"안되오. 두 다리가 다 마비가 된 듯하오."

이기는 의아해서 물었다.

"대체 어쩌다 이 지경이 되었소?"

애림은 조금 움직여 이기와 주룡 가운데 서서 나직한 휘파람 소리를 냈다. 오연표는 그 소리를 듣고 재빨리 몇 장 밖으로 달려갔다. 이기는 어리둥절한 채로 달려가고 있는 오연표를 바라보았는데, 돌연 칠팔 척 밖에 있던 려사가 일어나더니 옷에 묻은 흙먼지를 털었다. 이기는 장일풍을 잡았던 손을 놓고 강창을 가로 들고 대응할 자세를 취했다.

"장형, 저놈이 어찌해서 멀쩡하오?"

장일풍의 놀란 탄식 소리가 입 밖으로 나오기도 전에 려사는 이미 휘청휘청 걸어오면서 말했다.

"너희 두 좀도적이 나를 어찌 할 수 있을 것 같으냐?"

이기가 노하여 말했다.

"네놈이야말로 좀도적이다."

려사가 말했다.

"그렇다면 너는 연위보에서 지위가 좀 있는 놈이로구나?"

이기가 말했다.

"조심하거라. 이 어르신이 손 좀 봐줘야겠다!"

려사가 말했다.

"좋다. 내가 보고 싶은 것이 바로 너의 강창의 기초奇招 몇 수다."

이기는 더 말하지 않고 말 등에 앉아서 손에 창을 들어 평범하게 찔러 나갔지만 찔러 나가는 기세가 매우 느렸고 힘들어했다. 그의 창은 려사와 서너 척의 거리였으므로 그가 창을 사용하는데 사실상 아무 장애도 없었지만 마치 혼신의 힘을 다해서 무형의 벽을 뚫는 것 같았다.

려사의 얼굴은 즉시 매우 엄숙하게 변했고 오른손에 빛나는 단도를 들었다. 려사는 이기의 창끝 앞에서 자그마한 동그라미를 그렸다. 그의 동작은 단숨에 거침없이 끝났고 이기의 침중하고 힘든 모습과는 매우 대조를 보였다. 단도가 하나의 동그라미를 그리자마자 마치 앞면의 무형의 장벽이 돌연 없어진 것처럼 이기의 힘은 허탕치는 꼴이 되어 이기의 몸은 앞으로 기울어졌다. 비록 넘어질 정도에 이르지는 않았지만 이기는 식은땀을 흘렸다. 이기로서는 상대방이 어떻게 이 창의 위력을 와해시켰는지 알 수 없었다. 려사가 말했다.

"아, 정말 대단한 창법이군. 이것은 정통의 독룡창毒龍槍이 아닌가?"

이기는 놀라서 말했다.

"노형은 정말 몸에 절기를 지녔고 안력 또한 고명하군요. 나도 적지 않은 명문들과 겨루어 본 적이 있지만 아직 내 창법의 내력을 아는 사람은 없었소."

려사가 말했다.

"그렇다면 내가 짐작한 것이 맞단 말이요?"

이기가 말했다.

"그렇소."

려사가 물었다.

"장일풍, 이 자도 독룡창을 연마하였소?"

이기가 대답했다.

"우리들은 모두 보주를 따라 무예를 익혔으니 배운 것이 같소."

려사가 말했다.

"좋소. 우리를 보주에게 안내한다면 이번만큼은 당신을 살려주지."

이기는 하늘을 향해 크게 웃으면서 말했다.

"큰소리 치기는. 허튼소리 말아라."

려사가 냉랭하게 말했다.

"흥, 넌 장일풍이 당한 것을 보지 못했느냐?"

장일풍은 이때에야 그의 말을 받으면서 큰 소리로 말했다.

"나는 혼자 넘어져서 다친 것이니, 저자의 헛소리를 듣지 마오."

이가가 대답했다.

"나도 아오!"

려사가 말했다.

"가소롭구만. 무공을 아는 사람이 어찌 넘어져서 이런 모양이 될 수 있겠는가?"

이기는 잠깐 생각하고 이치가 맞는 것 같아서 말했다.

"그렇구려. 장형, 이게 도대체 뭐요? 도대체 어떻게 이들의 계략에 빠진 거요?"

려사가 말했다.

"나는 원래 말을 많이 하지 않지만 저자가 이토록 어리석으니 내 한마디 하겠소. 내 능력이 이럴 진데 그가 어찌 나를 공격하겠소? 자, 이럽시다. 이기, 당신이 방금 나에게 공격하였으니 이젠 대상을 바꾸어 당신이 창을 들고 애낭자에게 일초를 공격하시오. 만약 그녀가 막아내지 못하면 나는 그녀와 함께 당신 앞에 무릎을 꿇고 사죄하겠소."

이기가 속으로 중얼거렸다.

"본보의 독룡창법은 보통 일초만으로도 승부를 알 수 있다. 만약 그녀가 나의 한 창을 받아낼 수 있다면, 그건 나와 장일풍이 손잡아도 그들의 적수가 될 수 없다."

그는 당연히 한 번 겨뤄서 상대방의 실력을 알고 싶었다. 애림이 말했다.

"출수하세요."

말을 하면서도 애림은 금사편을 가볍게 흔들기만 하고 적을 맞아 싸울 자세를 취하지는 않았다. 이기는 몸을 돌리더니 창으로 애림을 겨누며 말을 탄 채로 앞으로 찔렀다. 이번에도 그는 계속해서 조금 전과 같이 매우 힘들어하였고, 마치 창끝 앞의 공기가 무형의 장벽이 된 듯 매우 큰 힘을 들여야 겨우 뚫을 수 있을 것 같았다.

애림의 손목이 한번 움찔하더니 채찍 끝이 허공을 가르며 가벼운 소리를 발출했다. 다만 채찍 끝이 적의 창끝 주위에서 몇 번 춤을 추더니, 이어서 빈틈을 찾은 것 같이 '쏴'하고 들어가더니 창대를 휘감았다. 그녀의 금사편이 강창과 뒤엉키자 이기는 온몸에서 힘이 빠져나갔다. 이기는 마음속으로 놀람을 금치 못했고 바삐 창을 잡아당기면서 두 걸음이나 뒤로 물러섰다. 애림은 금사편을 거두어들였고, 쫓아가지 않았다. 려사가 냉랭하게 말했다.

"이젠 알았겠지? 그녀가 거기 서 있는 것은 당신이 천리마를 타고 달아나려는 것을 막으려는 것이요."

장일풍이 큰 소리로 말했다.

"대체 어떻게 나를 이렇게 암산한 거요?"

려사가 말했다.

"나와 애낭자가 각각 당신 다리의 혈을 짚었소. 가소롭게도 당신은 멋도 모르고 거기서 뻔뻔스럽게 큰소리를 치고 있더군."

이기가 말했다.

"나와 장일풍은 명을 받아 어떤 곳에 가서 일처리를 해야 하니 두 분을 본보로 데려갈 겨를이 없소."

려사가 말했다.

"당신이 만약 보주의 명을 거역해도 죽지 않을 수는 있겠으나, 나의 명을 거역하면 오늘 저녁 살아서 이곳을 떠날 생각은 하지 마오."

이기가 서슴없이 말했다.

"만약 우리를 복종시키려면 먼저 나의 강창을 패배시켜야 할 것이오."

려사는 이맛살을 찌푸리면서 말했다.

"당신이야말로 분수를 모르는 사람이구만."

이기는 수중의 강창을 흔들며 말했다.

"내 강창을 이긴 다음 그런 말을 해도 늦지 않았소."

려사가 말했다.

"좋소. 당신은 눈뜬장님이군. 애낭자를 청해 당신을 다시 혼내주어야 겠소."

이기는 조소하면서 말했다.

"당신이 왜 직접 출수하지 않소? 당신은 꼭 애낭자에 의지해야만 하오?"

려사가 말했다.

"정말 내가 출수하기를 바라오?"

이기가 말했다.

"그렇소. 우린 너무 시간을 끄는 것 같소!"

려사가 말했다.

"그렇다면 잠시 기다리시오."

그는 단도를 거두어 수레를 향해 다가가더니 수레 안에서 손에 익은 장도를 꺼냈다. 두 사람은 즉시 위치를 잡고 서로 쏘아보았다. 려사가 말했다.

"나의 칼이 칼집을 떠나면 피를 보아야만 되돌아오는데, 당신이 나를 핍박하여 출수하게 하니 스스로 죽음을 자초하는 것이요."

이기가 말했다.

"누가 죽고 누가 살지는 아직은 알 수 없소. 그러니 함부로 말을 마시오."

려사는 얼굴에 무시무시한 살기를 띠고 '챙' 보도를 뽑았다. 어둠 속에서도 빛이나니 려사의 칼은 비할 바 없이 날카롭다는 것을 알 수 있었다. 그가 칼을 뽑아 사람이 칼을 따라가니 주위는 온통 무지개로 변하며 이기를 향해 쏘아나갔다. 이기는 계속하여 힘겹게 일초를 발출하였고, 특이한 것이 없이 상대방을 공격하여 갔다. 려사가 그의 가까이에 가자 그의 일초는 힘없이 무너져 버렸다.

그러나 그는 조금도 두려워하는 기색이 없이 갑자기 칼을 휘둘러 온통 종횡으로 교차되는 도광을 그어냈다. 이기는 돌연 힘이 빠져나감을 느꼈고, 재빨리 창을 뒤로 당겨 공간을 만들고 다시 쳐들어가려고 시도했다. 그러나 려사의 넓은 도광은 그가 뒤로 물러서는 찰라 한 줄기線로 변하여 그의 공격권 안으로 침입해 들어갔다. 한 줄기의 도광은 빨랐고 은밀하여 이기는 심음소리 한번 못하고 비틀비틀 서너 걸음 물러나며 창을 놓치고 땅에 쓰러지더니 더는 움직이지 않았다. 려사는 칼을 드리우고 장일풍에게 가서 냉랭하게 말했다.

"잘 보았겠지? 혈도를 풀어줄 테니 한번 목숨을 걸고 대결을 해보겠는가?"

장일풍은 눈이 휘둥그레지며 놀랄 따름이었다. 그는 잠깐 지나서 겨우 말했다.

"아니요, 됐소이다. 나는 당신의 적수가 못되오."

려사는 칼을 칼집에 넣으면서 말했다.

"이놈이 애낭자와 겨루었다면 목숨을 잃을 지경에까진 이르지 않았을 게다. 너는 우리에게 길을 안내하고 또 연위보로 가서 너의 보주 진백위陳伯威를 찾아서 날 만나게 하라."

장일풍은 주저하다가 겨우 말했다.

"우리 보는 비록 산속에 자리 잡고 있지만 사방으로 길이 통하고 수백

리 이내의 주민들이 연위보에 가보지 않은 사람이 없소. 그러니 저 말몰이꾼도 두 분을 인도하여 먼저 갈 수 있소. 그러나 나는 반드시 처리해야 할 일이 있습니다. 다행히 주룡이 매우 빠르니 일을 마치고 늦지 않게 뒤따라가서 두 분에게 보주를 뵙도록 하겠소이다."

려사가 욕설을 퍼부었다.

"허튼소리. 첫째, 너에게 더는 주룡을 타게 하지 않겠다. 이후로 내가 탈 것이다. 둘째, 너는 진백위에게 가서 그자더러 우리를 영접하라고 해야 할 것이다."

장일풍은 결연히 말했다.

"좋소. 하지만 그전에 먼저 내 볼일을 마치지 못하면 두 분에게 길을 안내할 수 없소."

려사는 담담하게 말했다.

"마음대로 하라. 네가 지옥에 가서 이가 놈을 만나고 싶은 거로구나."

애림이 갑자기 말했다.

"그 연위보엔 우리가 안 가도 돼요."

려사는 의아해서 물었다.

"왜 그렇소?"

애림이 대답했다.

"생각해 보세요. 비록 독룡창이 천하 절기 중의 하나지만, '그 부하를 보면 그 주인을 알 수 있다'고 아마 진백위도 별로 고명하지 못할 거예요."

이것이 바로 '천번 부탁하기보다 한번 격동시키는 게 낫다'는 것일까. 장일풍은 이 말을 듣자 금세 생각을 바꾸고 말했다.

"좋소. 내가 당신들을 안내하겠소."

려사는 재빨리 주룡을 끌어다가 조금 멀리 떨어져 있는 숲에 묶은 뒤 장일풍을 수레에 앉히고 말몰이꾼에게 연위보로 가라고 명하였다. 마차는 어둠 속에서 신속하게 달리니 수레 안에 사람들은 심하게 요동쳤다.

제 10 장

連威堡大意落陷井

연위보가 소홀하여
함정에 빠지다

려사와 애림이 같이 앉았고, 장일풍은 맞은편에 그들과 마주하여 앉았다. 수레 안에는 잘 장식된 풍등風燈이 흔들거리고 있었다. 수레가 뒤흔들렸지만 등불은 꺼지지 않았다. 말몰이꾼은 장일풍이 가는 방법을 알려주자 연위보의 위치를 알 수 있었다. 연위보는 사천에 사는 사람들에겐 잘 알려진 곳이다.

이때 도로변에 널브러진 시체 한 구를 묻기 위해 세 사람이 구덩이를 파고 있었다. 그들이 켜 든 횃불은 사방을 밝게 비추고 있었다. 막 시체를 구덩이에 안치한 사람은 심우였는데 그가 말했다.

"이것 좀 보십시오. 이 사람은 가슴 부위에 칼을 맞았는데 즉사했습니다. 수법이 능숙한 자의 솜씨인데 분명히 도법 대가의 수법입니다."

마중창과 우득시는 구덩이 옆에 쭈그려 앉아서 우득시의 손에든 횃불을 시체에 가까이 해서 자세히 살폈다. 두 사람의 얼굴은 의아하고 의심스러운 표정이 역력하였다. 마중창이 말했다.

"아, 이 자는 연위보 보주의 수하 팔호장八虎將 중의 한 사람이오. 이름이 이기인데 나와 몇 번 만난 적이 있소. 내가 알기로는 팔호장은 요 칠팔 년 동안 적수를 만난 적이 없었는데."

심우가 말했다.

"그가 려사를 만난 것이 운수가 사납다고 할 수밖에요."

우득시가 말했다.

"려사의 무공이 고명함을 들었지만 이렇게 확인을 하니 정말로 고명하다는 것을 알겠소."

심우는 마음속으로 생각했다.

'려사의 무서움을 어찌 이 한 사람의 주검으로 충분히 알 수 있겠소.'

심우는 두 사람을 놀라게 하고 싶지 않아 잠자코 있었다. 그들은 흙으로 구덩이를 메웠다. 우득시가 말했다.

"소심, 저기 숲속에 매여 있는 말로 바꿔 타시오. 분명 지금 타고 있는 말보다 좋을 것이오."

심우가 말했다.

"알겠습니다."

심우는 말을 매놓은 나무로 갔다. 그 말은 연위보의 이, 장 두 사람이 타던 말 중의 하나였다. 마중창은 큰 소리로 말했다.

"그건 안 되오."

심우는 의아해서 물었다.

"왜 그러십니까?"

마중창이 대답했다.

"그 말몰이꾼이 표식을 남기길 그들 네 사람이 연위보로 떠났다 하오. 우리가 그곳으로 갈지도 모르는데, 만약 당신이 그 말을 타게 된다면 연위보 사람들이 그 말을 한눈에 알아볼 게 아니오?"

우득시가 말했다.

"아, 이렇게 좋은 말을 이대로 두고 가자니 안타깝군."

마중창이 말했다.

"말에 새긴 연위보의 표식을 알아보는 사람이라면 감히 저 말에 손대지 못할 거요. 저 말을 이곳에 그대로 놔두면 이곳을 지나는 연위보 사람들이 저 말을 발견해 파묻은 시체를 찾을 수 있을 거요."

심우가 말했다.

"잠깐만요. 조금 전 연위보로 간 일행이 네 사람이라 했는데, 어떻게 네 사람이라 하십니까? 그렇다면 또 한 사람은 누구인가요?"

마중창이 말했다.

"려사와 애림 그리고 말몰이꾼 외에 또 한 사람은 분명 연위보 사람일 것이오."

심우가 웃으면서 말했다.

"이번은 당신 생각이 틀렸어요."

마중창이 의아해서 물었다.

"그럼 어떻게 보오?"

심우가 말했다.

"제가 보기엔 이렇습니다. 연위보에서 온 사람이 두 사람이라면 두 필의 말이 있어야 할 테지요. 한 사람이 말을 타고, 또 한 사람이 걸어서 올 이유가 없지요. 또 저기 매어있는 말 한 필은 쌍방이 조우할 때 우연히 만난 것이 아님을 말해줍니다. 제 생각엔 저 무덤 주인은 우연히 피살된 것이 아니라 말을 타고 도망치다가 피살된 것 같습니다. 그리고 다른 한 사람이 있다면 그의 말은 어디로 간 거죠?"

심우의 분석은 비록 미심쩍은 부분이 있지만, 논리적으로는 정밀했고 뚜렷하여 마중창과 우득시는 탄복하지 않을 수 없었다. 우득시가 말했다.

"소심의 말이 옳소. 마형이 혹시 잘못 본 게 아니오?"

마중창이 말했다.

"그 사람이 남긴 암호를 보고도 그런 말을 하시오?"

심우가 말했다.

"이정도로 하고 우리는 부근을 샅샅이 한 번 더 조사하고 나서 어쨌든 그들이 연위보로 갔으니 그들을 추적하면 될 일입니다."

그들 두 사람은 심우의 말에 모두 찬성하고, 바로 흩어져 수색하기로 했다. 이들 세 사람은 모두 그들 나름대로의 방법이 있었고, 각자 알아서 종적을 찾기 시작했다. 오래지 않아 그들은 거의 동시에 주룡이 감춰져 있는 곳에 도착했다. 심우는 절로 탄복이 나왔다.

"아, 정말 굉장하군. 천금을 주고도 사기 힘든 말이야. 그러니 이런 곳에 숨겨놓았지."

마중창이 말했다.

"려사가 이 말을 가지려 했을 게 틀림없소."

우득시가 말했다.

"됐소. 이거야말로 잘 되었소. 우리는 번거롭게 움직일 필요 없이 이곳에서 려사를 기다리면 되지 않겠소?"

마중창이 말했다.

"그것도 방법일 수 있으나 려사가 이 말을 차지하려고 하면, 반드시 재미있는 일이 생길 거요."

심우가 물었다.

"무슨 뜻입니까?"

마중창이 대답했다.

"내 알기로 이 붉은 갈기의 보마寶馬는 연위보 보주 진백위가 목숨처럼 아끼는 말이 분명하오. 이 말은 그가 근래에 맞이한 부인에게 선물했는데 듣기에 그 부인이 이 말을 또한 목숨처럼 여긴다고 하오. 생각해 보시오. 연위보에서 어찌 이 보마를 려사가 마음대로 가지도록 놔두겠소?"

심우는 웃으면서 말했다.

"려사는 지금 연위보로 가고 있습니다. 만일 그가 진백위와 싸워서 진백위가 패한다면 주고 싶지 않아도 어쩔 수 없습니다."

마중창이 말했다.

"내 생각은 다르오. 이 말이 진백위의 말이고 또 그가 려사와 겨루어 패했다면 할 수 없이 이 말을 포기할 것이요. 허나 진부인을 생각해야 할 것이요. 이 말은 진부인이 주인이오. 진부인은 무슨 수를 써서라도 이 말을 내놓지 않으려 할 것이오. 이런 정황이라면 진백위는 이 말을 지키기 위해 수단방법을 가리지 않을 거요."

심우는 연신 머리를 끄덕이면서 말했다.

"그럴 듯한 말이군요."

그는 한편으로 말하면서, 한편으로는 안장에 걸려 있는 주머니의 물건을 검사해보았다. 마중창이 말했다.

"소심은 아직 내 말뜻을 정확히 알아듣지 못한 듯하오."

심우가 말했다.

"아닙니다. 잘 알아들었습니다. 진백위가 수단방법을 가리지 않고 달려들 때, 그는 지극히 위험한 적수가 된다는 것이 아닙니까?"

마중창이 말했다.

"맞소. 바로 그런 뜻이요."

심우가 말했다.

"저는 조금도 려사를 걱정하지 않습니다. 려사가 만약 진백위의 암산에 걸려든다면, 그건 명운이 죽을 때가 다 된 것이지요. 자 이것 좀 보세요."

심우는 말안장에 매어있는 주머니를 풀어헤쳤는데 두 개의 옥병과 몇 개의 작은 종이로 싼 꾸러미가 나왔다. 마중창과 우득시 두 사람은 주머니에서 약재 냄새를 느꼈다. 우득시는 의아해서 말했다.

"약재인가?"

심우가 말했다.

"맞습니다. 병 안에 든 것은 잘 조제된 가루약이고 종이 꾸러미에 싼 것은 달여 쓰는 약재인데, 도대체 무슨 일일까요?"

마중창과 우득시 모두는 별로 크게 관심이 없는 듯이, 안장에 매여 있는 또 다른 주머니로 눈이 갔다. 마중창은 그 꾸러미의 물건을 들고 가늠해 보고는 말했다.

"생각했던 대로 여러 장신구와 금덩이로군."

그들은 흑도 투도문 중의 고수로서 재물을 분별하는 재능을 연마하였기 때문에 주머니를 풀어서 헤치지 않고도 그 안에 무엇이 들어 있는지 알 수 있었다. 우득시가 웃으면서 말했다.

"생각지 않게 조그만 횡재를 했소."

마중창이 말했다.

"조그만 횡재라고? 내가 보기에 이 꾸러미 속에 든 물건은 결코 적지 않소."

74

심우는 꾸러미를 살펴보다가 곧 기뻐하며 외쳤다.

"여기 주소가 쓰여 있습니다."

마중창이 보고는 말했다.

"칠리포七裏鋪라면 여기서 일백여 리는 떨어진 곳인데."

우득시가 말했다.

"이 주소는 무슨 의미일까요?"

심우가 말했다.

"여기 이 약을 보낼 주소가 아닐는지요. 우리 중에 한 사람이 이 약을 보내는 것이 어떨는지요."

우득시가 말했다.

"나는 가지 않겠소. 왔다갔다 왕복하자면 힘들어 죽을 거요."

마중창이 말했다.

"소심, 우리가 그런 일을 할 시간이 어디 있소?"

심우가 말했다.

"보십시오. 이 약재는 어쩌면 사람을 살리려고 급하게 구하려는 것일 수 있습니다. 분명 누군가의 병이 위급하기 때문에 긴급하게 약을 보내는 것일 겁니다."

마중창이 말했다.

"그 말은 추측일 뿐이니, 나는 가지 않겠소."

우득시가 말했다.

"나도 관여하지 않겠소."

심우는 별수 없다는 듯이 말했다.

"좋습니다. 제가 다녀오겠습니다. 하지만 두 분은 조심하십시오. 이젠 연위보까지 끌어들이게 되었으니 일이 더 복잡해지고 있습니다."

심우는 말고삐를 푼 다음 말에 뛰어올랐다. 칠리포로 가는 길을 물은 뒤 손을 내밀며 말했다.

"저에게 금덩이 몇 개를 좀 주십시오."

마중창은 망설이다가 비로소 말했다.

"좋소. 당신도 응당 자기의 몫을 챙겨야지."

그는 예닐곱 개의 금덩이를 꺼내어 심우의 손바닥에 놓았다. 심우는 금덩이를 잘 간수하고 나서 말했다.

"제 자신을 위해서가 아니라 환자를 위해서 입니다. 제가 생각건대 분명 이 환자가 중병을 앓고 있는데다 가난하기 때문에 이 약재 말고도 장신구와 금덩이를 주려했을 겁니다."

심우는 상대방이 믿건, 믿지 않건 간에 상관하지 않고 즉시 말머리를 돌려 채찍질하면서 질풍같이 달려갔다. 이 말은 과연 마왕馬王이라고 불리기에 손색이 없었다. 비록 키가 조금 작은 편이었지만 잘 생긴 준마 중의 준마였다. 어둠 속인데도 이 말은 조금도 거침없이 달려가는데 달릴수록 더 빨라져서 한 줄기 화살이 날아가는 것 같았고, 평지를 달리는 것처럼 조금도 흔들리지도 않았다.

해가 높이 떠오를 때까지 말을 달리고 나서야, 심우는 비로소 속도를 늦추었다. 푸른 들판에는 농사꾼들이 농사일을 시작하고 있었다. 이른 아침 공기는 신선했다. 그는 공기를 마음껏 들이마셨다. 몇 년간 이처럼 가슴이 후련한 적이 없었다. 의아한 눈길로 심우를 쳐다보고 있는 농사꾼들과 행인들에게 미소를 짓고 손을 흔들었다. 그들도 고개를 끄덕이고 손을 저어 회답하였다.

심우는 인간 사이에 원한과 간사스러운 거짓만 있는 것이 아니라, 순박하고 천진한 감정이 있음을 새삼 확인하였다. 그는 길을 물어물어 한 마을을 지나 곧 오른 편의 흙길로 달렸다. 산마루에 몇몇 벽돌집이 보였다. 아마 그곳이 목적지리라. 가는 길이 돌연 청석판靑石板이 깔린 길로 변하더니, 이 때문에 말발굽 소리가 쟁쟁하게 울렸다. 그는 즐거운 생각에 흠뻑 잠겼다.

'몇 년 이래 줄곧 말할 수 없는 고통만 느껴 즐거움이나 편안함 심경이 무엇인지 오랫동안 잊고 있었는데, 지금 다시 그런 즐거운 기분이 다시 느껴지는 것은 왜인지 궁금하구나.'

그는 쉽게 그 까닭을 알아냈다. 물론 심우는 이미 용기와 의지로 충만하여, 최선을 다해 애가艾家와의 피맺힌 원한을 풀고 싶은 마음으로 간절했다. 더구나 지금 그는 사람을 구하려는 것이지 결코 자신을 위해서 바쁜 것이 아니었다. 선행을 하는 가운데에서 진심의 쾌락이 솟아났다.

그 두 가지 원인은, 첫째로 그의 인생에서 잠시 가졌던 고상한 목표나 이전에 느꼈던 망망한 당혹감이 이미 사라져 버렸다는 것이고, 둘째로 그로 하여금 효과를 얻게 한 것은, 어떤 사람이 선행을 하면 쾌락을 얻으며, 이런 고상한 행위는 그 사람으로 하여금 자신의 가치를 느낄 수 있게 하다는 것이다. 심우는 이마를 손으로 두드리며 중얼거렸다.

'만약 고통에서 이토록 쉽게 헤어나오게 될 줄 알았다면 진작 이렇게 했을 것이다. 옛사람이 착한 일을 하는 것이 가장 큰 낙이라 했던가. 단지 작은 일을 할 뿐인데 마음이 이토록 흡족하니 옛사람들 말이 맞구나.'

심우가 중얼거리는 소리가 쟁쟁한 말발굽 소리에 섞였다. 그러는 사이에 심우는 벽돌집에 다다랐다. 이곳은 모두 열네 호 정도 인가가 있었다.

집 앞의 평지에서 몇몇 아이들이 놀고 있다가 노는 것을 멈추고 모두 심우를 쳐다봤다. 심우는 말에서 뛰어내려서 그중 조금 큰 남자아이를 손짓으로 불렀다.

"어느 집에 환자가 있는지 너 알고 있니?"

남자아이가 첫 번째 집을 가리키자 심우가 말했다.

"나는 약을 가지고 온 사람인데 저 집에 사람이 있니?"

남자아이가 머리를 끄덕이며

"둘째 삼촌이 병이 위중해서 둘째 숙모님이 돌보고 있어요."

심우는 말안장에 걸어 둔 주머니에서 약을 꺼내고 성큼 걸어 문 입구에 다가갔다. 문은 절반쯤 열려 있었다. 문을 들여다보니 조그마한 객실이 있었고, 적막하고 사람이 없는 듯했다. 심우는 기침 소리를 내며 집 안으로 들어섰다.

왼쪽 방 안에서 돌연 슬픈 울음소리가 들려왔다. 심우는 사태가 신통치 않음을 알고 바삐 달려가 보았는데 방 안이 어두침침하였다. 한 여인이 침대 가에 머리를 숙이고 꿇어앉아 슬프게 울고 있었다. 침대에 누워 있는 남자는 앙상한 뼈만 남았고 오랫동안 병마에 시달렸음을 알 수 있었다.

심우는 곧장 방 안으로 들어가서 누워있는 남자의 손을 잡아 맥을 짚어보고는 곧 심우는 손을 내려놓았다. 슬프게 울고 있던 부인이 고개를 들어 심우를 보았다. 부인의 얼굴은 온통 눈물범벅이었다. 나이는 사십 좌우였으나 얼굴은 매우 청수했고 우아하였다. 그녀가 급히 물었다.

"연위보에서 오셨어요?"

심우가 대답했다.

"그렇습니다. 하지만 지금 상황으로는 한발 늦은 것 같습니다!"

그 여인은 다급히 말했다.

"약은요? 약은 가져왔어요?"

심우가 말했다.

"가져왔습니다."

심우는 말함과 동시에 약봉지와 금덩이를 꺼내 옆에 있는 탁자 위에 놓았다. 부인은 재빨리 약을 달였다. 심우는 그녀가 분주히 움직이는 것을 묵묵히 보고만 있었고 그녀에게 이 남자가 이미 죽었다고 말하려는 것을 멈추었다.

심우는 주변을 둘러보았는데 이 집은 비록 시골 건물이고 가구도 매우 거칠고 수수하였지만 벽에는 기다란 한 폭의 산수화와 대련對聯이 걸려 있어 장식이 자못 고상하였다. 심우는 침상에 누워 있는 사람이 생전에 높은 품격을 지닌 속되지 않은 선비임을 짐작하였다. 그런데 뜻밖에도 연위보와 깊은 관계가 있다니 이해할 수 없었다. 그는 살며시 방을 나서면서 속으로 중얼거렸다.

"부부의 감정이 이처럼 깊다니 보기 드문 부부군. 그녀에게 쓸데없는 말로 상처 보태지는 말자. 비록 그녀가 약을 달이는 일이 부질없으나 그녀가 남편에게 하는 마지막 사랑일 테니."

명마 주룽은 심우가 오는 것을 보자 머리를 쳐들고 히힝거렸다. 주룽의 모습은 전혀 피로하지 않아 보였다. 심우는 주룽의 목을 어루만지며 말 등에 뛰어올라 오던 길로 되돌아갔다. 광활한 논밭은 싱싱한 곡식이 자라고 있었다. 생기 넘치는 푸른 들판과 먼 산은 한 폭의 그림처럼 고요하고 아름다웠다.

심우는 침상에 누워서 움직이지 못하는 남자와 청수한 부인의 모습이 떠올랐다. 그는 한편으로는 대자연이 품고 있는 생명을 느꼈고, 다른 한편으로는 죽음을 느꼈다. 이런 강렬한 대비가 그를 생각에 젖어들게 하였다. 땅거미가 나타나며 마을과 들판은 다 뒤로 사라져갔다.

심우는 길을 서두르지는 않았지만 천리마인 주룡 덕분에 하룻밤을 노숙하고 이튿날 아침 연위보에서 십여 리 떨어져 있는 곳에 도착할 수 있었다. 심우는 주룡을 우거진 수풀 속에 숨겨 놓고 연위보로 향했다.

연위보에 들어서니 집들이 줄줄이 잇닿아 있는데다 거리가 넓고 산뜻하였다. 가게는 문전성시를 이루어 북적대었다. 심우는 연위보에 대해서 들은 바가 있었는데, 주위 백여리 안에서 가장 큰 장거리 마을임이 분명하였다. 연위보는 웬만한 현성보다 더욱 번영하였다. 지금 실제로 보니 과연 그러했다. 연위보는 수시로 외지 사람들이 왕래하는 곳으로, 비록 심우의 복장이 독특하고 또한 위풍당당하고 풍채가 늠름했지만 특별히 사람들의 주목을 끌지 않았다.

그는 거리를 돌아다니다가 거대한 저택에 이르렀는데 필시 보주 진백위의 거처이리라. 가까이 가보니 대문은 닫혀 있었고 주위에는 사람 하나 얼씬하지 않았다. 만일 보통 인가라면 이렇게 사람이 없는 것이 이상할 건 없다. 하지만 진백위는 사천에서 위명을 떨쳤고 일방의 패주로서 강호의 벗들과 왕래가 잦은 까닭으로 그의 저택의 대문은 열려 있어야 하며 항상 적지 않은 사람들이 드나들어 북적여야 한다. 그런데 이렇게 문이 닫혀있고 개미새끼 하나 보이지 않으니 분명 보통 상황이라 할 수 없었다. 심우가 속으로 중얼거렸다.

'그렇다면 려사와 애림이 다녀갔단 말인가. 대문이 닫혀 있는 걸 보면 진백위가 패배했다는 것은 의심할 바 없다.'

그는 생각하다가 곧 몇 걸을 더 걸어 섬돌 계단을 올라 문앞에 이르러 문고리를 두드렸다. 잠시 후 문이 열렸고 성실하게 생긴 한 하인이 나와서 물었다.

"어르신은 누구를 찾으시오?"

심우가 대답했다.

"급한 일로 보주를 만나야겠소."

그 하인이 물었다.

"어르신의 성함은요?"

심우는 이름을 밝혔다.

"어서 보주에게 통보해 주시오. 나는 보주를 만나본 뒤 빨리 돌아가야 하오."

그 하인이 또 물었다.

"심 어르신은 우리 보에 처음 오셨습니까?"

심우가 말했다.

"그렇소. 처음이요."

그 하인이 말했다.

"그렇다면 심 어르신은 보주님을 만난 적이 없습니까?"

심우가 말했다.

"나와 보주는 원래부터 알지 못하오."

그 하인이 말했다.

"심 어르신은 어떤 일로 보주를 만나려 하십니까?"

심우가 말했다.

"진보주는 도대체 집에 있소 없소?"

그 하인이 말했다.

"없습니다."

심우가 물었다.

"그럼 언제쯤 돌아오오?"

그 하인이 대답했다.

"그것은 소인도 알 수 없습니다."

심우가 말했다.

"그렇다면 그만둡시다."

심우가 몸을 돌려 떠나려 할 때 돌연 그 하인이 심우를 불렀다.

"심 어르신 잠깐만……"

심우는 뒤돌아보지 않았다. 그 하인은 재빨리 뛰어와서 심우의 앞길을 가로막았고 인사를 하면서 말했다.

"심 어르신, 잠깐 멈추어 주십시오, 소인이 드릴 말씀이 있습니다."

심우가 말했다.

"보주가 없는데 무슨 할 말이 더 있소?"

그 하인이 말했다.

"하지만 심 어르신은 먼 곳에서 왔는데 어찌 한마디 말도 남기지 않고 떠나려 하십니까?"

심우가 되려 반문했다.

"내가 먼 곳에서 왔다는 건 어떻게 아시오?"

그 하인이 말했다.

"심 어르신 말씨가 이 인근의 말씨가 아니라 그렇습니다. 또 심 어르신의 얼굴에 피로한 기색을 역력하기에 소인이 추측한 겁니다."

심우가 말했다.

"맞소이다. 애석한 것은 당신 보주가 명성을 떨친 후로는 거만해져 사람이 달라졌다 들었소. 내 보기에 그가 실패하는 것은 다만 시간문제일 따름이요."

그 하인이 말했다.

"심 어르신이 이런 말을 하는 것을 보니 평범한 사람이 아니라는 것을 알겠습니다. 보주는 정말 지금 이곳에 안 계십니다. 결코 거만하기 때문에 방문한 호객豪客들을 만나지 않는 것이 아니십니다."

심우는 주저하다가 말했다.

"좋소. 내가 이렇게 온 이유는 보주께 소식을 알리기 위해서요. 며칠 내로 어떤 일남 일녀가 와서 말썽을 일으킬 것이요."

그 하인의 기색은 아무런 변화가 없었다.

"알려주어서 고맙습니다. 소인이 심 어르신의 말씀을 기억하겠습니다. 그 일남일녀의 성명과 내력은 어떻게 되는지요. 그리고 그 두 사람은 우리 보주와 어떤 원한 관계가 있는지요?"

심우가 말했다.

"남자의 성명은 려사이고 여자는 애림이오. 그들은 보주와 아무런 원한이 없소. 다만 려사는 당대 도법대가인데 보주가 독룡창의 절예에 정통해 보주에게 도전하려 하는 것이오."

하인은 '오'하고 소리 내고는 다음과 같이 말했다.

"소인은 비록 문외한이지만 보주를 시중해 온 지 오래되어 보고 들은 것이 꽤나 많습니다. 이와 같이 무공을 증명하려는 일은 수시로 발생하는 일입죠. 아무튼 소인은 심 어르신의 이런 호의에 감사할 따름입니다."

심우는 냉소하면서 말했다.

"무공을 검증하는 것은 평범한 일이나 려사의 도법은 잔인하고 지독하오. 그리고 려사의 도법에는 하나의 규칙이 있는데 보도가 칼집을 벗어나면 꼭 피를 보아야만 다시 칼집에 들어가니 여느 무림인과는 전혀 다르오."

그 하인은 문득 깨닫고 물었다.

"그렇군요. 소인이 즉시 사람을 보내 보주에게 알려드리겠습니다. 소홀하여 실수로 목숨을 잃지 않도록 주의하시라 말씀을 넣겠습니다. 심 어르신은 먼 길도 마다하지 않고 달려와서 이렇듯 알려주시는 것은 무슨 다른 깊은 뜻이 있으신지요?"

심우가 말했다.

"없소, 조금도 없소."

그 하인은 놀랍고 의아해서 물었다.

"없으시다면, 왜 이런 일을 알려주십니까?"

심우가 말했다.

"나의 비밀이라 알려줄 수 없음을 용서해주시오."

그는 이 하인과 말하면서 비록 용모가 충직하고 하인의 차림을 하고 있지만 분명 하인의 신분이 아니라 견식과 말재주로 보아 보통 인재가 아니라는 것을 알았다. 또 그의 표정과 말투에서 려사와 애림이 왔다 갔는지 어떤지를 파악할 수 없는데다 진백위가 이미 참패하여 죽었는지도 모를 일이었다. 그 하인은 또다시 말했다.

"심 어르신이 이렇게 바로 돌아가버리시면 우리 연위보가 손님 접대할 줄 모른다고 욕을 보이는 것과 같습니다. 심 어르신은 잠시 머무시면서 차 한 잔 드시고 돌아가시면 어떠시겠습니까. 우리 보에는 다른 것은 몰라도 말은 적지 않게 있으니, 말 한 필을 드리도록 하겠습니다.”

심우는 머리를 가로저으면서 말했다.

“폐를 끼치고 싶지 않소.”

그 하인이 말했다.

“심 어르신께서 설사 급한 일이 있다 해도 차 한 잔 마실 시간은 내어 주시면 어떠하겠습니까.”

심우는 진백위가 려사와 애림을 만났는지 확인하고 싶었다. 심우는 머리를 끄덕이고 그 하인을 따라 문 안으로 들어갔다. 문안에 들어서자 수레가 다닐 만한 큰길이 오른쪽으로 나 있었는데 집 뒤로 이어졌다. 이 저택 뒤에 마구간과 수레를 두는 곳이 있음을 알 수 있었다. 그들은 정원을 가로 질러 대청에 들어섰다.

심우는 대청에 들어선 뒤 대청 밖의 널찍한 정원을 보았다. 과연 연무장 장소로 걸맞다고 여겼는데 과연 왼쪽 담벽에는 힘을 기르기 위한 천근석千斤石과 곤봉棍棒 따위가 놓여 있었다. 그의 생각이 틀리지 않았다. 이어 다른 하인 두 명이 나타났는데, 그 하인에게 공손하게 예를 올렸다. 그 하인이 말했다.

“어서 가서 가장 좋은 차와 과일을 준비해서 손님을 대접하도록 하라.”

그는 머리를 돌려 심우를 향해 웃으면서 말했다.

“소인은 뒤에 가서 심 어르신이 탈 말 한 필을 대신 고르겠습니다.”

심우가 말했다.

“그러지 마십시오. 저는 괜찮습니다.”

그 하인이 말했다.

"심 어르신 사양하지 마십시오. 참, 소인이 뻔뻔스럽지만 다시 한 번 묻고 싶습니다. 심 어르신은 저의 보주와 조금도 관련되지 않았고, 알지도 못하면서 왜 이런 일을 알려주려 하는 것인지요?"

심우는 한동안 침묵하다가 비로소 말했다.

"저와 려사, 애림 사이에는 피치 못할 사연이 있소. 아울러 려사는 도법이 잔인한데다 제 마음대로 무림명가들을 파괴시키려 하기에 참을 수가 없어 그러합니다."

심우는 상대방을 주시하고 나서 또다시 말했다.

"내 말을 당신이 만족하든 않든 상관없소이다. 내가 보기에 당신은 이곳의 하인이 아닐 것이오. 만일 내 말에 불만이 있거든 어떻게 하여도 좋소."

심우는 상대방의 거짓 행세를 밝혀냈으며, 사람을 압도하는 호탕한 모습으로 그 어떤 도전도 받아들일 기세여서, 오히려 그의 이번 발걸음이 악의로 앙심을 품은 것이 아니라, 광명정대한 마음에서 우러나온 행동이라는 것을 느끼게 했다. 상대방의 기색은 굳어졌고, 영웅적 기개가 흘러넘치는 까무잡잡하고 영기 넘치는 청년을 눈여겨보았다. 그 사람이 한동안 생각하고 나서야 말했다.

"그렇습니다. 저는 보통 하인이 아닙니다. 다만 알 수 없는 것은 심형이 왜 우리 보의 창법을 독룡창이라고 부르는 겁니까? 수십 년 이래 당신이 우리 보의 천근구혼창千斤拘魂槍을 독룡창이라 부르는 두 번째 사람입니다."

심우가 말했다.

"성도 청양궁 관주 현지진인이라고 들어본 적 있소?"

왕건王乾이 말했다.

"청양궁은 성도의 유명한 도관이 아닙니까? 도의 진리를 깨달은 진인에 대해 들어본 적은 있습니다만 왜 그러십니까?"

심우가 말했다.

"그럼 제가 다시 한 분의 성함을 대겠습니다. 바로 신기자 서통 선배입니다."

왕건이 숙연하게 말했다.

"심형은 서진인을 알고 있습니까?"

심우가 말했다.

"만난 적은 없지만 간접적으로는 관계가 있소. 귀보의 창법이 바로 서진인의 두 가지 절예 중 하나지요."

이쯤 되자 왕건의 모든 의혹이 가시었다. 왕건은 허리를 굽혀 예를 올리면서 말했다.

"이제 비로소 심 어르신이 좋은 마음을 품고 이곳에 왔음을 믿겠습니다. 하지만 심 어르신, 한발 늦었습니다."

심우는 머리를 끄덕이면서 말했다.

"알고 있소. 내가 현지진인을 만나 뵈었을 때 려사와 애림 두 사람이 그 어른을 핍박하여 서진인의 일을 물었소. 당신은 모르겠지만 현지진인은 서진인의 사제이지만 그는 도교에 몰두했지 무공을 연마한 적이 없소."

왕건이 말했다.

"아, 원래 그랬었군요."

심우가 말했다.

"나는 지금까지 려사와 애림을 뒤쫓아 왔는데 그들은 연위보로 향하였소. 나는 연위보 사람의 말안장 옆에 한 자루의 강창鋼槍이 걸려 있는 것을 봤소. 그래서 연위보와 서진인이 관계가 있음을 알았소. 그리고 그들 역시 이곳으로 와서 서진인의 일에 대해 정보를 얻으려 할 것이며 연위보의 무공을 검증해 보려는 것을 짐작하였소. 내가 알기로는 려사의 칼 아래 죽은 명문 고수들이 적지 않기에 이렇게 급히 달려온 것이요.”

심우의 말이 진실인지 거짓인지 판단해 봐도 허점을 찾아내기가 쉽지 않았다. 왕건은 손목을 불끈 쥐고 말했다.

“아, 심 어르신! 한발 늦게 오셨습니다. 정말……, 아…….”

심우가 말했다.

“그렇다면 보주가 이미 패해서 피살됐단 말이오?”

왕건이 말했다.

“그제 아침나절 우리 보의 장일풍이라고 하는 사람이 려사와 애림을 데리고 왔지요. 장일풍은 두 다리를 못 써 움직이지를 못했지요. 려사의 도법이 매우 높아 동료 이기가 이미 피살되었다고 하더군요. 장일풍은 보주가 출수할 때 누차 조심할 것을 당부하더군요. 보주는 그의 말을 듣고 난 뒤 려사와 무공을 겨루었지요.”

심우는 잠자코 조용히 듣고만 있었다. 왕건이 또다시 말했다.

“보주는 장일풍의 경고를 들었기에 줄곧 무공을 자부해 왔지만 이번엔 조심하여 자신의 제자 두 명에게 먼저 응전하라고까지 했습니다.”

심우는 연신 머리를 끄덕이면서 말했다.

“다행히 그렇게 했구만.”

왕건이 의아해서 물었다.

“심 어르신은 어떤 뜻에서 하신 말씀입니까?”

심우가 말했다.

"나는 려사의 무공을 보았고 그 변화의 오묘함을 깊이 알고 있소. 그의 도법은 이기지 못하면 패하는 것이오. 그 가운데는 다른 여지가 전혀 없소. 만약 그가 패했다면 할 말이 없을 것이나, 만약 그가 이긴다면 적수는 그곳에서 피를 뿌리고 죽지 않을 수 없으니, 그 가운데 다른 여지가 없소."

왕건이 말했다.

"원래 그랬군요."

심우가 계속해서 말했다.

"다시 말해서 귀 보주와 같이 상승의 절예를 연성한 사람들도 상황은 다르지 않소. 그가 상대방의 도법을 보아서 이런 이치를 깊이 알고 패할 때 목숨을 부지할 수 있는 방법을 생각해낸다면 이것은 그가 상승의 절예를 연마한 까닭으로 그렇게 하지 않으면 패했을 때 목숨을 잃는 액난을 피하기 어렵기 때문이오."

왕건은 입을 딱 벌어졌다. 심우의 추측이 사실이기 때문이었다. 그는 탄식하면서 말했다.

"결과는 심 어르신의 추측처럼 보주는 약간한 상처를 입고 패하였지만 죽지는 않았습니다. 그러나 저는 알 수 없는 일이 하나 있습니다."

심우가 말했다.

"왕형이 알 수 없다는 것이 무엇이오?"

왕건이 말했다.

"보주 스스로 자기가 적수가 아님을 알면서도 왜 싸우려 했냐는 겁니다."

심우가 말했다.

"그는 다만 상대가 되지 않을 때를 준비했을 뿐, 꼭 패한다고는 생각지 못했소. 바로 당신이 강호로 돌아다닐 때 흔히 적수의 무공을 보고 스스로 대략적인 상황을 짐작할 뿐이지 확신할 수는 없는 것과 같소."

왕건이 말했다.

"심 어르신의 가르침을 받으니 막혔던 가슴이 탁 트이는 것 같습니다. 다만 심 어르신이 한발 늦게 온 것이 애석할 뿐입니다."

심우가 말했다.

"당신은 아까 이미 그 말은 했소."

왕건이 말했다.

"제 말은 심 어르신이 한발 늦어 그들의 결투를 직접 보지 못했다는 것이 아니라, 애석하게도 보주가 한발 앞서 뒤쫓아갔다는 것입니다. 그렇지 않고 보주가 심 어르신을 먼저 만났더라면 아마 급히 뒤쫓아 가지 않고 심 어르신께 적을 깨뜨릴 수 있는 방법을 물어보았을 겁니다."

심우의 머릿속은 번개처럼 번뜩였다. 진백위가 려사를 뒤쫓아 간 것은 새로 맞은 부인이 주룽을 잃고 상심할 것이 두려워서였던 것이다. 그는 아마도 려사에게 암산暗算을 펼치려고 했던 것이다. 이는 바로 심우의 예측과 결론적으로 맞아들어갔다. 심우는 일어서면서 말했다.

"그렇다면 나도 뒤쫓아 가보겠소."

왕건이 말했다.

"만약 심 어르신이 뒤쫓아 가서 보주를 만난다면 보주에게 경솔하게 행동하지 말라고 권해 주십시오. 만약 심 어르신이 출수하여 도운다면 결코 실수가 없을 겁니다."

심우가 말했다.

"나는 손을 쓸 수 없소. 왜냐하면 그와 동행하는 여자의 무공이 려사처럼 잔인하고 지독하진 않지만 려사와 큰 차이가 없소. 만일 내가 싸움에 끼어든다면 그녀가 가만히 있지 않을 것이고, 그렇게 되면 여전히 일대일의 형국이 되어 그 어떤 점도 나아지지 않소."

왕건이 말했다.

"그 낭자의 무공이 그처럼 고강하다니 전혀 생각을 못했습니다. 그러나 보주에게 세 명의 동행자가 있으니 만약 그 세 사람에게 명하여 잠시 애낭자를 얽어매 놓고, 심 어르신과 보주가 합력해서 공격한다면 려사를 제압할 수 있을 것입니다."

심우는 미소를 지으면서 말했다.

"아마 우리의 생각은 크게 다른 것 같소. 나는 두 사람이 하나의 적을 협공하는 일은 하지 않소. 아무튼 나에게 사정을 솔직하게 알려주시오. 내가 가서 따라 잡을 수 있으면 될 수 있는 한 보주를 돕겠소."

왕건은 그를 바래다주었다. 왕건은 먼 거리를 잘 달릴 수 있는 건장한 말 한 필을 심우에게 주어 타게 하였다. 심우는 거듭 사양하였으나 왕건이 간곡하게 권하였다. 심우는 왕건이 마련해준 말에 올라 손을 흔들어 작별을 고하고 길을 서둘렀다. 그는 편안하게 연위보를 벗어났으나, 속으로 의심이 생겼다.

'마중창과 우득시 두 사람이 암호를 남기지 않은 것 같구나.'

연위보라는 곳이 비록 작지 않지만 오는 도중 유심히 살펴보았다. 하지만 마중창과 우득시가 남긴 암호를 보지 못했다. 이렇게 되자 그는 말고삐를 당겨 보 밖으로 쏜살같이 달려나갔다. 그가 선택한 길은 그가 왔던 길이 아니라 앞서 시체를 발견했던 방향으로 달려갔다. 연위보는 사방으로 통해서 길이 많았다. 심우가 연위보를 벗어난 뒤 선택한 길은 다른 지름길이었는데, 이는 일찍이 시체를 묻었던 그 길은 아니었다. 그는 사전에 이미 갈 방향을 명확히 정하였기에 다른 생각 없이 그 방향으로 질주해 갔다.

약 십여 리를 달렸을 때 뒤쫓아 오는 말발굽 소리를 들었다. 보니 길에는 먼지가 자욱했고 수레 한 대와 수십 필의 말이 달려오고 있었다. 그는 말고삐를 당겨 세우며 생각했다.

'혹시 나를 뒤쫓아 오는 것인가?'

잠시 기다리자 수레는 또렷하게 볼 수 있는 거리에 이르렀다. 수레는 특수 제작된 간편한 형태의 마차였다. 말 두 필이 앞에서 끌고 있어 속도가 빨랐고, 장식이 상당히 화려하였다. 그 밖에 네 필의 말이 뒤에서 호위하며 따르고 있었다. 잠시 후 마차는 그에게 가까이 달려왔고, 수레 뒤의 네 기騎의 말 중 한 기가 수레를 지나 심우에게 접근했다.

말 위에 앉은 사람을 보니 다름 아닌 왕건이었다. 왕건은 가뿐한 경장 차림으로 등에는 장도를 메었으며, 안장에는 강창鋼槍을 걸고 있었다. 왕건이 공수하면서 말했다.

"심 어르신, 잠깐 기다리십시오. 제가 이렇게 뒤쫓아 온 이유는 긴요한 일을 의논하기 위해서 입니다."

심우의 눈길은 먼저 그의 뒤를 얼핏 보았는데, 삼 장 밖에 있는 마차 안에는 한 여자가 앉아 있었고, 흰옷을 입고 있었는데 마치 상복과도 같았다. 그 마차를 몰고 있는 대한은 민첩하고 용감한 기색이었고 몸에는 병기를 지니고 있었다. 그 밖의 세 사람은 모두 사나운 몰골들을 갖춘 흉악한 대한들이었다. 그러나 그들의 지위가 왕건보다 많이 낮아 보였다.

심우는 가만히 속으로 셈하여 보았다. 연위보의 유명한 팔호장八虎將 중에 이기와 장일풍은 변을 당했으니 어떤 싸움이든 참가할 수 없다. 려사와 애림이 연위보에 들어간 뒤 진백위가 두 사람에게 명하여 먼저 출수하게 하였는바 두 사람은 당연히 팔호장 중의 둘이었을 것이고, 만약 피살되었다면 모두 네 명이 없어진 셈이다. 왕건이 말했던바 진백위가 세 사람을 데리고 갔으니, 그 세 사람이 당연히 연위보의 고수였을 것이고, 이들은 팔호장 중 세 사람일 테니 또다시 세 사람을 빼놓으면 바로 왕건 한 사람만 남게 된다. 심우는 덤덤히 웃으며 말했다.

"왕형은 어떤 가르침이 있소?"

왕건이 말했다.

"심 어르신, 저에게 한 가지 문제가 있는데 심 어르신의 가르침을 받고자 합니다."

심우가 물었다.

"무슨 문제요?"

왕건이 대답했다.

"심 어르신이 올 때 이 길을 지나지 않았지만, 연위보를 떠나 보주를 뒤쫓아 갈 때 조금도 망설임이 없이 이 길을 선택하였는데, 어째서 이 길을 선택했느냐는 것입니다."

심우가 말했다.

"어떤 길로 가든지 문제 될 게 있습니까?"

왕건은 계속해서 부드럽게 말했다.

"심 어르신은 화를 내지 마십시오. 심 어르신이 옳은 길을 선택하였고, 제가 그들이 간 방향을 누설하지 않았는데 너무 교묘하게 잘 맞아떨어져서 그렇습니다."

심우가 말했다.

"이 일은 우연의 일치일 뿐이오."

왕건이 말했다.

"아닙니다. 제가 보기엔 심 어르신은 이미 그들이 간 방향을 확실히 알고 있습니다."

그의 태도는 계속해서 부드러웠지만, 반박하는 말은 조금도 대충하는 게 아니었다. 심우는 왕건이 비록 성실하고 부드러운 모습이지만, 사실상 매우 무서운 사람이라는 것을 알 수 있었다. 심우가 말했다.

"설령 당신의 말이 옳다 해도 그걸 어떻게 증명하겠소?"

왕건이 말했다.

"그만두십시오. 만약 심 어르신이 솔직하게 승인하면 저도 우리들의 생각을 알려드리겠습니다."

심우가 말했다.

"좋소. 승인하겠소."

왕건이 말했다.

"심 어르신이 그들의 행방을 알고 있다는 것은 두 가지로 생각해 볼 수 있습니다. 첫째는 보주의 수레가 이 길로 지나가는 것을 보았을 경우이고, 둘째는 려사와 애림 두 사람이 이 길로 떠나는 것을 보았을 경우입니다."

심우가 말했다.

"나는 두 패를 모두 보았소."

그는 일부러 거짓말을 하여 왕건의 뜻을 알아내고 싶었다. 이때, 마차 안에 있던 여인은 의심할 것도 없이 진백위의 새 부인이었다. 그녀가 이렇게 소복을 입고 따라나서서 무엇을 하려는 것일까. 왕건은 웃으며 말했다.

"그들이 떠나간 시간 차이로 볼 때, 당신이 결코 두 패를 모두 볼 수 없습니다. 게다가 당신이 연위보에 이르렀을 때는 적지 않은 사람들이 당신을 보았어요. 이것은 당신이 방금 연위보에 이르렀다는 것으로 두 패는 고사하고 한 패마저도 볼 수 없었을 것이오. 자, 이제 왜 이 길을 선택했는지는 한 가지 이유밖에 없겠군요.”

심우는 마음속으로 흥미가 일어났다.

‘그렇다면 이 사람들이 시체 파묻은 일을 알고 있단 말인가?’

심우는 서두르지 않고, 담담하게 물었다.

“어떤 이유란 말이오?”

왕건은 입을 열기 전에 먼저 강창을 쥐었고, 그의 얼굴엔 살기가 등등하였다. 심우는 손을 흔들며 말했다.

“가볍게 손을 쓰지 마시오. 좋은 관계를 해칠 수 있습니다. 나는 지금 병기를 가지고 있지 않았으니 당신도 병기를 꺼내지 마시오.”

왕건이 말했다.

“심형이 이유를 댄다면 이러지도 않을 겁니다.”

그가 심우에 대한 호칭을 심형이라고 고쳐 불렀다. 상호 간의 관계가 변해 있었다. 심우는 어깨를 으쓱거리면서 말했다.

“당신이 생각하는 이유가 있다고 하지 않았소?”

왕건이 말했다.

“그렇소. 우리 생각에는 당신은 려사와 애림 측의 사람으로 그들의 행방을 알고 있습니다.”

심우가 말했다.

“맹세코 나는 그들과 한패가 아니오.”

왕건이 말했다.

"그들은 어제 떠났는데 당신은 어제 연위보에 이르지 못했소."

심우가 말했다.

"그렇소. 이르지 못했소."

왕건이 말했다.

"그럼 당신은 이른 아침 보주를 만났단 말입니까?"

심우가 말했다.

"보지 못했소."

왕건은 흠칫하면서 물었다.

"보지 못했다구요?"

심우가 대답했다.

"그렇소. 보지 못했소. 내가 당신을 속일 필요가 있겠소?"

왕건이 말했다.

"당신은 당연히 만나볼 수 없었습니다, 그들은 다른 길로 가서 누구도 보지 못했을 것이오."

심우가 말했다.

"그것 보시오. 나는 거짓말은 하지 않았소. 지금 그렇다면 한 가지 궁금한 것을 물어보겠소. 만약 내가 려사와 애림 측의 사람이라면 어떤 이유로 내가 연위보에 가서 왕형과 얘기했겠소? 설마 내가 할 일이 없어서 그랬다보시오!"

왕건이 말했다.

"잘 물었소."

심우가 말했다.

"분명히 도리에 맞아야 할 것이오. 만약 당신이 나에게 물었을 때, 내가 '잘 물었소.'라고 대답한다면 당신이 수긍하겠소?"

왕건이 말했다.

"심형이 이렇게 언변이 좋을 줄 몰랐소."

그는 의심할 바 없이 이치에 맞게 대답할 수 없었다. 할 수 없이 다른 말을 가져다가 둘러댈 뿐이었다. 심우는 또다시 다그치며 말했다.

"만일 내 물음에 적절한 대답을 할 수 없다면, 의심을 풀고, 연위보로 되돌아가시오."

왕건이 머리를 수레 쪽으로 돌려 구원을 청했다. 심우는 의아스러워 하며 주시했다. 왕건이 어찌 그녀에게 구원을 청하는 지 기이하였는데, 그 수레가 천천히 달려 왔다. 수레와 거리가 가까워지자, 심우는 수레 안에 있는 여인을 분명히 볼 수 있었다.

그녀의 얼굴은 빨간 입술에 추수秋水와도 같은 눈을 하고 있었고 긴 눈썹은 귀밑머리에 닿았다. 나이는 스무 살 안팎으로 매우 아름다웠으며, 사람의 마음을 움직이기에 충분했다. 그녀는 소복을 하였고, 머리에 두른 검은 띠는 그녀가 상복을 입고 있음이 분명하였다. 심우는 속으로 깨닫는 바가 있어 중얼거렸다.

'아, 제때에 약을 전해지지 않아 결국 시골집의 사람이 죽었다는 비보가 전해진 모양이구나. 그렇다면 그녀가 상복을 입고 있는 걸로 보아 죽은 사람의 친속親屬이란 말인가.'

수레 안의 여인의 맑고 밝은 눈길이 심우를 몇 차례 바라보더니 비로소 천천히 말했다.

"만약 우리가 설득력 있게 이유를 설명한다면 당신 스스로 승인하겠다는 말씀이세요?"

그녀의 목소리는 구슬이 구르는 듯 꾀꼬리가 노래하는 듯 청량한 목소리였다. 심우는 머리를 끄덕이며 말했다.

"내가 반박할 방법이 없을 때가 된다면 인정하려 하지 않아도 안 되겠지요. 비록 반드시 사실이 아니어도 말이요."

그 미인이 말했다.

"내가 보기에 당신은 궤변에 능한 사람이 아니에요. 우리가 이유를 말하고, 또 당신이 반박할 여지가 없다면 그때는 우리를 따라 연위보로 되돌아가겠어요?"

심우가 말했다.

"저는 낭자에게 미움을 사고 무례하게 굴고 싶지도 않소. 하지만 명확히 말씀하지 못하신다면, 저는 아마 뒤돌아서 갈 것입니다."

여인이 웃으며 말했다.

"우리 쪽에는 예닐곱 명이나 있고, 만일 손을 쓴다면 당신에게 이로울 게 없을 텐데요."

심우는 짧게 말했다.

"당신들이 말하는 이유나 먼저 들어봅시다."

미녀가 말했다.

"려사와 애림이 당신을 이곳에 파견하여 보주의 행방을 알아보게 해서 보주가 손을 쓸지 아니면 그만둘지 살펴보려는 거겠지요. 비록 려사가 보주를 먼저 패배시켰지만, 상당히 힘들게 이겼기 때문에 마음속에 생겨난 조바심과 경계심 때문에 보주의 의향을 알아보고 경계하려는 게 아니요?"

심우는 마음속으로 크게 놀랐다. 그에게는 정말 그녀의 추론을 충분히 깨뜨릴 다른 이유가 없었다. 그는 별수 없이 손을 놓으며 말했다.

"좋습니다. 내가 당신들을 따라 돌아가겠습니다. 내가 려사와 애림에게 그러한 것을 알려주러 가는 사람이 아니라는 것을 증명하겠습니다. 이젠 됐는가요?"

여인은 머리를 가로저으면서 싸늘하고도 엄숙하게 말했다.

"안 돼요."

심우는 이러지도 저러지도 못하는 상황에 처한데다 여인을 상대하기가 쉽지 않았음을 느꼈다. 그는 그 여인과 더 이상 입씨름하기가 싫어서, 치밀어 오르는 울분을 억누르며 말했다.

"낭자, 제가 어떻게 하길 바라십니까?"

심우는 자신에게 닥친 상황에 불쾌하긴 했지만 시종 예의를 잃지 않았다. 그러자 연위보 사람들도 이런 그의 태도에 처음과는 다르게 적대시하던 분위기를 많이 수그러졌다. 그 미녀가 말했다.

"내 계획을 당신에게 알려준들 공연한 일일 뿐입니다. 왕건."

왕건이 대답했다.

"예."

미인이 말했다.

"이 사람을 붙잡아갑시다."

왕건이 말했다.

"알겠습니다."

그가 손짓하자 세 사람이 바람같이 달려와 심우를 둘러쌌다. 심우는 화가 울컥 치밀어 쌀쌀한 눈길로 그 사람들의 행동을 지켜보았다. 왕건이 말했다.

"만약 심형이 묶이는 게 억울하다면 진실을 증명하기 바라오."

심우가 물었다.

"어떻게 증명하란 말이오?"

왕건이 대답했다.

"우리가 함께 간다면 알게 될 겁니다."

심우가 말했다.

"당신들은 그들이 지금 어디에 있는지 알고 있소?"

왕건이 말했다.

"알고 있소. 여기서 사오십 리 되는 곳에 있소."

심우는 눈을 들어 여인을 바라보았는데 그녀는 살짝 냉소를 지었고 마치 심우를 려사와 애림의 첩자라 믿고 있는 표정이었다. 심우는 참을 수 없이 화가 나서 속으로 중얼거렸다.

'억울하지만 지금은 참겠다.'

심우는 즉시 온화한 목소리로 말했다.

"좋소. 내가 당신들을 따라가지요. 가서 증명하겠소."

심우는 말에서 뛰어내렸고 두 손을 등 뒤로 가져가 움직이지 않고 가만히 서 있었다. 한 명이 명을 받고 밧줄을 가지고 심우의 옆으로 왔지만 그의 동작은 매우 경계하고 있었다. 심우는 움직이지 않았고 그들이 마음대로 두 손을 묶게 하였다. 왕건 등 사람들은 이때에야 한시름 놓고 높은 소리로 말했다.

"부인, 심형에게 말을 타게 해도 되겠습니까?"

그 젊고 아름다운 진부인이 말했다.

"아니요, 여기 수레에 오르게 하세요. 그렇지 않으면 우리 갈 길에 속도가 크게 떨어지게 될 테니."

심우는 수레로 향했고 그녀가 옆으로 움직여 자리를 내어 주었다. 그러나 그는 앞의 수레를 끄는 좌석으로 올라가 용맹하고 민첩한 대한과 함께 앉았다. 이러한 행동에 그 젊은 여인이 그를 탓할지는 별개의 일이지만, 다른 사람들은 그의 이러한 행동에 모두 호감을 느꼈다. 이 같은 청년 남자가 만약 그들의 주모와 함께 어깨를 나란히 하고 앉는다는 것이 아무래도 모양이 나지 않았기 때문이다.

수레에 딸린 네 필의 말은 신속하게 앞을 향하여 질주했다. 한동안 달리자 수레는 갈림길에 접어들었고, 조금 지나 수레가 격렬하게 흔들리기 시작했다. 심우가 몸에 절예를 품고 있지 않았다면, 두 손이 묶인 상황에서 벌써 수레 밖으로 튕겨져 나갔을 것이다. 수레가 앞으로 나갈수록 지형은 황량하고 울퉁불퉁하였다. 다행히 수레는 특별히 설계된 것으로써 이런 길에서도 잘 견뎠다. 점심때가 되었어도 수레는 속도만 늦추었을 뿐 쉬지 않고 달렸다. 왕건이 조금은 미안한 듯이 수레 옆으로 다가와서 큰소리로 물었다.

"심형, 배고프지 않습니까?"

심우가 대답했다.

"강호를 유랑하는 사람은 한두 끼를 거른다 해서 큰일은 없소이다."

왕건이 말했다.

"차라도 한 잔 마시는 것이 어떻겠습니까?"

심우가 말했다.

"필요 없소. 나는 나의 청백함이 어서 드러나길 바랄 뿐이오. 그때면 당신은 내게 잊지 말고 한 끼 잘 대접해야 할 것이오."

왕건이 말했다.

"심형이 려사와 애림과 한패가 아니라면 사과하는 뜻에서라도 꼭 대접해 드리겠소."

등 뒤에서 진부인의 목소리가 들려왔다.

"그는 우리가 려사를 따라잡아 려사가 그를 어서 구해주기를 바랄 거예요."

심우가 말했다.

"내 생각엔 우리는 되도록이면 려사와 안 만나는 것이 좋습니다. 대신에 진보주를 찾아 그에서 증명해 달라고 하십시오. 그렇지 않으면 우리모두 죽어도 묻힐 땅조차 없게 됩니다."

진부인이 말했다.

"죽으면 묻힐 땅조차 없다? 흥, 그럴 리가 없어요. 려사가 설사 잔혹하고 흉폭하다 하더라도 사람을 보면 아무런 이유 없이 죽일 수 있는 건아니 잖나요?"

심우가 입을 열기 전에 왕건이 말했다.

"진부인이 모르는 게 있습니다. 강호에는 사람 죽이는 것을 낙으로 삼는 부류가 있지요. 그들은 상상할 수 없을 정도로 잔인하고 무서운 사람들입니다. 려사가 이런 부류라 생각하시면 됩니다."

진부인이 말했다.

"내가 비록 만나본 사람은 많지 않지만 인간성을 믿고 있어요. 려사가설사 지독하게 흉악하고 잔인하다고 하나 우리가 그를 건드리지 않는다면 그는 절대로 길을 가로막고 우리를 죽이지 않을 거예요."

심우는 이제서야 머리를 돌려 그녀를 바라보았다. 그녀의 수려한 얼굴은 사람들에게 아름답고 부드러우며 달콤한 인상을 주었지만, 그녀의 약간 벌겋게 부어오른 눈에서는 오히려 고집스러움을 볼 수 있었다. 아마도 그녀는 어떤 일에 대하여 아마 이미 결심을 한 듯했다. 심우는 머리를 되돌렸지만 마음속에는 오히려 미혹스런 느낌을 지울 수 없었다. 다만 왕건이 웃음 띤 얼굴로 말하는 소리가 들렸다.

"부인의 말이 옳습니다. 우리가 그를 건드리지 않으면 그도 우리를 공격하지 않을 것입니다."

그는 심우에게 물었다.

"심형이 려사하고 애림과 원한이 있다 했는데, 심형이 그들을 혼내 준 적이 있습니까?"

심우가 대답했다.

"지금까지는 없었소."

왕건이 말했다.

"당신의 뜻은, 지금은 어떻게 하더라도 그들을 손 볼 수 없다는 것입니까?"

심우가 말했다.

"바로 그렇소."

왕건이 주저하다가 말했다.

"그렇다면 길에서 그들을 만나도 우리는 그냥 지나는 길손인 것처럼 하고 그들을 건드리지 말아야 합니까?"

심우가 말했다.

"그것도 좋지 않소."

왕건이 의아해서 물었다.

"그것은…… 왜 그렇습니까?"

심우가 대답했다.

"려사는 고강한 무공을 가지고 있는데다 지혜 또한 뛰어나니 때문이오. 그가 연위보를 다녀왔으므로 우리 일행을 보면 연위보 사람이라는 것을 알아차릴 것이며, 우리가 그를 건드리지 않는다 해도 그는 우리를 놓아주지 않을 것이오."

진부인이 말을 가로채며 말했다.

"내가 보기에는 당신의 지혜가 려사보다 한 수 위인 것 같은데요?"

심우는 머리조차 돌리지 않고 담담히 말했다.

"진부인의 과찬이시오. 저는 려사의 적수가 되지 못합니다."

진부인이 말했다.

"당신은 어떤 일을 함에 먼저 기선機先을 통찰하고, 상대의 모든 행동과 반응을 예측합니다. 게다가 당신은 비록 그들과 원한이 있지만 오히려 그들의 뒤를 따라다닐 뿐만 아니라 그들에게 피살되지 않은 것은 물론 그들에게 발견되지도 않았어요. 이런 재주가 있는데, 어찌 려사보다 위에 있다고 아니할 수 있겠어요?"

그녀의 분석이 이치에 맞았기에 심우는 많은 말들을 하기 싫어서 다만 어깨만 으쓱거렸다.

왕건이 말했다.

"아마 우리 보에서 심형의 지혜를 빌릴 수 있다면 려사를 죽일 수도 있을 겁니다. 심형의 생각은 어떻습니까?"

심우가 말했다.

"당신들에게 권고하는데, 그를 건드리지 마시오."

왕건이 말했다.

"솔직히 말하면 려사와 애림은 멀지 않은 곳에 있고 우리는 거의 그들을 따라잡았습니다."

심우는 섬뜩해서 물었다.

"그 말이 사실이요?"

왕건이 말했다.

"도중에 일부 표식이 있는데, 연위보의 사람들이 남긴 것으로 거짓이 아닙니다."

심우는 숨을 한번 길게 들이쉬고 나서 말했다.

"그렇다면 왕형은 나의 결박을 풀어주는 것이 좋을 것이오."

진부인이 말했다.

"왜 그렇죠?"

심우가 말했다.

"내가 움직일 수 있어야 그와 겨룰 수 있을게 아니오."

진부인은 조소하면서 말했다.

"만약 질 것이 뻔하면, 겨루어 본들 뭐하겠어요."

심우가 말했다.

"정말 묶은 것을 풀어주지 않을 생각이오?"

진부인이 말했다.

"그렇소. 당신이 불복한다면, 직접 무공을 써서 밧줄을 끊어도 상관없어요."

심우는 남몰래 공력을 끌어올려 즉시 맹렬하게 힘을 써 보았지만, 팔목을 단단히 묶고 있는 밧줄이 비할 바 없이 견고하여 끊어지지 않았다.

진부인의 냉랭한 소리가 뒷좌석으로부터 바람에 실려왔다.

"이 밧줄은 특별히 제작된 것으로 날카로운 도검으로도 끊을 수 없는 것이오."

왕건이 그녀의 말을 받았다.

"부인이 당신을 속이지 않으니 심형은 헛되이 힘을 쓰지 마십시오."

심우는 힘들여 머리를 돌리며 보기엔 부드럽고 나약한 듯 하지만, 사실 상당히 악락한 아름다운 부인을 바라보며 부드럽게 말했다.

"당신은 이 밧줄이 대단하다고 생각하오? 흥, 당신과 같은 부인의 생각이 바로 대사를 그르치는 근원이요."

진부인은 아무 말도 하지 않고 다만 쌀쌀하게 심우를 쳐다볼 뿐이었다. 왕건이 급히 말했다.

"심형은 화를 내지 마십시오. 우리가 심형이 려사와 한패거리가 아니라는 것이 증명만 되면 즉시 밧줄을 풀어주고, 당신에게 사죄하리라."

돌연 앞에서 길을 찾던 한 사람이 말을 멈추어 서자 수레도 신속하게 전진을 멈추었다. 왕건은 채찍질하여 달려가서 몇 장 밖에 있는 그 수하와 잠깐 이야기를 나누더니 또 말을 재촉하여 야초와 나무가 가득한 산비탈을 돌아갔다. 심우는 목을 길게 빼고 앞을 보면서 생각했다.

"그들이 무슨 수작을 부리는가? 이미 려사를 따라잡았단 말인가?"

그의 마음은 돌연 초조해지기 시작했다.

'아, 내가 경솔했다. 조금만 힘을 가하면 밧줄이 끊어질 것이라 생각했어. 그런데 꼼짝없게 되었어. 이런 상태에서 려사와 맞부딪힌다면 설사 죽지 않는다 해도 치욕을 당하게 될 것이다. 더구나 애림도 더 이상 날 용서하지 않을 것이다.'

그는 애림을 생각하자 마음이 더욱 어지러워졌다. 심우의 머릿속에는 세 여자의 얼굴이 동시에 떠올랐다. 세 여자 중 하나는 호옥진이었다. 이 여자의 행동과 내력은 신비한 느낌을 주었다. 그러나 여하간 그녀는 심우에 대해서 좋게 생각하는 것은 틀림이 없다.

또 다른 여자는 바로 수려하고 순박한 시골여인 진춘희였다. 그녀는 궁벽한 어촌에서 자랐고 마음이 순결하고 자애롭지만, 그녀의 성격 중에는 오히려 강인한 의지가 갖춰져 있어고, 그녀의 순결하고 자애로운 마음속에 숨겨져 있었는데, 이것이 그녀와 일반적인 보통의 시골여인과는 다른 점이다.

마지막 한 여자는 수레에 앉은 진부인이었다. 그녀는 비록 유명한 연위보 보주 진백위의 처자였지만 나이가 매우 젊어 보기에는 소녀 같았다. 그녀는 무공을 모르는 것이 분명했고 동작은 심지어 매우 아름다웠다. 그리고 그녀의 모습과 기색으로는 모두 의지가 강한 사람인 것 같지 않았다.

심우는 남편이 있는 이 부인에 대해 그 어떤 잡념도 없었기 때문에 자기의 인상 중에 뜻밖에도 그녀가 끼어 있다는 것을 발견하고는 스스로도 놀라고 의아하다고 여겼다. 그녀가 어떻게 해서 그에게 깊은 인상을 남길 수 있었는가? 아마도 그녀의 아름다운 용모 때문이었을까? 아니면 지금까지 조우한 여러 가지 일들이 그로 하여금 그녀를 떠오르게 한 것일까? 심우는 스스로 묻고 나서 지금 상황이 그를 핍박하여 이 젊은 부인을 생각나게 하는 것이 아니라는 것을 알았다. 그는 재빨리 분석하고 나서 문득 중얼거렸다.

'그렇지. 귀엽고도 나약하며 무공도 모르는 미녀가 이처럼 원수를 죽이고자 매우 위험한 장소에 나타남으로써 나에게 특별한 주의를 불러일으킨 것이구나. 그 밖에 또 다른 두 가지 원인이 있는데, 하나는 그녀의 집에 사고가 났고, 따라서 그녀가 상복을 입었으며, 이것은 자연히 약을 복용할 사이가 없어 죽은 그 남자와 관계가 있다는 것을 나는 알고 있었기 때문이다. 이 점은 필연적으로 나로 하여금 그녀를 동정하고 가엾게 여기는 마음을 일으킨 것이다. 다른 하나는 그녀와 같은 인재가 그녀보다 나이가 훨씬 많은 무부武夫에게 시집갔다는 것이고, 더군다나 그 사람이 흑도에 인물이라 아름다운 봉황이 까마귀를 따르는 것처럼 서로 맞지 않는 혼인이라 생각했기 때문이겠지.'

그의 잠재의식 중에는 이 미모의 여인을 동정하여 가엾이 여기고 있었다. 그러므로 심우는 자기가 방금 출수하여 왕건 등을 대처하지 않은 것이 확실하게 이 같은 심리적인 영향을 받았기 때문이라는 것을 알게 되었다. 때문에 그는 그녀가 또다시 난처함과 공포 속에 빠지지 않기를 바랐다. 뿐만 아니라 그는 그녀가 자기를 해치지는 않을 것이라고 어렴풋하게 느꼈기 때문이다.

그러나 지금의 상황은 오히려 잘못되어 가고 있었다. 모든 것이 의외였다. 그는 마음속으로 후회가 급습했다. 이와 같은 흉악한 부인을 앞으로는 더 도와주지 않기로 결정했다. 그 밖에 두 명의 기사와 말몰이꾼은 모두 부름소리를 듣고 마차를 떠나 왕건 등이 사라진 곳으로 달려갔는데 무엇을 하러 갔는지는 알 수 없었다. 이곳에는 다만 한 대의 수레와 심우 그리고 진부인 두 사람만 남았다. 심우는 돌연 뒷좌석에서 들려오는 낮은 울음소리를 듣고 저도 몰래 크게 놀라서 속으로 중얼거렸다.

'그녀가 울고 있단 말인가?'

계속해서 또 다른 생각이 그의 마음속을 휘저었다.

'그녀가 울고 있는 것이 나와 무슨 상관이람?'

비록 생각은 그렇게 했지만, 그는 참지 못하고 머리를 돌려 바라보았다. 그 아름다운 부인은 망연하게 하늘을 응시하고 있었고, 눈물이 새하얀 뺨을 따라 주르륵 흘러내렸다. 그녀의 날씬하고 맵시 있는 신체는 불시에 가벼운 경련을 일으켰다. 심우는 이맛살을 찌푸렸다가 부드러운 소리로 말했다.

"진부인, 무슨 일로 눈물을 보이시오?"

진부인의 눈길이 심우의 얼굴에 와서 멎었고, 이어 놀란 듯 미혹스러운 표정을 지으면서 말했다.

"아무 일도 없어요."

심우는 깊이 그녀의 눈길을 주시하고 나서야 머리를 끄덕이면서 말했다.

"아무 일도 없다니 다행입니다."

그는 머리를 되돌려 다시는 그녀를 바라보지 않고, 단지 입을 열어 말했다.

"당신은 나이가 젊으니 아직은 세상의 많은 일들이 사람의 힘으로는 될 수 없다는 것을 모를 것이요. 이것이 보통 사람들이 말하는 운명이요. 많은 일들은 확실히 우리가 제어하거나 항거할 수 없는 것이 많소."

그는 이와 같이 공허한 이론은 그 어떤 효과도 보지 못한다고 여겼다. 그것은 그녀가 젊기 때문에 이런 철학적인 이치를 체험하지 못했을 것이고, 따라서 말해도 소용이 없을 것이라 여긴 것이다. 하지만 만약 그녀가 갖은 시련을 겪어, 경험이 그녀로 하여금 이런 이치를 족히 이해하게 한다면, 그가 굳이 이런 이치를 말할 필요도 없는 것이다. 그래서 심우는 더 이상 말을 하지 않았다.

수레에서는 한동안 침묵이 흘렀으며, 산비탈 쪽에서도 어떤 소리도 들려오지 않았다. 그들이 있는 곳은 초목이 무성한 황량한 들판이었고, 사면에는 울뚝불뚝 솟아있는 언덕들이 드문드문 있었으며, 멀리에서는 검푸른 산봉우리들이 잇닿아 있었다. 오후의 태양은 푸르고도 비옥한 대지를 비추었고, 미풍 중에는 짙은 진흙과 초목의 냄새가 실려왔다.

심우는 돌연 고향이 생각났다. 왕왕 기나긴 여름날, 콧속으로 산과 들에서 늘 맡았던 익숙한 냄새가 올라왔다. 그의 정서는 어렴풋하게 변하여, 근심걱정이 없던 어린 시절의 나날들이 이 순간 또다시 그의 곁으로 되돌아온 것 같았다.

그러나 이것은 결국 극히 짧은 순간의 느낌일 뿐이었고, 뒷좌석에서 들려오는 그 젊은 부인의 낮은 울음소리는 그로 하여금 삽시간에 현실로 되돌아오게 했다. 근심 없었던 동년시절이 확실히 그와 멀리 떨어져 갔고, 영원히 되돌아올 수 없음을 느낀 것이다. 그는 온화하지만 매우 굳건한 목소리로 물었다.

"왜 또 울고 있소?"

진부인은 탄식하고 나서 대답했다.

"나의 남편이 바로 앞에 있었어요."

심우는 깜짝 놀라면서 말했다.

"그가 앞에 있다면서, 그런데 당신은 왜……."

그의 말은 돌연 끊어졌다. 그것은 그가 이때 분명 그녀의 남편에게 문제가 일어났기 때문에 그녀가 비로소 슬프게 울고 있다는 것을 깨달은 것이다. 그렇다면 그녀는 자연히 어떤 일인지를 벌써 알아차렸을 것이다. 따라서 그녀의 눈언저리가 벌겋게 부어오른 것이 이상할 것도 없었다. 심우는 잠깐 생각하더니 말했다.

"도대체 어찌 된 일이요? 그에게 어떤 일이 발생했소?"

진부인이 말했다.

"그들 네 사람은 모두 려사의 칼 아래 죽었어요."

그녀의 음성 중에는 증오하는 기색이 어렴풋하게 나타났다.

심우가 말했다.

"지금 그들이 시체를 파묻고 있소? 아니면 다른 일을 하고 있소?"

진부인이 말했다.

"한 사람이 중상을 입었으나 아직 죽지 않았기 때문에, 그들은 시체를 파묻는 외에도 그를 구하여야 하니 사실의 경과를 물어볼 수 없네요."

그녀는 슬퍼하며 탄식하고 나서 또다시 말했다.

"그들의 관을 만들었는지 모르겠어요?"

심우가 말했다.

"그럼 당신이 입은 소복은 당신의 남편을 위해 입은 것이 아니요? 당신은 가서 보지 않으려오?"

진부인이 말했다.

"나는 물론 가보아야지만 그들의 말로는 시체에 옷을 입히고 홑이불로 싸서 입관할 때 나를 청하겠대요."

심우가 말했다.

"당신은 사람을 죽이는 것을 직접 본 적이 없소?"

진부인이 말했다.

"본 적이 없어요."

심우가 말했다.

"그들의 말이 옳소. 만약 당신이 본 적이 없다면 그들이 모두 수습한 뒤에 가는 것이 좋겠소. 그렇지 않으면 당신은 많이 놀랄 것이요."

진부인이 냉랭하게 말했다.

"만약 당신이 려사와 한패거리라면 나는 반드시 내손으로 당신을 죽일 것이고, 눈 한번 깜짝하지 않겠어요."

심우가 즉시 물었다.

"당신은 어찌해서 내가 려사의 패거리라고 생각하시오?"

진부인이 말했다.

"아직은 알 수 없지만 나는 아니기를 바라요."

심우가 말했다.

"나는 확실히 려사의 패거리가 아니요."

진부인은 아무 말도 하지 않았다. 그녀는 젊을 뿐만 아니라 보기에 순결하고 아름다웠다. 그러나 이 시각 그녀는 오히려 자기의 깊은 속마음을 나타내지 않았으므로 사람들로 하여금 그녀의 생각을 헤아릴 수 없게 하였다. 심우는 그의 눈을 먼저 돌리고, 이어 고개마저 돌렸다. 원래 앉았던 자세로 돌아간 후 그녀와 많은 말을 나누지 않기로 결정했다. 그는 속으로 중얼거렸다.

'나는 진백위의 용모와 위인이 어떤지도 모르지만 이런 상황을 보면 그녀가 그에 대해 심후하고도 진지한 감정이 있다는 것은 의심할 바 없다. 지금 그녀가 이미 과부가 되었으니, 그녀의 아름다운 용모를 가진 그녀가 이러한 일을 당했다는 것이 다른 사람들로 하여금 동정과 연민을 자아낼 것이다.'

한동안 지나자 심우는 몇 장 밖의 산비탈 뒤에서 하나의 그림자가 나타난 것을 보았다. 그의 안력은 특별히 강하여 한번 보고는 온 사람이 누구라는 것을 알았으므로 즉시 말을 열었다.

"왕건이 돌아오고 있소!"

이때 진부인이 일어섰기 때문에 수레가 흔들렸다. 심우는 돌연 좋지 않은 느낌이 있었다. 그것은 그의 옆구리와 허리 사이에 날카로운 물건이 닿았기 때문이다. 그의 특별히 민감한 감각이 그에게 알려주었다. 그것은 한 자루의 단도였고 날카로운 정도가 대개 일반적인 도검을 자를 수가 있을 정도였다. 그의 일신 무공으로도 이런 예리한 무기는 막을 수 없었다.

이렇듯 특별히 예리한 단도의 위험 외에도 부인이 내뿜는 살기 또한 느껴졌다. 심우는 마음속으로 크게 놀랐다. 아름다운 이 과부가 확실히 살인할 결심을 내렸다는 것을 깨달았다. 만약 필요하다면 그녀는 조금도 주저하지 않을 것이다. 그는 조금도 움직이지 않고 굳센 어투로 말했다.

"왜 칼을 들었소?"

진부인이 말했다.

"당신은 상관하지 말아요."

심우가 말했다.

"내 목숨이 달린 일인데 내가 상관하지 않는다면 누가 상관하겠소?"

진부인이 말했다.

"만약 당신이 려사와 애림의 패거리라면 당신의 목숨은 더 이상 당신 것이 아니에요."

심우가 어찌 이런 이치를 모를 수가 있겠는가. 그가 알고 싶은 것은 다른 일이었다.

"당신은 무공을 닦은 적이 없고 더구나 그 칼이 너무 짧아서 당신은 나 같은 사람을 쉽게 죽일 수 있다고 생각하오?"

진부인이 냉랭하게 말했다.

"내가 이 칼을 당신 살가죽에 살짝 베기만 해도 피를 보이며 당신은 즉시 죽을 거예요."

심우는 속으로 중얼거렸다.

'칼날에 독을 발랐구나, 그렇지 않으면 그 칼이 비록 잘 든다 하나 칼날이 너무 짧아서 일반인이라면 사람을 죽일 수 없을 것이다.'

심우가 말했다.

"왕건이 당신한테 어떤 소식을 보고하였소?"

진부인이 말했다.

"그래요."

심우가 말했다.

"그가 보고한 일이 나와 관계가 있소?"

진부인이 말했다.

"그래요."

심우가 말했다.

"만약 그의 보고가 나에게 불리하다면 나에게 나 자신을 명백하게 밝힐 기회를 주겠소?"

진부인이 말했다.

"소용없어요. 당신에겐 이제 그 어떤 기회도 없어요."

심우가 두려워하는 것이 바로 이것이었다. 그는 이미 진부인이 손에 들고 있는 칼이 독이 있을 뿐만 아니라 더없이 날카롭다는 것을 알아냈으므로 무공으로 달아날 수는 없다. 그것은 독이 묻은 칼날이 이미 그의 몸에 닿아 있었고, 그의 뛰는 속도가 아무리 빠르다 해도 그녀의 칼보다는 빠르지 못하기 때문이었다. 심우는 침착하게 말했다.

"당신은 잘못 생각했소. 만약 나라면 즉시 죽이려 하지 않을 것이오."

진부인이 말했다.

"허튼소리 하지 마세요."

심우가 말했다.

"허튼소리가 아니요. 만약 나를 정말 려사의 패거리라고 생각하고 한 칼에 나를 끝장내면 너무 애석하오. 만약 내가 려사의 패거리가 아니고 정말로 그의 원수라면 당신이 원수를 도와줄게 되는 것이오."

진부인은 반박할 수 있는 말이 없었으므로 침묵만 지켰다. 그런데 그녀의 결심은 영준한 이 청년의 침착한 말투와 당당한 기백에 수그러들고 말았다. 그녀의 잠재의식 중에는 일체를 담당할 수 있는 이 남자에게 의지하기를 바랐다. 하지만 맑고 또렷한 의식 중에는 그녀가 이 남자에게 의지하려는 마음을 쉽게 허락하지 않았다.

왕건은 이미 점점 가까워져 왔고 진부인이 심우의 등 뒤에 접근하여 있는 것을 뚜렷하게 볼 수 있었다. 그의 얼굴에는 놀라고 의아한 기색이 없었으므로 심우는 그의 기색을 한 번 보고는 왕건과 진부인이 벌써 짜놓은 계책임을 알게 되었다. 심우는 비록 살기를 바라고 죽기를 겁내는 사람은 아니지만, 이런 상황 아래에서는 저도 모르게 남몰래 긴장되기 시작하였다. 왕건이 말했다.

"부인에게 아룁니다. 모든 것을 모두 적절히 처리하였습니다."

진부인이 말했다.

"소양小梁도 죽었어요?"

왕건이 말했다.

"그가 적지 않은 말을 하고는 숨이 끊어졌습니다."

진부인이 말했다.

"그의 부상이 심했어요?"

왕건이 말했다.

"예, 지금껏 적지 않은 장면을 보았지만 그렇게 엄중한 상처에도 오히려 의연히 그렇게 오래 견딘 자는 처음 보았습니다."

진부인이 말했다.

"그가 어떤 말을 했나요?"

왕건이 말했다.

"그는 배에 한칼을 맞았고 내장이 다 흘러나왔습니다. 어떤 시골사람이 이불로 그를 감싸주자 더 상처가 터지지 않았습니다. 그러나 그가 말하기 시작하였을 때는 이미 숨이 턱에 닿았습니다."

그는 잠시 끊었다가 또다시 말했다.

"소양이 사건의 경과를 알려주더군요."

진부인이 말했다.

"경과는 잠시 상관하지 맙시다. 당신은 려사 패거리의 정세를 살펴보았나요?"

이때 심우는 자신의 귀를 세워서 왕건의 대답을 기다렸다. 그의 생사는 이 사람의 한마디 말에 결정되는 것이다. 왕건이 소양의 비참한 상황을 묘사하였기 때문에 진부인의 원한은 더욱 크게 증가되었다는 것이 그녀의 목소리에서 알 수 있었다. 왕건의 눈길은 심우의 얼굴에 와서 멎었고 남몰래 뇌까렸다.

'이 자의 내력이 불명한데다 몸에는 절기를 지녔으며, 또 영준하기까지 하다. 이 자가 정말로 려사와 애림의 원수라면 손잡을 기회가 저절로 이루어질 것이다. 그렇다면 이 자의 도움이 쓸모 있겠지만 주인마님이 젊고 아름다운데다 과부가 되었으니 만약 그와 함께 오랫동안 같이 있다면 문제가 발생하지 않는다고 보증할 수 없다.'

이런 생각이 들자 그의 마음속에는 살기로 넘쳐났다. 그가 사람의 목숨을 중하게 여기지 않으므로 설사 심우가 억울하게 죽는다 한들 그는 괴로워하지 않을 것이다. 심우는 그의 눈길에서 흘러나오는 조짐이 좋지 않다는 것을 느끼며, 신속하게 이에 반응하며 즉시 말했다.

"왕형, 내가 가서 피해자들의 시체를 보아야 려사가 홀로 그들을 죽였는지 아니면, 애림이 거들었는지 알 수 있을 것이오."

심우는 자신의 말이 상대방의 마음을 완전히 움직이지 못했다는 것을 발견했다. 왕건의 눈길에 아직도 살기가 없어지지 않았기 때문이다. 그는 즉시 또 말했다.

"결투가 벌어진 현장을 살펴보면 싸울 때의 상황을 알 수 있고, 또 려사를 대처할 수 있는 방법을 찾을 수도 있을 것이오."

왕건은 연위보 팔호장의 우두머리로 싸우고 죽이는 데 대해 전문가이기에 이런 이치는 잘 알고 있었다. 그는 심우의 이와 같은 말에 크게 움직이며 속으로 중얼거렸다.

'내가 그를 죽이더라도 그가 결투가 이루어진 현장을 조사하고 난 뒤 손을 써도 늦지는 않을 것이다.'

삽시간에 그의 눈에 있던 살기는 누그러졌고 미소를 지으면서 말했다.

"심형의 말이 옳습니다. 소양이 위급할 때 오히려 당신과 관계되는 말을 하지 않았습니다."

그는 눈길을 돌려 진부인을 바라보면서 또다시 말했다.

"소양은 려사가 패거리가 있는지를 몰랐기 때문에 근본적으로 그 원인을 설명하지 못했습니다."

진부인은 즉시 독이 묻은 칼을 거두었고 수레에서 뛰어내렸다. 심우는 남몰래 한시름 놓았고 수레에서 내리면서 말했다.

"갑시다. 먼저 피살을 당한 사람부터 살핍시다."

그의 두 손은 비록 등 뒤에 묶여 있었지만 행동할 때에는 빠르고 민첩했다. 지금 진부인의 독칼이 그의 몸을 떠났기 때문에 그는 두렵지 않았다. 세 사람은 황폐한 오솔길로 갔고 오래지 않아 이미 산비탈에 이르렀다.

심우는 산비탈로 올라갈 때 사방을 한번 둘러보고 몇 리 길 앞이 바로 장강으로 통하는 마차대도馬車大道임을 발견하고는 한 차례의 흉살 사건이 쌍방이 대도를 벗어난 산비탈에 있는 평지를 선택하여 손을 써 일어난 사건임을 알 수 있었다.산비탈 아래는 온통 평평하고 널찍한 황야였고, 네 구의 관이 좁은 초지草地 위에 놓여 있었다. 왕건이 데리고 온 세 사람 외에도 사오 명의 사람이 더 있었고 몇 대의 큰 마차도 있었다.

네 구의 관은 모두 아직 뚜껑을 덮지 않았다. 진부인과 왕건은 산비탈에 오르지 않고 아래 길을 돌아서 관을 향해 걸어갔다. 모든 사람들은 흰옷이 휘날리며 진부인이 오는 것을 보고 삽시간에 조용히 서있었는데, 침중하고도 처량한 분위기를 띠었다.

그녀는 한 걸음 한 걸음씩 걸어갔고 보기에 너무 연약하여 바람결에도 넘어질 듯한 느낌을 주었다. 그녀가 갑자기 이 같은 큰 사변을 당하였으므로 모든 사람들은 모두 매우 비참함을 느꼈으며, 더욱이 연위보 사람들은 나이 어린 젊은 진부인이 와서 주공의 유체를 돌아보는 것을 보고는 고독하고 나약하며 의지할 데 없는 진부인을 더욱더 동정하게 되었다. 심우도 이러한 느낌을 느끼고 속으로 중얼거렸다.

'아, 그녀는 물론이고 수하 사람들의 표정을 보면 진백위가 생전에 아내를 무척 사랑했다는 것을 알 수 있구나.'

심우는 기회를 틈타 도망칠 수 있었다. 그가 비록 두 손을 묶이어 속도에는 영향이 있겠지만 연위보 사람들이 따라잡지 못할 것이다. 그러나 그는 도망가지 않았다. 그것은 차마 그들의 곤란한 틈을 타서 그들에게 소란을 가져다주기 싫지 않았고, 둘째로는 연위보의 역량을 사천 경내境內에서 크게 이용할 수 있었기 때문이다. 그는 즉시 큰 걸음으로 산비탈을 내려갔고 여러 사람들의 주목도 끌었다. 그는 재빨리 진부인과 왕건의 뒤를 따라서 그들과 함께 관으로 향했다.

진부인은 첫 번째 관 안의 시체를 한번 보았고, 이어서 두 번째 관으로 가 보았다. 이렇게 줄곧 네 관 안의 시체를 돌아보고 나서야, 첫 번째 관 앞으로 되돌아와서는 돌연 땅에 꿇어앉았고 고개를 숙이고 엎드려서 울음을 터뜨렸다. 말하는 사람도 없었고 그녀의 앞으로 다가가서 그녀를 말리는 사람도 없었다.

진부인의 울음소리는 처음에는 낮았지만 점점 높아지더니 비록 대성통곡은 아니었지만, '무산의 원숭이巫猿가 애처롭게 울고, 두견새가 슬픔이 극도에 달하여 피를 토하는 것' 같았다. 이 같은 단장지성腸斷之聲은 진정으로 사람들로 하여금 차마 들을 수 없게 하였다.

주위의 한 무리 사람들은 마차를 몰고 관을 메는 몇몇 건장한 사나이

들을 제외하고 신분이 낮아 말을 할 수 없었다. 그 외에 몇 명은 왕건을 우두머리로 하여 거의 다 강호로 떠돌아다닌 사람들이었다. 이들은 견식이 지극히 고명하여 슬픔은 반드시 표현해야 한다는 이치를 모두 알고 있었다. 그런 까닭으로 그들은 진부인의 슬픈 울음소리에도 참을 수 있었다. 한참을 지나 심우가 돌아보았을 때, 빙 둘러 시립하고 있는 남자들 중 서너 명은 이미 팔소매로 눈물을 훔쳤고, 왕건도 그중의 하나였다.

심우는 속으로 중얼거렸다.

'진백위는 흑도 상에서 은둔한 대두목이지만 평시에 부하들을 대할 때 은혜도 베풀고 위엄도 부림으로써 그들의 마음을 얻었을 것이다. 그렇지 않다면 마음이 지독한 이 사람들이 어찌 가볍게 눈물을 흘릴 수 있겠는가?'

진백위의 위인에 대해서 심우는 어느 정도 짐작할 수 있었다. 아름다운 진부인이 진백위에 대한 깊은 사랑을 표현할 때는 진백위가 남달리 뛰어난 곳이 있기에 진부인이 그에게 마음이 쏠렸다는 것을 알았다. 그는 아무런 기척도 없이 그곳을 떠났지만 멀리는 가지 않았고 부근을 천천히 거닐면서 땅 위와 주위의 상황을 살펴보았다. 마지막으로 그는 왕건이 진부인을 위로하는 소리를 듣고서야 관 옆으로 돌아왔다.

심우가 오가는 것에 대해 주의를 돌리는 사람은 하나도 없었다. 진부인은 얼굴에 온통 눈물범벅이었고 울음을 그치지 않았다. 심우는 크게 기침 소리를 내자 그 소리의 진동으로 모든 사람들의 귓가에서는 윙윙 소리가 났다. 사람들은 모두 놀라고 의아한 눈빛으로 심우를 바라보았다. 심우는 왕건을 바라보면서 말했다.

"진부인의 비통함과 여러분의 충의에 나는 동정하고 탄복합니다. 만약 복수하고 원한을 풀려면 시기가 중요하니 여러분들이 시기를 놓치지 말기를 바랍니다."

그의 말은 우렁차서 쟁쟁하게 귓가를 울렸고 울음소리가 아직 멎지 않은 진부인마저도 뚜렷하게 들었으니 그 옆의 사람들은 더 말할 나위가 없었다.

제 11 장

報夫仇詐死尋元凶

남편의 원수를 갚기 위해
꾀로 죽이려 원흉을 찾다

왕건은 눈물을 훔치면서 말했다.

"심형은 어떤 가르침 있습니까?"

심우가 말했다.

"가르침이라뇨, 감당할 수 없습니다. 그러나 이런 의견을 나누기 전에 날 당신들의 동지로 여기는지 적으로 여기는지 태도를 분명히 해주시오?"

심우가 이런 정세하에서 상대에게 적인지 동지인지 태도를 결정하라는 요구가 너무 강력하여 상대방으로 하여금 피해나갈 여지를 주지 않았다.

왕건은 잠시 생각하고 나서 말했다.

"솔직히 잘 모르겠습니다."

심우가 말했다.

"왕형은 지혜가 뛰어나고, 응변에 능할 뿐만 아니라 매우 결단성이 있는 사람인데 왜 주저하고 결정을 못 하는 것이오?"

왕건이 말했다.

"심형 과찬이십니다. 만일 평시라면 사람을 파악하는 것에 자신이 있으나 지금 이렇게 큰 변을 당하고보니 마음이 산란해서 어떻게 해야 할지를 모르겠습니다."

심우가 말했다.

"좋소. 그렇다면 당신들의 조사가 끝날 때까지 기다리겠소."

진부인이 고개를 들었는데 눈물에 젖은 얼굴은 그녀의 아름다움을 한결 더 돋보이게 하였다. 그녀는 단호하게 말했다.

"심선생은 적일 수 없어요. 어서 와서 이야기하세요."

왕건은 다가가서 한편으로 사과하면서 한편으로는 묶은 것을 풀어주었다. 심우는 결국 몸이 자유롭게 되자 관 옆으로 가서 진부인에게 말했다.

"나를 믿어주고 풀어주시니 감격할 따름입니다."

진부인이 말했다.

"왕건이 말하길 당신은 홀로 산비탈에 있을 때 도망칠 수 있었지만 도망치지 않았어요. 당신은 적이 아닐 거라고 왕건이 말하더군요."

심우가 말했다.

"일리 있는 말이지만, 내가 왕형의 의도를 알아차리고 일부러 도망하지 않았다면 당신들은 오히려 나의 계획에 빠져버리는 것이 아닙니까?"

진부인은 담담하게 말했다.

"나 역시 그 점을 생각했었지요."

심우는 의아해서 말했다.

"부인이 이미 그렇게 생각하였는데도 나를 놓아주는 이유는 무엇입니까?"

진부인이 말했다.

"제 생각에 심선생이 감히 상대방의 계략을 역이용하여 공격하고자 한다면 반드시 의도하는 바가 있겠지요. 그러므로 묶은 것을 풀어주던 풀어주지 않든 간에 차이가 없다고 생각해요."

심우는 손뼉을 치면서 찬탄했다.

"훌륭하오. 훌륭해."

왕건이 끼어들었다.

"심형은 방금 이미 현장을 둘러보았고, 보주와 여러 사람의 시체도 보았습니다. 심형은 어떻게 보고 있습니까?"

심우가 말했다.

"먼저 현장상황에 대해 말하자면 나는 많은 발자국과 핏자국을 발견하였소. 아마도 이는 당시 결투의 상황을 말해주는 듯하오."

왕건의 얼굴색이 변하고 놀라면서 물었다.

"심형이 살펴본바 발자국으로부터 무엇을 알 수 있소?"

심우가 말했다.

"이런 발자국은 보통 사람들이 남긴 발자국과는 다르오. 이는 내경內勁을 이용하여 싸울 때 남긴 흔적들이지요. 보이는 것은 다만 풀들이 밟힌 것 같은 형상이지만 말이오."

왕건은 연신 머리를 끄덕이면서 말했다.

"옳아요, 옳아. 내경을 포함한 압력은 보통 때 무거운 물건이 누른 압력과는 다릅니다."

그도 이런 흔적을 확인했기에 심우의 말이 한 자 한 자 모두 옳음을 알았다. 왕건이 새삼 놀란 것은 지금 세상에 이처럼 깊이 관찰하고 식별하는 안력을 갖춘 사람이 매우 드물었기 때문이다. 이 일로 왕건의 심우에 대한 평가가 크게 달라졌다. 심우가 또 말했다.

"이곳에 난 어지러운 발자국과 핏자국으로 사람들이 상처받고 피해받은 위치를 설명할 수 있을 것이고, 또 그 흔적들이 분포된 형국으로부터 대략적인 당시의 상황을 가늠할 수 있을 것이오."

진부인이 말했다.

"심선생께서 당시 상황을 알려줄 수 있나요?"

심우가 말했다.

"현장을 살펴본바 진보주는 패주답게 단신으로 려사와 결투를 벌였소. 두 사람이 싸울 때 남긴 흔적, 치수와 방위 등은 조금도 흐트러지지 않았습니다. 또 다른 곳에서 결투한 흔적은 두 장쯤 거리가 되는데, 이로부터 진보주가 먼저 출전한 것으로 보입니다."

진부인은 현혹당한 듯이 말했다.

"이렇게 설명이 가능하군요."

심우가 말했다.

"그렇습니다. 만일 진보주가 먼저 출전하지 않고 수하 세 사람이 려사와 먼저 겨루어 살해되었다면 진보주는 두 가지 선택을 했을 겁니다."

그는 잠깐 끊었다가 다시 말했다.

"첫 번째 선택은 도망가는 것입니다. 그렇다면 그것은 그가 적의 진정한 공력을 보고는 스스로 적수가 아님을 알았기 때문입니다."

그곳에 있던 사람들은 그렇게 여기지 않는다는 표정을 짓자 심우는 한눈에 진백위가 평소에 담략과 용기가 뛰어났고, 스스로도 강인한 사람으로 자처하였음을 알 수 있었다. 그는 이어서 말했다.

"두 번째 선택은 곧바로 맹렬하게 공격하여 한두 명 수하의 목숨을 건지려 했을 것입니다."

이번은 모든 사람들은 이에 동의한다는 기색을 나타냈다. 심우는 가볍게 웃으며 말했다.

"하지만 여기 이 흔적은 오히려 그가 원래 자리에 서서 도망가지도 않고 덤벼들지도 않았음을 말해줍니다."

심우의 이 말은 연위보의 적지 않은 사람들의 분노를 자아냈고, 그들은 심우가 일부러 이미 죽은 보주 진백위를 모욕한다고 여겼다. 왕건이 말했다.

"심형은 어떤 의도에서 그런 말을 한 겁니까?"

심우가 말했다.

"서두르지 마시오. 내거 진보주가 움직이지 않고 서 있었다고 한 것은 보주가 결전을 치르고 난 후의 상황에서만 발생할 수 있소. 만약 그가 먼저 손을 썼다면 상황은 이렇지 않았을 것이요."

왕건이 말했다.

"원래 그랬군요. 계속 이야기하십시오."

심우가 말했다.

"진보주는 명백히 먼저 출두하여 강적과 겨루려 했소. 내 짐작으로는 아마도 적은 그들이 뒤쫓아오는 것을 발견하자마자, 돌연 몸을 돌려 마주쳐갔을 겁니다. 이렇게 쌍방이 급작스레 마주치다 보니 진보주는 진세를 펼칠 겨를이 없었을 것이고 하는 수 없이 자기가 먼저 출전하려는 결정을 내렸을 겁니다. 그래야만이 수하들이 동시에 봉변을 당하지 않을 수 있을 테니 말입니다."

심우는 머리를 가로저으며 한탄했다.

"애석하게도 그는 려사의 내력을 물었을 것이고 그 자리에 있던 사람들이 모두 다 들었을 것입니다. 려사는 비밀을 누설하지 않기 위하여 결국 다른 사람까지도 모조리 죽여버렸을 것입니다."

왕건은 놀라운 표정을 지었다. 심우가 그 상황의 경과를 알아맞힌 것이 놀랍고 기이했다. 그는 소양이 숨겨가면서 말한 경과를 들었으므로 사건의 진상을 알고 있었다. 심우가 또다시 말했다.

"진보주는 출전할 때 수하들에게 싸움을 돕지 말라고 하였으므로 그가 피살될 때 수하 세 명은 줄곧 이삼 장 밖에 서 있었습니다."

그는 눈길을 돌려 왕건을 주시하면서 돌연 물었다.

"왕형은 보주가 왜 이런 명령을 내렸는지 알고 있소?"

왕건은 머리를 끄덕였다.

"알고 있습니다."

심우가 말했다.

"좋소. 당신이 알고 있다니 나의 추측을 말할 테니 맞는가 보시오. 내가 보건대 진보주는 애림도 무림 고수임을 알았으므로 그녀가 중간에서 방해하거나 려사를 도울 수 있기 때문에 수하들에게 애림을 감시하라 명을 내렸을 것이요. 이런 까닭에 려사와 싸울 때 일부러 애림 등을 멀리하였소."

왕건은 고개를 끄떡이고 말했다.

"보주는 확실히 그런 뜻이었을 겁니다."

심우가 말했다.

"물론, 진보주가 전수받은 독룡창의 조예와 공력으로 만약 죽을 각오를 하고 싸운다면 려사를 이길 수 있으리라 봅니다. 만약 이런 기이한 무공 절기를 연마하지 않고 요행을 바라고 이길 생각을 하였다면 그것이야말로 무모하다 할 수 있지요."

왕건이 말했다.

"심형의 고견에 탄복하지 않을 수 없군요."

심우가 말했다.

"이런 추측은 어려운 것이 아니요. 내 추측은 보주 시체에 난 치명적인 상처를 본 후에 얻은 것이요."

왕건이 말했다.

"그들의 상처에서 어떤 가르침을 줄 수 있는 게 있습니까?"

심우가 말했다.

"방금 보았는데 그의 수하 세 명은 날카로운 장도에 찍힌 걸로 봐서 모두 한 칼에 목숨을 잃었소. 이런 도법을 시전할 수 있는 사람은 려사 밖에 없소. 이것으로 보아 그 세 사람은 모두 줄곧 애림을 경계하고 있었는데 불행히도 보주가 사망하자마자 려사는 재빨리 달려와 그들을 죽였소."

그의 추리분석은 너무나 완벽하여 왕건은 경탄할 뿐 할 말을 잃었다. 심우는 진부인을 바라보면서 진지하게 말했다.

"려사의 무공은 이미 당세에는 적수를 찾기 힘들고 도법이 잔인하고 지독하여 이 세상에 맞수가 없어 그의 칼 아래 살아남을 사람은 없습니다. 이런 원수를 진부인은 잠시 피하는 게 좋지, 너무 성급히 복수하려고 서두르지 마십시오."

진부인이 말했다.

"아닙니다. 신첩 운명이 기구하여 남편을 잃고 미망인이 되었는데 살아도 그리운 것이 없고 죽어도 아깝지 않습니다. 만약 복수하지 않고 한 목숨 겨우 부지한들 무슨 의미가 있겠나요?"

그곳에 있는 사람들은 모두 경복하는 마음으로 비통한 기색을 나타내었다. 심우가 말했다.

"진부인의 의지는 참으로 존경스럽고 감탄할 만하지만 헛되이 목숨을 버리는 것은 좋을 게 없습니다. 그러니 천천히 의논하는 것이 좋겠습니다."

왕건도 급히 말했다.

"심형의 말씀이 지당합니다. 부인께서는 부디 보중하십시오."

진부인은 하늘을 우러러 웃었으나, 그 웃음소리는 매우 처량했다. 그녀는 말했다.

"왕건, 당신들마저 나에게 권고하나요?"

왕건은 눈이 휘둥그레졌고 일시에 대답할 수 없었다. 진부인은 또다시 말했다.

"나는 아직 젊은데 앞으로 헤쳐 나갈 기나긴 세월은 평탄하지 못할 겁니다. 내 생각은 복수를 하고 남편을 위해 목숨을 바치는 것이 수절하며 사는 것보다 훨씬 쉬운 일인데도 당신들은 그래도 나에게 계속 권고하겠어요?"

진부인의 말에 왕건 이하 모든 수하들은 깜짝 놀랐으며 숨 돌릴 틈도 없는 느낌이 들었다. 그녀가 말한 강철과 같은 굳건한 의지의 표명은 십분 분명한 것이었다. 하지만 쉽게 그리하도록 권할 수 없는 것이었다. 보통 상황 아래에서는 입에 올리기 어려운 말이었다. 심우는 숙연하게 말했다.

"진부인의 말이 옳습니다. 옛사람들도 '격앙되어 정의를 위해 목숨을 바치기는 쉽지만, 침착하게 정의를 위해 목숨을 바치기는 어렵다慷慨成仁易, 從容就義難'라고 말하였습니다. '격앙'과 '침착' 사이에는 확실히 매우 큰 구별이 있습니다."

그는 잠깐 멈추었다가 다시 말했다.

"이는 인간의 천성이라 수치스러운 일이 아니므로 우리는 꺼리고 감출 필요가 없습니다."

진부인은 감격하여 말했다.

"심선생이 천첩의 말을 인정해주니 나에게는 생각지 못했던 기쁨입니다."

왕건은 그녀의 말에서 '기쁨'이란 말을 듣고 저도 모르게 이맛살을 찌푸렸다. 진부인이 또다시 말했다.

"심선생은 이 미망인의 염원을 도와줄 수 있겠는지요?"

심우가 말했다.

"저는 마음뿐이지 힘이 없습니다."

진부인은 손짓하여 왕건만 빼고 다른 수하들은 물러가라 하고 그에게 말했다.

"기밀 중에서도 특히 복수에 관한 일은 많은 사람들이 알고 있는 것이 좋지 않아요."

왕건이 말했다.

"부인이 복수하려는 심정이 간절하지만, 려사의 무공은 더없이 고강하여 뜻을 이루기 어려우니 방법이 없습니다."

진부인이 말했다.

"마음만 먹으면 못해낼 일이 없어요. 려사도 격패할 수 있는 약점이 있다고 나는 믿어요."

심우가 말했다.

"설사 그에게 빈틈이 있더라도 진부인은 허약한 체질에 무공도 모르는 여자로서 실제로 거리가 너무 멉니다. 또한 이런 기회도 너무 가능성이 적으니 그런 생각은 마십시오. 대신 내가 그를 용서하지 않겠습니다."

진부인은 잠시 생각하더니, 고개를 숙여 관 속의 시체를 주시하였다.

심우는 저도 모르게 관 속을 들여다보았는데 진백위의 가슴에 한 가닥 혈흔이 있었는데 그것이 바로 그에게 치명적인 상처였다. 이 진백위는 비록 오십 세 전후였지만, 보기에는 삼십여 세 되는 건장한 사나이로 보였고 용모도 당당했다. 심우는 흑도의 이 걸출한 인물이 생전에 위풍당당하였고 남자의 기백이 흘러넘치는 사람이었으며 아울러 사람을 살뜰히 보살펴주는 다정다감한 사람이라고 짐작했다. 더욱이 그가 이미 많은 나이임에도 불구하고 이같이 젊고 아름다운 아내를 맞았으니, 그녀를 매우 사랑하고 아꼈을 것임은 물론 사소한데까지 신경을 써주었을 것이라 느꼈다.

이렇게 지위가 있고 인품을 갖춘 남편을 진부인은 아마 다시 만날 수는 없을 것이다. 하물며 자기의 감정을 전부 진백위에게 바쳤기에 설사 진백위와 같은 인물을 다시 만난다 해도 반드시 진정한 감정으로 대한다고 할 수 없었다. 진부인은 손을 내밀어 진백위의 얼굴을 쓰다듬고 나서 결심을 내린 듯 벌떡 일어나더니 앞에 있는 두 남자를 쓸어보았다. 그녀의 눈길은 차가웠고 굳세어 보였는데, 한번 보고도 그녀가 그 어떤 중대한 결정을 내렸음을 알 수 있었다. 왕건은 놀라 펄쩍 뛰면서 말했다.

"부인께서 어떤 생각이 있다면, 저에게 꼭 알려주셔야 합니다."

진부인이 말했다.

"내가 지금 바로 알려주겠으니 자세히 들으세요."

왕건은 허리를 굽히면서 말했다.

"삼가 부인의 명령을 받겠습니다."

진부인은 말했다.

"당신은 이 관을 연위보로 가져가서 가급적 빨리 장사를 지내세요. 단 당신은 반드시 내가 남편을 따라 자결하였다고 소문을 내셔야 합니다. 그런 뒤 관을 하나 더 만들어 합장해서 다른 사람들의 이목을 속이세요."

왕건이 말했다.

"속하 이런 것이 복수에 어떤 도움이 되는지 모르겠습니다."

진부인은 잠시 생각하고 나서 단호하게 말했다.

"좋아요. 당신에게 알려주지요. 이렇게 하면 큰 효과가 있을 거예요. 첫째로 려사가 이 소식을 듣는다면 사실이라 믿고 나에 대해 특별히 경계하지 않을 것이에요. 둘째로는 내가 아무런 구속도 없이 복수할 수 있었어요. 셋째로 내가 젊은 과부로서 반드시 많은 추측을 초래하여 보주의 명예를 훼손시킬 것이므로 좋지 않을 겁니다."

왕건은 머리를 끄덕이고 말했다.

"부인의 말씀이 지당합니다만, 한 가지 묻고 싶은 것이 있습니다. 부인께서는 앞으로 어떻게 하실 겁니까?"

진부인이 말했다.

"심선생은 려사의 적수이므로 나는 그를 따라가는 것이 좋겠어요. 아무튼 나는 복수를 위해서 그 어떤 희생도 아끼지 않을 거예요. 나의 마음속에는 복수만이 있을 뿐 어떤 것도 담지 않겠어요."

심우는 이 말에 소름이 끼쳤다. 그는 진부인이 자기를 얽매는 것이 두려운 것이 아니라 복수의 힘이 그토록 두렵다고 느꼈다. 진부인은 매우 노골적으로 말했고, 그녀는 오직 복수를 할 수만 있다면 설사 육체를 바치더라도 조금도 아끼지 않음을 밝힌 것이다. 어떤 각도로 본다면 그녀의 이런 태도는 기루妓樓에 들어가 몸을 파는 기녀妓女가 되는 것과 다름없었다.

그러나 그녀는 분명 정절을 지켜야 하는 부인이다. 그녀가 원수를 갚기만 한다면, 그녀의 명예와 지조는 훼손되지 않을 것이다. 이렇게 본다면 남편을 위해 복수하는 것은 수절하는 것보다 더욱 중대한 의의가 있으므로 육체를 버리는 행위가 도덕을 어기거나 남편을 모욕하는 행동은 아닐 수 있는 것이다.

더 나아가 애국愛國이라는 것의 의미는 부부 혹은 다른 인륜적인 가족애보다 더 중대하므로, 만약 아내가 남편이 적과 내통하여 매국賣國한 것을 발견하였고 형세가 절박하여 어쩔 수 없이 남편을 죽여 중대한 국가의 손실을 막았다면 이러한 아내에 대해서 사람들은 악독하다고 하지 않을 것이며, 남편을 모살했다는 죄명이나 모진 비난을 받지 않을 것이다.

남송南宋 때, 재상宰相 진회秦檜가 그의 아내 왕씨王氏와 함께 충신 악비嶽飛를 모해할 음모를 꾸밀 때, 왕씨가 진회의 음모를 고발하였다면 진회가 법에 의해 징벌을 받을 때 후세의 사람은 그녀를 욕하지 않았을 것이다.

진부인의 상황이 바로 이러한 모순 속에 처한 것이었다. 그러나 말은 이렇다 하지만 왕건의 입장에서는 이 결정이 매우 두려웠다. 그 마음속 한 곳에는 보주 때문에 괴로웠고, 또 한편으로는 가냘픈 이 여인 때문에 괴로웠다. 심우는 잠시 생각하고 나서 말했다.

"진부인의 마음이 이렇듯 확고하시니 도리가 없습니다. 제 생각에 부인께서는 무턱대고 행동하지 마세요. 내가 보증하지만 부인의 어떤 희생도 필요가 없습니다. 부인께선 내가 실패하여 죽는다면 그때 부인 생각대로 해도 늦지 않을 겁니다."

왕건이 들어보니 이것이 보다 근본적으로 나은 방법 같아 황망히 말했다.

"심형의 말이 지당합니다. 부인께서 복수하기 위해 연위보를 떠나신다면 심형의 말을 들으셔야 할 겁니다."

왕건은 선택할 여지가 없는 상황이니 진부인에게 심우를 따라가게 하였고, 심우의 말을 들을 것을 권했다. 그는 먼저 고남과녀孤男寡女라는 생각을 하지 않으려 했다. 심우가 말했다.

"왕형도 함께 가서 도와주면 좋겠소."

진부인이 말했다.

"안됩니다. 왕건은 보 중의 일을 처리해야 하고 돌아가신 남편의 아들을 보좌해야 합니다. 그리고 려사를 대처할 때 그의 무공은 소용이 없으니, 그가 있어도 도움이 안 돼요."

심우가 말했다.

"진부인이야말로 자녀들이 있으므로 연위보를 떠나서는 안 될 겁니다. 아이들을 부양하는 일이 더욱 중요합니다."

진부인은 쓴웃음을 지으며 말했다.

"남편에겐 비록 아들 딸 둘이 있지만 내가 낳은 아이가 아니에요. 내가 보에 남아있으면 그들에게 해만 있을 뿐 이익은 없어요. 내가 복수를 한 뒤 스스로 목숨을 끊어 남편에게 몸을 바치지 못한다면 머리를 깎고 출가하여 남은 인생을 마치는 편이 낫겠지요. 나는 연위보로 돌아가지 않을 겁니다."

왕건은 말이 없었다. 생각해 보니 틀린 말이 아니었기 때문이다. 심우가 말했다.

"우리도 이제 떠나야 합니다. 내가 노복으로 분장하여 시중들며 행동하면 행적을 숨길 수 있습니다."

왕건이 말했다.

"부인께서 떠나심에 반드시 모자람이 없이 준비를 해야 하는데 결코 번거롭지 않습니다. 말을 모는 노관老關은 결코 믿을 수가 없습니다."

그는 잠깐 쉬었다가 또다시 말했다.

"한 가지 일이 있는데, 제가 외람되지만 심형에게 묻고 싶습니다."

심우가 말했다.

"무슨 일이요?"

왕건이 말했다.

"심형은 려사를 격패할 좋은 방법이 있습니까?"

심우가 말했다.

"지혜로든 힘으로든 기회를 보면서 행동해야겠지요. 지금은 당장 어떤 방법을 쓰겠다고 대답할 수 없소."

왕건이 말했다.

"알겠습니다. 그럼 부디 조심하십시오. 우리는 오직 심형이 성공하기만을 바랍니다."

심우가 먼저 길을 재촉하였다. 오래지 않아 진부인이 심우를 따라서 홀로 말을 타고 뒤쫓아왔다. 두 사람이 겨우 가까워지자 진부인이 돌연 탄성을 지르며 손으로 이마를 짚더니 놀란 소리를 질렀다.

"이런! 큰일 났네."

심우는 그 소리에 깜짝 놀라서 물었다.

"무슨 일이라도 생겼습니까?"

진부인이 말했다.

"왕건에게 정작 중요한 한 가지 일을 지시하지 못했어요."

심우가 보기에 그녀가 되돌아갔다가 오면 시간이 너무 지체되었다. 시간이 지체되면 려사와 애림을 뒤쫓는 일이 그만큼 어려워지는 것이다.

따라서 급히 그가 말했다.

"부인께서 말씀하시는 일이 대국에 영향을 주는 게 아니라면 원수를 다 갚고 나서 하시죠."

진부인은 머리를 가로저으면서 말했다.

"안 돼요. 이 일은 왕건에게 꼭 알려줘야 해요."

심우는 그녀에게 복수하는 일보다 중요한 일이란 게 어떤 것인지 짐작할 수 없었다. 그녀에게 물어서 알아낼 수밖에 없었다.

"혹시 어떤 중요한 물건을 간수하라는 것을 잊고 말하지 않았습니까?"

진부인은 처연히 웃음을 지으며 말했다.

"나는 물건에 대해 집착하지 않아요."

심우가 말했다.

"알만합니다. 혹시 부인의 부모 형제에 대한 일입니까?"

그녀는 얼굴을 찌푸리고 말했다.

"아니에요. 제 친정집에는 아버지가 병환 중인 거 말고는 걱정할 일이 없어요."

심우는 칠리포에서 살고 있던 남씨 중년 부부를 생각해냈다. 병이 위중한 남자에게 약을 가져갔으나 이미 숨이 끊어졌던 일이 떠올랐다. 그는 즉시 물었다.

"당신은 어느 곳 사람입니까? 친가의 성씨가 무엇입니까?"

진부인이 말했다.

"좋아요. 내가 당신에게 이를 알려주는 것은 우리가 함께 길을 가기 때문에 혹시 서로 성명을 부를 일이 있을 거라 생각되기 때문이에요. 나는 칠리포의 사람으로 성명은 남빙심藍冰心이라고 해요."

심우가 들어보니 과연 틀림없었다. 그는 그녀가 또다시 마음에 큰 상처를 받지 않도록 하기 위하여 그녀에게 그녀의 부친이 병으로 세상을 뜬 소식을 알리는 것이 적당하지 않다고 여겼다. 남빙심의 말소리가 또다시 들려왔다.

"말하자면 나는 부끄럽기도 하고 가련하기도 해요. 나의 부친은 내가 진백위에게 시집가려하는 것을 보고는 울화가 치밀어 나와의 왕래를 끊어버렸지요."

심우는 놀라고 의아해서 물었다.

"무슨 연유입니까?"

남빙심은 슬프게 말했다.

"우리 친정집은 대대로 서생집 가문입니다. 부친은 서생으로 크게 이름을 떨쳤지요. 부친은 진백위를 강호의 오만무례한 사람이라고만 여겼지요."

심우가 물었다.

"그렇다면 이 혼사는 당신 스스로 원한 것입니까?"

"예."

그녀는 고개를 들고 푸른 하늘을 한가로이 떠가는 구름을 바라보았다. 그녀의 얼굴에는 지나간 일들에 대한 추억으로 그늘져 있었다.

"나와 백위는 마음과 뜻이 맞았습니다. 비록 나이 차이는 컸으나 크게 문제 될 건 없었어요. 진백위는 결코 거칠고 예의를 모르는 무부武夫가 아니었어요. 비록 그의 명성은 횡포한 무뢰한으로 유명했지만, 실제로 그는 남몰래 수백 리 둘레 지역의 안녕을 유지하며 상민商民이 실제적인 이익을 얻을 수 있게 하였지요."

심우는 머리를 끄덕이고 말했다.

"내가 아는 몇몇 사람들도 명예를 탐하는 것을 좋아하지 않습니다."

남빙심이 말했다.

"그가 바로 그런 사람이에요. 그러나 부친은 끝끝내 그를 멸시했지요. 사람과 사람사이에 품은 오해는 왜 그리 풀리지 않는지요."

심우는 쓴웃음을 짓고 말했다.

"예, 사람 사이에 오해가 발생하면 그걸 풀 수 있는 기회를 찾기는 쉽지 않습니다. 답답한 일은 편견을 버릴 생각도 않은 채 다른 사람의 권고를 전혀 받아들이려 하지 않는다는 겁니다. 사실상 자기만 옳고 다른 사람을 그르다고 여기는 사람들에 대해서는 방법이 없습니다."

남빙심은 기쁜 표정을 지으며 말했다.

"당신은 사리에 밝고 합리적인 분이라 들었어요."

심우가 말했다.

"어떤 때에는 나 역시 고집불통일 때가 많습니다. 이것이 약점이죠. 잘못된 일인 줄 뻔히 알면서도 고치기가 힘이 듭니다."

남빙심이 말했다.

"나는 빨리 다녀와야겠어요."

심우는 하늘을 바라보면서 말했다.

"나는 려사를 따라잡지 못할까 걱정입니다. 만일 그들을 놓쳐 따라잡지 못한다면, 우리의 염원은 물거품이 될 것입니다."

"하지만 왕건에게 반드시 이 일을 알려주어야 합니다."

심우는 할 수 없이 말했다.

"시간을 아끼기 위해 내가 다녀오겠습니다. 당신은 이곳에서 꼼짝말고 기다리고 계세요."

남빙심은 허락하지 않으려 하다가 심우의 굳건한 태도에 주저하다가 결심을 내렸다.

"좋아요. 수고스럽지만 당신이 가서 왕건에게 한마디만 전해주세요."

"단 한마디뿐입니까?"

"그래요."

그녀의 얼굴에는 홍조가 떠올랐고 수줍고 요염한 자태를 나타냈는데 정말 보기 좋았다. 그녀는 나직한 소리로 말했다.

"그에게 알리세요. 내가 아이를 가졌는데 벌써 두어 달 되었다고!"

심우는 그녀가 매우 쑥스러워하는 모습을 보고는 일부러 조금도 개의치 않은 체하였다. 그러나 그는 마음속으로 스스로 푸념했다.

'이 소식은 물론 그녀가 가서 스스로 말해야 하는데 내가 왜 그녀의 즐거움을 빼앗지?'

그는 다만 당장 말을 바꾸기 불편하여 그녀의 말에 응했다.

"이 일 외에 또 다른 일이 있습니까?"

남빙심은 머리를 가로저었다.

"없어요. 어쨌든 칠팔 개월이 지나야 아이가 태어날 테니. 그때 가서 얘기해도 늦지 않아요."

남빙심은 얼굴을 붉히고 말했다.

"나는 괜찮지만 이 아이의 앞날을 생각하지 않을 수 없어요. 지금 왕건에게 먼저 알려주면 왕건이 알아서 할 거예요."

심우가 들어보니 매우 중요한 일이므로 저도 모르게 남몰래 자신이 미련하다고 꾸짖었다.

"지금 즉시 다녀오겠소. 부인의 말을 빌려 타도되겠습니까?"

남빙심은 대뜸 말에서 내리며 말했다.

"물론이지요."

그녀는 심우의 눈길이 자신의 머리와 몸을 훑어보는 것을 발견하고는 저도 모르게 얼굴이 온통 붉어지며, 마음속으로 생각했다.

'그가 이미 나의 배가 불렀음을 간파했었단 말인가?'

심우는 한동안 그녀를 자세히 살펴보고 나서 비로소 말했다.

"당신의 차림새를 바꿔야겠습니다."

남빙심은 감히 더 말을 잇지 못하고 애매하게 대답했다.

"좋아요. 바꾸겠어요."

그녀가 생각하길 심우는 분명 자신에게 임신부에게 적당한 옷을 바꾸어 입으라 한 것이라 여겼다. 하지만 이런 일은 나이가 비슷한 낯선 남자하고 상의하기는 불편한 것이었다. 심우는 진지하게 말했다.

"지금 당장 차림새를 바꾸어야 합니다."

남빙심은 깜짝 놀라 말했다.

"지금? 그게 어떻게 가능해요?"

심우가 말했다.

"왜 안 됩니까. 머리 위의 흰 꽃과 팔에 두른 검은 천을 버리시오. 비록 상복을 입었지만 흰옷을 입고 다니는 여자들이 많으니 사람들의 주목을 끌지 않을 겁니다."

남빙심의 말을 들어보니 상복 차림으로 길을 떠나지 말라고 한 것이어서, 임신과 관련된 문제가 아니라 마음이 놓여 미소를 지었다.

"좋아요. 걱정 말고 가보세요."

심우는 그녀가 흰 꽃과 검은천을 떼어 버리는 것을 보고 난 뒤에야 말을 달려 떠났다. 남빙심은 홀로 길옆에서 기다렸다. 그녀는 시간이 한 참 지난 후에 돌연 이상한 느낌이 들어서 저도 몰래 등 뒤를 보았는데 그만 깜짝 놀라고 말았다.

그녀의 등 뒤에는 이십여 세쯤 되어보이는 용모가 매우 준수한 흰옷의 남자가 서있었는데, 허리에는 한 자루의 장도를 찼고 칼집에는 주옥이 박혀있어 아주 귀중해 보였다. 그의 태도는 비록 유유자적하며 한가로웠고 편안하였지만, 오히려 한줄기 싸늘한 기운이 가끔씩 흘러 나와 사람들이 두려워할 만하였다.

남빙심은 즉시 이 흰옷의 청년이 자기의 복수 대상인 려사라고 생각했다. 비록 그녀는 복수하려는 생각이 간절했지만, 이렇게 갑자기 문득 마주치니 두려움이 일었다. 흰옷의 청년은 이맛살을 찌푸리고 말했다.

"나는 귀신도 아닌데 당신은 왜 이렇듯 놀라시오?"

남빙심은 정신을 가다듬고 말했다.

"당신······ 당신은 누구세요? 왜 제 뒤에 서 있지요?"

"나의 성은 려가요. 이름은 사입니다. 나는 이곳에 서 있고 싶은 곳에 서 있을 뿐이오."

그의 대답은 비록 온화하지 않았지만, 그의 기색에 악의가 있는 것 같지는 않았다. 남빙심은 두려워하면서 말했다.

"그래요. 제가 상관할 일은 아니지요. 만일 제 말이 불쾌했다면 양해하세요."

려사는 어깨를 으쓱거리고 담담하게 말했다.

"일개 연약한 아녀자인 당신에게 시비를 걸려는 건 아닙니다."

말을 마치고 려사는 그녀를 훑어보았다. 아마도 무슨 이상한 점이라도 발견하였는지 계속해서 살펴보는 것을 멈추지 않았다. 남빙심은 저도 모르게 고개를 숙여 자기 몸을 보면서 생각했다.

'내가 입은 상복 때문에 그가 의심하는 것인가? 아니면 아직 가라앉지 않은 나의 벌겋게 부은 두 눈에서 알아냈단 말인가?'

그녀는 당황하게 되니, 태도 또한 자연스럽지 못했다. 려사는 손을 흔들며 온화하게 말했다.

"염려 마십시오. 나는 호색한 망나니가 아닙니다."

남빙심은 '아'하고 소리치며 말했다.

"천첩이 어찌 그런 생각을 하겠어요!"

려사는 눈동자를 한번 굴리더니 입가에 야릇한 미소를 지으며 말했다.

"여색을 즐기는 것은 인간의 천성이지요. 그럼에도 불구하고 이것을 인정하는 사람이 매우 적을 뿐이지요."

남빙심은 머리를 끄덕여 그의 말에 동의를 표했다. 려사의 야릇한 미소는 돌연 사라지고 대신 현혹감이 담긴 기색을 나타내면서 중얼거렸다.

"당신은 어떤 이유로 이런 길에 홀로 앉아 있는 겁니까? 당신의 자색과 나이로 봐서는 이렇게 홀로 집을 나오는 것이 더없이 위험한 일이라 친지들도 제지했을 터인데."

남빙심은 이 말을 듣고 나서야 려사가 왜 자기를 이토록 뚫어지게 바라보고 있는지를 알았다. 외딴 길이 홀로 여자가 있는 것을 보고 그녀의 신분을 알고 싶었던 것이다. 그는 일시적으로 긴장이 조금 풀어졌다. 마음속의 무거운 돌을 반쯤 내려놓은 듯했다. 하지만 그녀는 려사가 나중에 사정을 알아낼 수 있지 않을까? 또 심우가 되돌아올 때 그를 만날까 두려웠으므로 완전히 마음을 놓을 수는 없었다. 단지 려사가 말하는 것을 들을 뿐이었다.

"당신 행동거지가 우아하고 세련되며, 더군다나 내가 방금 일부러 시험해본 결과 당신이 글을 읽은 사람이므로, 보통 여자와는 비할 수 없는 분 같습니다."

남빙심은 여기까지 듣고는 크게 놀랐다. 그것은 려사가 이미 뛰어난 재주를 보여줬기 때문이었다. 려사는 잠시 쉬었다가 이어서 말했다.

"대개 규수들은 솔직하고 의젓하지만, 이런 상황에서 나와 감히 서로 마주 보지 못하기 때문에 나는 당신에게 남편이 있다고 생각합니다. 물론 거기에 당신의 몸매와 차림새 등에서 나타낸 특징으로 얻은 결론입니다."

남빙심은 한편으로는 놀라면서도, 다른 한편으로는 금치 못할 흥미를 느끼며 그가 또 어떠한 것을 관찰해냈는지가 매우 알고 싶어졌다. 려사는 웃으면서 온화하게 물었다.

"이 추측은 틀림없지요?"

남빙심은 머리를 끄덕이고 말했다.

"틀림없어요."

려사의 눈길이 번쩍였다.

"당신이 조금도 주저 없이 대답하고, 보통 여성들과는 달리 수줍어하는 태도가 없는 것으로 보아, 당신의 출신 혹은 당신의 남편은 상당한 지위가 있을 것입니다. 이것은 당신이 사회 물정을 많이 접했기 때문이지요."

그의 이런 추측은 남빙심의 이어지는 반응으로부터 얻은 것이었다. 남빙심도 대단히 총명하고 세상일을 환히 꿰뚫고 있는 총명한 사람이었다. 그녀는 즉시 속으로 중얼거렸다.

'그렇다면 그는 이미 더 다른 것을 관찰해서 얻을 것이 없다는 것이고, 내 반응으로부터 새로운 것을 짐작해 내는 것이군. 만약 이렇다면 나는 방어해야 방법을 모색해야겠구나!'

그녀는 즉시 귀여운 웃음을 띠며 나직하게 말했다.

"려선생의 짐작은 틀렸어요."

"어떤 뜻으로 하는 말입니까?"

"천첩은 비록 글을 좀 읽을 줄 알지만, 운명이 기구하여 사람을 마주해서는 웃음을 날리고, 사람을 등져서는 근심하며 나날을 지냅니다."

여기까지 말하고 그녀는 고개를 숙이고 가볍게 이맛살을 찌푸리고 또 다시 말했다.

"물론 천첩의 이런 생애가 다른 사람보다 세상 물정을 많이 알게 하였지요."

그녀의 이 말은 그녀의 신분이 기녀라고 려사에게 알려주는 것과 같았다. 려사는 눈이 휘둥그레졌고 믿어지지 않아 말했다.

"그럼 당신은 화류계의 기녀란 말입니까?"

남빙심은 고개를 끄덕였고, 다행히 진백위가 이야기한 적이 있는 성도의 몇몇 기루의 이름이 기억나서 즉시 말했다.

"천첩은 한동안 성도의 취월루醉月樓에서 일시 몸을 의지하였지요."

려사는 그녀의 말을 인정하지 않고 말했다.

"당신은 전혀 그런 종류의 사람 같지 않습니다."

남빙심은 흔쾌히 말했다.

"고마워요. 아마 천첩이 책을 좀 읽은 까닭일 거예요!"

려사는 눈동자를 굴렸고, 묘한 생각이 떠오른 듯했다. 그가 말했다.

"만약 당신이 나를 속이지 않는다면 당신은 당대의 설도薛濤라 할 만합니다. 그렇다면 나는 당신과 친한 친구가 되기를 원합니다. 당신이 비록 청루에 몸을 던져 나와 같은 남자들이 많겠지만, 나와 친구가 된다면 어떤 손해도 없을 것이고 게다가 푸대접 하지도 않을 것이오. 당신의 의사는 어떠시오?"

남빙심은 말했다.

"려선생의 뜻은 천첩에게 당신을 따르라는 말인가요?"

려사는 머리를 가로저으며 말했다.

"나를 따라가는 것이 아니라, 나와 한번 즐겨보자는 겁니다."

남빙심은 평소 같으면 꼭 침을 뱉었을 것이고, 크게 욕했을 것이다. 하지만 지금 상황은 그녀가 려사에게 접근할 기회가 생긴 것이다. 그녀는 이미 남편의 원수를 갚기 위해 목숨도 아끼지 않고 희생하려고 이미 결정했는데 목적을 달성하려면 보잘것없는 몸뚱이를 아낄 필요가 없었다.

그녀 역시 오히려 잘됐다 싶었다. 려사에게 접근할 기회를 얻는다면, 독검으로 그를 찔러 죽일 수 있을 것이다. 그러나 그녀는 선뜻 원하는 표정을 숨기고 그럴 수 없는 듯 가장하여 말했다.

"려선생, 천첩은 비록 몸을 버린 여자로 사랑이란 있을 수 없지만, 그러나 이렇게 길에서 만나 바로 부적절한 관계를 맺는 다는 것은 좀 아닌 것 같군요."

려사는 확고하게 말했다.

"뭐가 좀 아닌 것이지요. 당신이 글을 읽었다면 진소유秦少遊가 양주揚州에서 펼친 풍류스러운 일을 반드시 알고 있을 텐데, 우리가 왜 하면 안 됩니까?"

이 말은 오히려 남빙심의 속내를 어지럽혔고, 의아하게 했다.

146

"진학사秦學士가 어떤 풍류스러운 일을 했나요? 지금 제가 처한 상황과 어떤 관계가 있나요?"

려사가 말했다.

"이 이야기는 <고금사화古今詞話>에 기재되어 있는데, 진소유가 양주 유태위劉太尉의 집에서 술을 마실 때 유가의 가희가 참석하여 주흥을 돋우었습니다. 그중 한 가희가 현악기 일종인 공후箜篌를 잘 탔지요. 당신도 알다시피 공후는 고대의 악기로 당시 세상에 전해진 것이 적기 때문에 모든 사람들은 모두 크게 찬양을 받을만한 절세의 예술이라 여겼습니다."

그는 잠깐 쉬었다가 이어서 말했다.

"소유 역시 매우 즐겨하였고, 그 악기를 빌려 보았습니다. 그 가희는 오래전부터 소유의 재능과 명성을 경모하여 남몰래 마음속에 두고 있었고, 오래전부터 그와 가까워질 수 있는 기회가 있기를 바랐습니다."

려사는 웃고 나서, 먼저 결과를 말하지 않고, 남빙심에게 물었다.

"당신의 짐작에는 그들이 가까워진 것 같습니까?"

남빙심은 생각하고 말했다.

"당신이 어투를 들으니 나중에는 가까워진 것 같군요. 그러나 그 당시는 술자리였으니 남들 이목을 의식해서 그 뒤에 만날 것을 비밀 약조로 정했겠지요."

"아닙니다."

려사는 득의해서 말했다.

"당시의 상황은 주인이 마침 옷을 갈아입으려고 그 자리를 떠나 후당으로 갔는데 뜻밖에 사나운 바람이 불어 등불이 완전히 꺼져 버렸습니다. 이리하여 한 쌍의 재자가인才子佳人이 창졸간에 즐거움을 얻을 수 있었습니다. 그 가희는 그후에 진소유에게 말하기를 '오늘 학사때문에 살이 절반이나 빠졌습니다'라고 했습니다. 이 말 한마디는 그 당시 가희의 놀라움과 기쁨이 뒤섞인 심정을 잘 드러내고 있습니다."

남빙심은 일부러 수줍어하는 기색으로 물었다.

"아니, 정말로 그런 정사가 있었나요?"

"이 일은 〈고금사화〉에 있는 것이지, 내가 지어낸 것이 아닙니다."

"그러면……."

그녀는 나직하게 말했다.

"당신은 어떻게 하실 겁니까?"

"이곳에서는 행인들과 마차가 수시로 다니니 우리가 수풀 속으로 자리를 옮긴다면 사람들 눈에 띄지 않을 겁니다. 당신 생각은 어떻습니까?"

"천첩은 당신의 말만 듣겠습니다."

그녀가 대답하고 걸음을 떼려하였는데, 려사가 오히려 움직이지 않았다. 그녀가 잠깐 기다렸다가 머리를 쳐들고 그를 바라보았는데, 그는 빙그레 웃고 있었다. 그녀는 의아해하며 말했다.

"왜 그러시죠? 숲 속으로 가자고 하지 않았어요?"

"아니!"

려사는 머리를 가로저으며 말했다.

"다시 생각해보니 수풀 속에서도 나무꾼들이 엿볼 수 있겠군요."

남빙심이 물었다.

"그럼 어떻게 하겠어요? 이 부근에 객점이라도 있나요?"

"객점에 들 필요가 없습니다."

그는 말했다.

"솔직하게 말해서 방금 나의 요구는 진심이 아닙니다."

남빙심은 마음속으로 몹시 실망하였으므로, 그 얼굴색이 미미하게 변하면서 말했다.

"알고 보니 당신은 저를 놀렸군요."

"그런 게 아닙니다."

려사는 사과하면서 변명하듯이 말했다.

"나는 당신이 화류계의 여인이라고 생각하지 않았기 때문에 한번 시험해본 것입니다. 만약 당신이 계속 허락하지 않았다면 나는 당신을 가짜 기녀로 알았을 것입니다."

남빙심은 거짓으로 미혹과 불만스러운 기색을 노출하면서 말했다.

"내가 왜 거짓으로 기녀라고 하겠어요. 조상의 명예를 빛내는 일도 아닌데 말입니다."

"미안합니다."

려사는 그녀에게 사과하면서 말했다.

"나는 이 점을 생각하지 못했군요. 다만 당신이 매우 총명해서 내가 당신의 신분을 알아맞히지 못하도록 신분을 날조하여 나를 속이려하는 줄 알았지요. 맞소, 어떤 양가규수도 절대 기녀로 불리는 걸 무릅쓰려 하지 않지요."

남빙심이 말했다.

"좋아요. 우리 이쯤에서 끝내죠. 어쨌든 나와 같은 출신이 놀림을 당하는 일이란 늘 있는 일이니."

려사는 정색하여 말했다.

"그런 말을 하지 마십시오. 적어도 나는 당신을 얕보지 않습니다."

그의 말은 아주 성실하고 진지하여 남빙심도 믿지 않을 수 없었다. 그녀는 다시 물었다.

"당신은 왜 나와 같은 사람을 얕보지 않나요?"

려사가 말했다.

"당신이 풍진 속에서 비록 기녀가 되었지만, 기질이 우아하고 고상한 미인으로서, 운명이 사납지 않았다면 이렇게 되지 않았을 겁니다. 당신이 스스로 원한 것이 아니어서 항거할 수 없는 운명인데 어찌 내가 당신을 함부로 경시할 수 있겠습니까?"

남빙심은 듣고 정말 감동되어 속으로 생각했다.

'만약 그가 나의 원수가 아니라면 얼마나 좋겠는가! 허나 운명의 장난으로 진백위의 원수를 갚아야만 하는구나.'

그녀는 낮은 소리로 말했다.

"려선생은 속된 사람이 아니군요. 소녀는 그저 탄복할 뿐이에요."

려사는 자연스럽게 그녀의 볼을 살짝 꼬집고 나서 웃으면서 말했다.

"나에게 탄복하지 마시오. 이 세상에 나를 미워하는 사람이 얼마나 많은지 알 수 없습니다."

남빙심은 의아해하며 말했다.

"무슨 뜻이죠?"

려사가 말했다.

"나는 많은 사람을 죽였습니다."

남빙심은 다급히 물었다.

"왜 사람을 죽이죠? 사람을 죽이는 일은 결코 장난이 아니에요!"

려사는 담담하게 말했다.

150

"그래요. 사람은 죽으면 다시 살아나지 못합니다. 나도 이 문제를 깊이 생각해 보았지만 별수가 없습니다."

"방법이 없다고요?"

남빙심은 더욱 알 수 없었다. 마음속으로 생각하기를 그가 사람을 죽이는 일에 인이 배겨 그만 둘 수 없다는 것인가 싶었다. 그녀는 이어서 말했다.

"그것이 그리 간단하지 않다구요? 당신이 사람을 죽이지 않으면 그만인 것을 그 누구도 당신의 손을 통제할 사람이 없다는 거군요!"

려사가 말했다.

"누가 없다고 말합니까?"

"그럼 그 사람이 누구지요?"

그녀는 저도 몰래 놀란 기색을 노출하였다. 려사가 말했다.

"그가 바로 천백 년에 한 번 나타났던 무림의 기재 우문등字文瑩으로, 별호는 마도魔刀입니다. 그가 만들어낸 도법은 지금까지 천하제일로 천하에 맞설 수 있는 사람이 없습니다."

남빙심은 놀라면서 물었다.

"우문등은 지금 어디에 있어요?"

려사는 웃으면서 대답했다.

"그 분은 이미 저세상으로 갔습니다. 애석하게 나는 그보다 이십 년 뒤늦게 태어나 그분의 문하에서 직접 가르침을 받지 못했습니다."

남빙심은 듣고 무슨 말인지 이해하기가 얼떨떨해서 물었다.

"그렇지만 당신이 말하길 그 사람이 당신의 손을 쥐고 살인을 한다고 했는데, 지금 또 그가 이미 죽었다고 하니 도대체 뭐가 어떻게 된 일인가요? 설마 그의 혼백이 당신의 몸에 붙어 있기라도 한 건가요?"

"그렇다고 할 수 있습니다."

남빙심은 갑자기 새파랗게 질려 전신을 떨었다. 그것은 그녀가 려사의 말투와 표정에서 그 말이 농담이 아니라는 것을 알았기 때문이었다.

'만약 악귀가 려사의 몸에 붙어다닌다면……'

그녀는 속으로 생각했다.

'저도 모르게 살인을 했다면 나는 남편의 원수를 갚아야 하나 말아야 하나?'

"내 말을 당신은 아마 이해하지 못할 겁니다."

"아니요, 알 만합니다."

남빙심이 말했다.

"당신은 악귀에게 얽매여서 살인하지 않을 수 없다는 것 아닌가요? 그렇지 않나요?"

"말이 그렇다는 거지 사실상 악귀가 나의 몸을 따라다니지는 않아요. 아, 내가 이런 말을 누구에게도 한 적이 없는데, 오늘은 무슨 영문인지 무공도 모르는 당신에게 끝없이 말을 하는군요."

남빙심이 급히 말했다.

"계속 말해보세요. 이해할 수가 없네요. 무슨 영문인지 몰라 잠도 자지 못할 것 같네요."

"좋습니다. 내가 당신에게 알려주겠소. 천하무쌍인 도법대가 우문등은 나의 스승과 마찬가지 입니다. 그것은 내가 그의 도법 비급을 얻어, 그 도법 연구에 몰두하고 연마하여 이미 구성까지 익혔습니다."

남빙심은 그의 말을 주의 깊게 들었고 그녀의 모든 지혜를 발휘하여 그의 뜻을 이해하려고 애썼다. 려사는 계속 이어갔다.

"우문등의 도법은 더없이 심오하여 어쩐지 그가 살았을 때 무림의 패권을 쥐었고 적수를 만나지 못했습니다. 알고 보니 그것은 그 비급대로 연마하면 무공의 최고경지에 이를 수 있어 불사불패不死不敗의 몸이 될 수 있다는 것입니다. 생각해 보세요. 그 경지에 이르면 어찌 천하에 적수가 있겠습니까?"

남빙심은 머리를 끄덕이고 말했다.

"당신의 뜻을 알 만해요."

려사는 한숨을 쉬고 말했다.

"그러나 이 비급에는 마지막 일초가 없습니다. 이 일초는 더없이 높은 진수眞髓로서 간단한 초식으로 복잡한 초식을 대체하여 무궁한 변화의 위력을 간단한 일도로 전부 발휘할 수 있게 됩니다. 나는 이 일초를 배워야 더한층 높은 단계에 올라 무공의 최고 경지에 이를 수 있는 것입니다."

"그런데 그것과 살인하는 일이 어떤 관계가 있죠?"

려사는 쓴웃음을 지으며 말했다.

"나는 그 마지막 일초를 알아내기 위하여 할 수 없이 외부의 강적의 힘을 빌려 그 이치를 깨닫는 데 도움을 받으려고 합니다. 이 일초의 도법이 더없이 흉독凶毒하고 한 탓으로 진정으로 힘껏 시전하고도 상대방이 적수가 되지 못한다면 그에게는 죽음밖에 없습니다."

남빙심이 말했다.

"이상하군요. 그래도 이해가 가지 않아요."

려사는 머리를 끄덕였다.

"당신을 탓할 수 없습니다. 내가 말하는 무공 가운데 오묘한 요지는 설사 무림인이 듣는다 하더라도 무공 수양이 깊지 못하면 들어도 알지 못합니다."

남빙심은 가볍게 말했다.

"당신이 나에게 설명해주면 안 되요?"

려사는 오히려 선심 쓰듯 시원스럽게 말했다.

"할게요. 내가 방금 말은 안 했지만 도법을 이루려면 꾸준히 정진해야 하고, 최후에는 천하무적의 경지에 이를 수 있기 때문에 내가 이 지극히 정묘한 일초를 적극적으로 연구하고 있는 것입니다."

"옳아요. 당신은 그렇게 말했어요."

"나는 또 내가 어쩔 수 없이 살인하는 까닭을 말하지 않았습니까?"

"했어요. 당신의 칼이 칼집을 떠나면 살인하지 않을 수 없다고 당신이 말했어요."

려사는 미소를 지으며 말했다.

"당신은 비록 무림인이 아니지만 타고난 재질이 총명하여 나의 뜻을 모두 깨달았군요."

그는 잠깐 멈추었다가 또다시 말했다.

"당신이 마음속으로 꼭 달가워하지 않음을 나는 알고 있습니다. 만약 살인을 낙으로 삶지 않고, 내가 칼을 뽑지 않는다면 어찌 천하가 태평하지 않겠느냐? 당신은 이렇게 생각하겠지요?"

"맞아요."

그녀는 솔직하게 말했다.

"뿐만 아니라 이것은 분명 당신이 할 수 있는 일이지요. 옛날 어떤 사람이 비유해서 말하기를, 누군가가 당신에게 '태산을 옆구리에 끼고 북해를 뛰어넘어라'고 할 때 당신이 못한다고 한다면 이것은 당신이 정말로 할 수 없는 일이지 결코 일부러 하지 않는 것이 아니지요. 하지만 한 선배를 위해서 한 어리고 커오는 아이를 꺾으라고 할 때 그걸 꺾지 못한다고 한다면 그것은 능력이 그걸 할 수 없다는 게 아니라 감정이 그런 행위를 용납하지 못한다는 겁니다."

려사는 한숨을 불어내며 말했다.

"당신이 어떻게 알겠소. 내가 하지 않는 것이 아니라 사실상 할 수 없다는 것을…. 나와 같은 사람들은 최고의 무공연마를 목숨보다 더 중히 여깁니다."

"나는 믿지 않아요."

그녀는 웃음을 머금고 부드럽게 반박했다.

"만약 어떤 신선이 당신더러 무공을 포기하면 편안하게 살아갈 수 있고 그렇지 않으면 죽게 된다고 알려주어도 당신은 무공을 포기하지 않을 건가요?"

그녀의 이런 반박은 적중했고, 급소에 맞았다고 할 수 있었다. 그녀는 려사가 할 말이 없다고 생각하였으므로, 남몰래 스스로 득의만만하였다. 려사는 칼집을 툭툭거리며 정중하게 말했다.

"나는 무공을 포기할 수 없습니다. 다시 말해 천하에 그와 같은 일은 있을 수 없습니다. 만약 그 신선의 말대로 내가 무공을 버리지 않는다면 십중에 팔구는 죽게 되고, 다만 일성一成만이 살아남는다 해도 나는 그 하나에 모험을 걸 것이오."

그는 잠깐 멈췄다가 또다시 말했다.

"만약 한 가닥 희망도 없다면, 물론 달리 생각해 보아야겠지만."

려사의 이 말은 확실히 맞는 말이었다. 어떠한 가설도 도리와 어긋나서는 안 된다. 방금 남빙심의 가설이야말로 사실상 도리에 부합되지 않았다. 만약 도리를 벗어나 사실을 따지지 않는다면, 이 가설은 더욱 극단으로 기울어져 몇 개라도 제 마음대로 만들 수 있었다. 남빙심이 말했다.

"상승의 도법을 연마하는 것이 당신에게 그리도 중요하나요? 만약 당신이 살인을 하면 할수록 원수를 더 많이 만들게 되지 않나요? 설사 당신이 두려워하지 않는다 하지만 당신은 다른 사람을 생각해보지 않았나요? 당신에게 죽임을 당한 사람들의 부모와 처자들의 슬픔과 고통은 생각해 보지 않았느냐 말이에요?"

려사는 어깨를 으쓱거리고 말했다.

"그것에 대해서는 나도 잘못되었다고 인정하지만 다른 방법이 있겠소? 그들 부모와 처자들의 비통을 내가 직접 볼 수 없고 더구나 나와 직접적인 관계가 없기에 나는 나만 생각할 뿐 다른 것은 생각하지 않습니다."

그는 하늘을 쳐다보면서 침중한 어조로 말했다.

"그렇지만 나도 인간이오. 내게도 감정이 있어 측은하게 여기는 게 있소. 그래서 오로지 악명이 뚜렷한 흉악한 놈들만을 찾아 도법을 시험하였는데 이것이 오히려 내 성격상의 약점을 드러내게 되어 이 때문에 지고무상한 도법의 마지막 일초를 깨닫지 못하는 것이 아닌가 합니다."

그는 돌연 꿈속에서 깨어난 듯 기이한 빛을 쏘아내면서 그녀를 주시했다. 남빙심은 속으로 중얼거렸다.

'그가 내가 질문이 많은 것을 깨닫고, 의심하는 것이 아닐까? 그렇다면 이제 수많은 화가 나에게 닥치겠구나.'

그러나 그녀는 처음처럼 그렇게 두려워하지 않았다. 그것은 이야기를 나누고 난 뒤 비교적 익숙해졌기 때문이었다. 려사가 중얼거리는 소리가 들렸다.

"그렇다. 내가 연마하는 도법은 천하고금에서 가장 흉악한 것 중에 하나인데, 내 성격에는 여인네의 부드럽고 인자한 마음이 있으므로 태생적으로 이 흉인凶忍 양자가 서로 상충상극相沖相剋하게 되니 당연히 도법은 조금도 진전이 없었구나."

남빙심은 일부러 알 수 없는 듯 물었다.

"려선생, 당신 무슨 말을 하시는 거예요?"

"예, 아닙니다. 난 지금 무공에서의 난제를 생각하고 있었소."

남빙심은 귀여운 웃음을 짓고 말했다.

"만약 무공에 관한 난제라면 생각만 해서 뭐하겠어요?"

"당신 말은 틀렸습니다. 어떠한 기예든 일단 교묘한 단계에 들어서면, 곧 지혜의 범위에 들어서게 됩니다. 더욱이 나의 난제는 근본적으로 생각하지 않으면 안되는 것입니다."

남빙심은 몸을 움직여 될 수 있는 한 려사에 접근하려 하였다. 그녀는 려사가 욕정을 일으켜 그녀와 정을 맺기를 바랐다. 그러면 그녀는 꼭 그 기회를 타서 독검으로 그를 찔러 죽일 수 있을지 모른다. 려사는 평소 매우 풍류스러운 인물이었다. 이 미모의 여인이 사랑과 관심을 암시하는 동작은 그로 하여금 그녀를 의심하는 대신 심히 기쁘게 하였다. 그러나 그는 오히려 한발 물러서면서 얼굴에 웃음을 띠고 말했다.

"당신은 이곳에서 어떤 사람을 기다리고 있는 게 아닙니까? 나도 가서 처리해야 할 일이 있습니다. 사실 나에게는 여자 벗이 한 사람 있습니다. 이런 일이 그 벗에게 발견되면 모든 것이 끝장납니다. 만일 우리에게 인연이 있다면 나중에 꼭 만날 날이 있을 것입니다."

남빙심은 그 말을 듣고 계략이 수포로 돌아가게 되자, 말했다.

"그랬었군요. 당신의 벗은 어디에 있죠? 당신 정말로 그녀를 찾으러 떠나겠어요?"

려사가 말했다.

"지금은 그녀를 찾으러 가는 것이 아닙니다."

"믿지 못하겠어요."

"당신을 속이지 않습니다."

려사는 그녀와 지금 정을 나눌 수 없는 것에 대해 안타까워하며 침착하게 말했다.

"나는 지금 연위보에 가야 합니다."

남빙심은 놀라는 척하면서 말했다.

"그곳에 왜 가요? 연위보 사람들은 결코 만만한 사람이 아니에요."

"나에게 맞서는 나쁜 짓을 하는 놈들은 흙으로 만들어놓은 장난감 닭이나 개처럼 내 일격을 견디지 못합니다. 내가 당신에게 알려주겠는데 연위보의 보주 진백위는 이미 나의 칼 아래 목숨을 잃었습니다."

남빙심은 이 말을 듣고 마음은 칼로 에이는 듯이 아팠지만, 겉으로는 놀란 척하면서 물었다.

"정말이에요?"

"내가 왜 당신을 속이겠습니까?"

"그래요. 당신은 나를 속일 이유가 없지요."

남빙심이 말했다.

"당신은 도법의 비결을 깨닫기 위하여 그를 죽였나요? 아니면 또 다른 원한이 있나요?"

려사가 대답했다.

"순수히 도법을 깨닫기 위해서였습니다. 그의 독룡창은 무림절기 중의 하나입니다. 애석하게도 그는 그 창법을 끝까지 연마하지 못했기 때문에, 그 한 차례 격투는 큰 도움이 되지 않았습니다."

그는 잠시 멈췄다가 또다시 말했다.

"돌아가신 스승이 잃어버린 그 일초를 얻지 못하면 내 스스로는 무공을 완전히 닦을 수 없을 것 같습니다."

남빙심은 더욱 의아한 기색이 짙어지며 말했다.

"원래 그 일초의 도법이 연위보에 숨겨져 있기 때문에 당신이 연위보로 돌아가는 건가요?"

려사는 머리를 가로저으며 웃었다

"당신에게 솔직히 모든 것을 다 말하리다. 이번 걸음은 두 가지 이유가 있는데 하나는 진백위로 하여금 목숨을 내놓을 수 있게 한 그 여인을 보려는 것이고, 다음은 연위보 사람들에게 신기자 서통에 관한 일을 알아보려는 것입니다. 서통은 천하에서 유일하게 마도의 비초秘招를 알고 있는 사람인데 그곳에서 찾을 수 있는 사람이니 그를 찾아보지 않을 수 없습니다."

남빙심이 말했다.

"일이 많군요. 당신의 시간을 더 이상 뺏지 않겠어요."

사실상 그녀는 지금 려사로 하여금 일찍 떠나게 해야 옳은지 아니면 애써 그를 한동안 더 잡아두고 시간을 끄는 것이 옳은지 알 수가 없었다. 그것은 심우가 그를 대신해서 왕건에게 자기가 임신했다는 사실을 알리려고 갔는데 려사가 그곳으로 간다면 도중에서 심우와 만나게 되기 때문이었다. 그러나 그를 얽매어 두는 것도 꼭 좋은 방법이라고 할 수는 없었다. 그것은 심우가 돌아올 때 그들이 이야기를 나누는 것을 보면 일이 잘못될 수도 있기 때문이었다.

려사는 한번 웃고 나서 말했다.

"연위보에는 갈기가 붉은 한 필의 보마寶馬가 있는데 원래 내가 이미 손에 넣어 연위보로 올 때 숲 속에 숨겼는데 내가 연위보에서 나온 다음에 그 말을 다시 찾아보아도 보이지 않았습니다. 내 생각에 그 말은 연위보에 있을 겁니다."

남빙심이 말했다.

"그 말이 스스로 길을 알아서 연위보로 갔단 말인가요?"

려사가 말했다.

"물론 길을 알지요. 그러나 나는 오히려 장일풍이 암호로 보의 사람들에게 알렸으므로 그들이 그 말을 가져갔다고 생각합니다."

남빙심이 말했다.

"그까짓 말 한 필이 무엇이 길래 그리 급하게 서둔단 말이에요?"

려사가 말했다.

"그 말은 평범한 말이 아닙니다. 꼭 가지고 싶은 말이지요."

그는 손을 흔들어 작별을 고하고는 걸음을 옮겼다. 그는 몇 걸음 가지 않고 돌연 멈춰 서더니 머리를 돌려 남빙심을 바라보았다. 남빙심은 크게 놀라 속으로 생각했다.

'내게서 어떤 허점을 발견한 걸까?'

이때 려사의 말소리가 들렸다.

"나는 그만 잊고 당신의 성함을 묻지 않았습니다."

남빙심은 즉시 마음 놓고 말했다.

"천한 이름이 굳이 알고 싶다면 취환입니다. 너무 속된 이름이라 오히려 려선생의 웃음을 살 겁니다."

려사는 머리를 가로저으며 말했다.

"아니, 취환이란 이름은 매우 우아합니다. 이렇게 합시다. 나와 함께 가서 나의 위풍을 보면 어떻습니까?"

남빙심은 처음에는 거절하였으나 총명하고 영활하여 지나치게 거절하면 당연히 상대방의 의심을 살 수 있다고 생각했다. 그녀는 그 자리에서 주저하는 태도를 나타내고 반문하였다.

"내가 함께 가면 방해가 되지 않겠어요?"

려사는 호탕하게 웃으면서 말했다.

"나와 동행하면 천하를 주유해도 걱정할 것 없습니다. 당신을 감히 얕잡아 보는 사람이 있으면 내가 그의 목을 비틀어버리겠습니다."

남빙심은 웃으며 '아'하고 탄성했다.

"안 돼요. 나는 나 때문에 목숨을 잃는 사람이 생기는 걸 바라지 않아요. 만약 당신이 정말 나 때문에 사람을 죽인다면 나는 한평생 발을 뻗고 잠을 잘 수 없어요."

려사가 말했다.

"그것도 그렇군. 당신이 원하지 않는다면 당신 때문에 살인하지 않겠습니다. 갑시다."

남빙심은 흔쾌히 말했다.

"좋아요. 천첩은 당신을 따르겠어요."

그녀는 웃으며 그를 향해 달려갔다. 그에게 거의 접근하였을 때 돌연 그녀는 발이 걸리면서 앞으로 넘어졌다. 다행히 려사는 평범한 사람이 아니었으므로 팔을 벌려 그녀를 안았다. 그렇지 않았다면 남빙심은 땅에 넘어져 분명 얼굴이 온통 퍼렇게 멍이 들었을 것이다.

제 12 장

聞噩耗靑蓮生嗔心

비보를 듣고
청련이 역정을 내다

그녀는 소원대로 려사의 품에 안겼다. 지금 그녀는 독검을 뽑아 려사를 찔러 진백위를 위해 원수를 갚을 수 있었다. 남빙심은 손을 팔소매 안으로 넣고 가늘고 긴 손으로 독검을 잡았다. 그런데 려사가 그녀를 안았고 그녀의 팔을 누르고 있어 남빙심은 독검을 잡아당겨 꺼낼 수가 없었다. 그는 놀라고 의아해서 말했다.

　"당신의 몸이 어찌 이처럼 굳어있소."

　남빙심은 황급히 몸에서 힘을 뺐다. 원래 그녀가 독검을 뽑아내려고 힘을 썼기 때문이었다. 그녀가 몸에서 힘을 빼자 이제 손으로 독검을 쥘 수 없었다. 남빙심은 조급해하지 않았다. 려사가 그녀와 가까이 하려만 한다면 손 쓸 기회는 꼭 있을 것이다. 려사는 그녀에 대해 지나친 행동은 없었지만 그녀를 안고 있는 손을 놓지 않았다. 남빙심은 온순하게 그의 품에 기대어 기회를 기다렸다. 려사는 돌연 말했다.

　"당신이 무공을 전혀 모른다는 것이 생각 밖입니다."

　남빙심은 의아해서 말했다.

　"내가 무공을 알고 있다고 여겼나요?"

　려사가 말했다.

"그런 뜻이 아니라 당신이 무공을 모르기 때문에 여러 가지로 당신이 불편할 것이라는 것입니다. 우리가 함께 가면 길에서 많은 시간을 허비할 것입니다. 더구나 내가 줄곧 당신을 보호하여 다른 사람들이 당신을 해치지 못하게 하여야 하니 손발을 묶어놓은 것처럼 번거롭겠구려."

남빙심은 남몰래 득의해서 속으로 중얼거렸다.

'내가 일부러 넘어져서 나와 동행하면 불편한 일이 많다는 것을 당신에게 일깨워 주려는 것이에요.'

그녀는 일부러 몸을 털고 애교를 부리면서 말했다.

"제가 좀 빨리 걸으면 되지 않나요."

려사는 웃으면서 말했다.

"단지 길만 걷는 일이라면 별 문제가 없겠으나 연위보 사람들이 당신을 본다면 앞날에 당신을 찾아 복수하려 할 것입니다."

남빙심이 말했다.

"나는 두렵지 않습니다. 당신이 나를 보호할 수 있으니까요!"

그녀의 말뜻은 어떤 위험이라도 감수하겠다는 말이었다. 려사는 골치가 아팠다.

'만약 애림과 동행하지 않았다면 이 여인을 데리고 천하를 유람하는 것이 일생의 큰 낙이겠으나 지금은 안된다. 자칫하면 두 쪽을 다 잃어 주유周瑜 처럼 산토끼를 잡으려다 집토끼를 잃는 격이 될 것이다.'

그는 잠깐 생각하고 나서 말했다.

"당신도 알다시피 내가 한가하여 사천에 와서 유람하는 것이 아닙니다. 그러니 우리가 시간과 장소를 정해 내가 일을 끝낸 후 당신을 찾겠소."

남빙심은 불쾌한 듯 '흥'하고 콧소리를 냈다.

"이런 말은 많이 들었지요. 지키지도 못할 약속 같은 건 왜 해요? 좋아요. 내가 당신을 따라가지 않으면 될게 아녜요."

그녀는 억지로 몸을 일으켜 세웠고 려사는 그녀를 안았던 손을 놓았다. 이때 남빙심은 비록 독검을 뽑을 수 있었지만 상황이 바뀔 수 있어 그녀는 경솔하게 행동하지 않았다. 그들은 이미 적지 않은 시간을 붙어 있었으니 려사는 부끄러운지 웃음 띤 얼굴로 말했다.

"나는 깊이 생각해보았는데 그래도 연위보는 혼자 가는 것이 좋겠소. 당신이 어디에 살고 있는지? 내게 알려주겠습니까?"

남빙심은 눈을 귀엽게 흘기며 웃음 띤 얼굴로 말했다.

"만약 우리가 다시 만난다면 그것은 우리들의 인연이니 더 말할 것 없고 만약 정처 없이 떠돌아다니는 난새鸞鳥처럼 서로 제 갈 길을 가서 한평생 만나지 못한다면 이것도 하늘의 뜻이니 강요할 필요는 없겠지요."

려사는 어깨를 으쓱거리고 말했다.

"좋습니다. 그렇다면 나는 실례하겠습니다. 우리의 인연이 어떻게 될지 운명에 맡깁시다."

이번에는 그가 손을 흔들어 작별을 고한 뒤 다급하게 떠나갔다. 조금 쉬고 있으니 이윽고 심우가 풀숲에서 걸어나왔고 그녀에게 우스꽝스런 표정을 지어 보이면서 말했다.

"보십시오. 이 원수는 갚기가 좀처럼 쉽지 않겠지요."

남빙심은 고개를 끄덕이고 근심스러운 기색으로 말했다.

"그는 여색을 밝히는 음탕한 색마가 아니에요. 당신 말이 맞았어요. 원수를 갚는 일이 쉽지 않겠어요."

심우는 이 기회를 빌려 그녀에게 말했다.

"원수 갚는 일은 그냥 내게 맡기십시오. 게다가 왕건은 당신이 임신했다는 말을 듣고 매우 걱정하였습니다."

남빙심은 머리를 가로저으면서 말했다.

"아니요, 이미 결심했어요. 어떻게 든 또다시 시험해보겠어요. 만약 내가 이대로 돌아가 편안하게 살아간다 해도 무슨 의미가 있겠어요?"

"그것은 꼭 그렇지 않습니다."

심우가 말했다.

"한발 물러나서 생각해 보십시오. 연위보에 원통하게 죽은 사람의 가족들이 있는데 모두 다 원수를 갚는다고는 볼 수는 없습니다."

남빙심이 즉시 말했다.

"아니요, 연위보에서는 무고한 사람이 죽는 일은 지금까지 없었어요. 이것은 진백위가 생전에 내게 말하였지요."

그녀의 완고한 생각을 돌이킬 수 없었다. 그래서 심우가 연위보의 사례를 들어 회유하려 해도 그녀는 믿지 않을 뿐만 아니라 오히려 그녀의 마음을 돌이키려는 심우를 원망할 것이다. 심우는 비록 그녀의 원망이 두렵지 않았지만 그저 무안할 뿐이었다. 심우는 에둘러 말했다.

"이러한 문제를 생각한 적이 있는 것으로 보아 당신들도 사람의 목숨을 상당히 중시하고 불행한 일이 발생하기를 바라지 않는군요."

남빙심은 순간 그의 술책을 간파하지 못해서 그냥 기뻐하면서 말했다.

"그래요. 우린 모두 사람의 생명을 중시해요."

심우가 말했다.

"이 점에 대해서 나는 당신들을 믿습니다. 내가 내기를 하겠는데 이런 문제는 언제나 당신이 먼저 꺼내 토론함으로써 그에게 절대 소홀히 하지 말고 경계하도록 한 것입니다."

"정말 그랬어요."

그녀가 즉시 시인하자 심우는 대뜸 냉랭하게 말했다.

"그런 것이라면, 당신은 속으로 의심을 하고 있었고, 적어도 몇몇 사람들로부터 소문을 들었으므로 마음이 불안하여 그와 토론하지 않을 수 없었다는 것을 알 수 있습니다."

그의 태도는 돌연 준엄하게 변했고 말투도 더없이 날카로워 줄곧 그녀의 정곡을 찔렀다. 남빙심은 비록 시인하려 하지 않았지만 너무 갑작스러워 미처 방어도 못하고, 잡아 뗄 수도 없어서 놀란 나머지 아무소리도 못하고 그냥 우두커니 서 있었다. 심우는 그녀가 침묵하는 것을 보고 재빨리 온화한 태도로 말했다.

"나는 일부러 당신의 마음을 어지럽히려는 것이 아니라 다만 당신이 스스로를 속이지 말고 원수를 갚을 책임이 있다는 것을 인정해야 한다는 것입니다."

남빙심은 고개를 숙이고 생각하더니 비로소 입을 열었다.

"나는 비록 당신을 말로서 당할 수 없지만 나도 어떻게 해야 안정할 수 있는지 알아요. 만약 당신이 나와 동행하지 않겠다면 나 스스로 원수 갚을 방법을 궁리해 보겠어요."

심우는 어깨를 으쓱거리고 말했다.

"믿든지 말든지 마음대로 하세요. 난 일찍부터 당신을 설득할 수 없다는 것을 알고 있었소."

남빙심이 말했다.

"이미 알고 있었다면서 왜 또 시도하나요?"

심우가 말했다.

"어떤 일들은 시도해볼 수 없지만, 또 어떤 일은 효과가 없음을 알면서도 한번 시도해 보는 것이 좋을 수도 있습니다."

남빙심은 담담하게 웃으면서 말했다.

"당신이 말도 일리가 있어요. 하지만 옛말에 한 가지 일을 놓고 사람마다 시각이 다를 수 있다고 했지요. 내가 복수하려는 것이 당신에게는 크게 다가오지 않겠지만, 나한테는 내가 살아가는 이유라고 볼 수 있습니다. 보세요. 우리들의 생각의 차이가 얼마나 큰지."

심우는 머리를 끄덕이고 말했다.

"당신의 생각을 억지로 돌리려 하지 않겠습니다. 이 일로 더 이상 논쟁하지 맙시다. 려사와는 어떻게 되었습니까?"

남빙심이 말했다.

"그에 대해 더 말할 것이 없어요."

심우는 정색해서 말했다.

"병법에 이르기를 자기를 알고 상대방을 알면 백전불태百戰不殆한다고 하였습니다. 우리는 려사의 모든 것을 알아야 할 겁니다. 려사가 애림을 동행하지 않고 혼자 돌아왔는데 이유가 뭘까요? 그렇다면 애림은 지금 어디에 있는 건지."

남빙심이 말했다.

"애림은 아마도 지쳤기 때문에, 어느 도읍都邑이나 시진市鎭에서 려사를 기다릴지 몰라요."

심우가 말했다.

"아닐 겁니다. 애림은 상승의 무공을 지녀 보통 여자와는 다르게 이러한 여정에 지치지 않습니다. 그리고 그녀가 탄 말은 천리명구千里名駒로 빠르고 튼튼하여 그녀가 어딘가에서 혼자 쉬고 있다는 것은 있을 수 없는 일이지요."

남빙심은 즉시 그의 말을 받았다.

"어쩌면 그녀는 친구를 만나러 갈 수도 있죠. 그래서 려사는 빈둥거리기가 무료해서 연위보로 되돌아온 것일 겁니다."

심우는 고개를 가로저으며 말했다.

"애림은 이곳에 친구도 친척도 없습니다. 만에 하나 그녀가 친구를 만나러 갔다 해도 오래 머물러 있지 않을 것이 아닙니까?"

남빙심은 잠시 생각하더니 말했다.

"이렇게 근거 없는 추측으로는 만족한 답을 얻을 수 없어요."

심우는 확고하게 말했다.

"어쨌든 가능한 이유를 찾아야 합니다."

남빙심은 마음속으로 중얼거렸다.

'총명하고 지혜 있는 사람으로 불리는 내가 짐작하지 못한다면 너 역시 방법이 없을 것이다.'

그러나 그녀는 심우가 골똘히 생각하는 것을 보고는 내버려 두었다. 심우가 말했다.

"이렇게 하면 어떻겠습니까? 부인은 자신을 애림이라 생각하고, 그녀의 성격에 비추어 본다면 어떤 연유로 려사와 함께 오지 않을 수 있겠습니까?"

남빙심이 말했다.

"좋아요. 하지만 틀릴지도 몰라요."

그녀는 잠시 생각하더니 말을 이었다.

"만약 내가 애림이라면 그녀의 천리마에 문제가 있지 않고는 근심할 일이 없겠지요. 어쩌면 그녀의 말이 병이 들었다면 떠나지 않을 거예요."

심우는 만족한 웃음을 떠올리고 말했다.

"좋은 추론입니다. 또 다른 것은 없겠는지요."

남빙심이 말했다.

"이번엔 당신이 려사의 입장이 되어 생각해 보세요. 저 혼자서 생각하는 것은 아무래도 세밀하지 못할 것 같군요."

심우는 머리를 끄덕이더니 문득 깨달은 바가 있어 말했다.

"려사는 애림을 좋아하고 있습니다. 려사는 그녀의 마음을 얻기 위해서도 그녀가 불안해할 때 그녀를 떠나지 않을 겁니다."

남빙심이 말했다.

"일리 있어요, 일리가. 하지만 오히려 애림은 려사를 마음에 두지 않았기 때문에 저도 모르게 말을 너무 빨리 달려 려사와 헤어지게 된 것이 아닐까요?"

심우는 돌연 손뼉을 치면서 말했다.

"알았습니다. 그들은 필시 다투었을 겁니다. 서로 의견이 달라 애림이 홀로 가버렸을 겁니다. 려사가 뒤쫓으려 했지만 애림이 탄 말이 너무도 빨라 뒤쫓을 수 없었을 겁니다. 설사 걸음으로 간다면 절륜한 무공으로 뒤쫓는다 해도 일이백 리는 갈 수 있을 테지만 그 이상은 무리여서 그는 반드시 좋은 말을 구하기 위해 되돌아왔을 겁니다."

남빙심이 말했다.

"만약 당신이 추측이 옳다면 이제 우리는 어떻게 해야 하죠?"

심우가 말했다.

"우리는 서둘러서 려사를 찾아 그의 품속에 있는 도법의 비급을 손에 넣어야 할 겁니다. 려사를 따라잡지 못하면 그의 종적을 찾기가 어렵게 됩니다."

남빙심은 심우의 의견에 따라 서둘러 길을 떠났다. 두 사람은 말을 재촉하여 저녁 무렵에 수녕逐寧에 이르렀다. 여관에 든 뒤 남빙심은 피곤이 몰려와 몸을 움직일 수 없을 정도였다. 심우는 밥을 먹는 둥 마는 둥 얼굴만 씻고 길을 서둘렀다. 반 시진도 안되어 심우는 마중창과 우득시 두 사람을 만났다. 세 사람은 만나자마자 모두 크게 기뻐했다. 우득시가 말했다.

"연락이 안 되어 걱정했네!"

"저도 마찬가지입니다."

심우가 말했다.

"어떤 소식이라도 있습니까?"

우득시가 말했다.

"당연히 있네. 그들은 한밤에 모두 도망가버렸소!"

심우가 입을 열기도 전에 마중창이 참견하며 말했다.

"마형, 서둘지 마시오. 소심을 좀 보시오. 그는 온몸이 먼지투성이요. 보아하니 며칠 동안 한 잠도 못잔 것 같군."

우득시가 말했다.

"아, 그렇구려. 그가 숨 돌릴 틈이 필요하군요. 아직 그리 일이 급하지 않으니 앞으로 이삼일 기다려도 되오. 소심은 일단 목욕을 하고 요기부터 한 다음 푹 한 잠자도록 하시오. 그 다음에 일을 논의해도 늦지 않소."

마중창이 그 말을 받았다.

"소심, 우선은 조급해 할 필요가 없소. 우리와 함께 한 잔 하러 갑시다."

심우는 음주에 흥미가 없었지만 그들의 마음은 고마웠다. 원래 그들은 서로 이해 관계에 의해 뭉쳤지만 지금은 이해 관계 이상의 감정이 생겼던 것이다. 심우는 그들의 호의를 정중하게 사양하고 말했다.

"그보다는 제가 알아야 할 일을 먼저 말씀해 주십시오."

마중창은 반대하며 말했다.

"이 사람 참 못 말리겠군. 당신 혼자 이렇듯 수고하는 것은 우리의 할 도리가 아니요. 그리 급히 서둘 필요가 없소."

심우는 거듭 에둘러 거절하면서 말했다.

"저는 길에서 려사를 만났고, 그 밖에 또 다른 일들도 생겼지요."

심우의 말이 그치자 마중창과 우득시는 귀를 기울였다. 일시 휴식하자는 말은 없어졌다. 마중창이 말했다.

"혹시 려사가 당신을 보았소?"

심우는 그 간에 있었던 일을 자세히 이야기하였다. 그리고는 다음과 같이 요구했다.

"자, 이제 두 분께서 제게 그동안 무슨 일이 있었는지 말씀하실 차례입니다."

우득시가 말했다.

"우리가 이곳까지 뒤따라 왔을 때 다행히 우리가 미리 예약해 놓은 방 옆에 그들이 묵었소. 저녁때가 되어서 우리가 손 쓸 기회를 얻지는 못했는데 돌연 그들이 다투기 시작했소."

심우는 속으로 중얼거렸다.

'과연 내 짐작이 옳았구나.'

"그들은 한동안 다툰 뒤 애림이 자리를 박차고 나와 말을 타고 떠나버렸고 밤이 되자 려사도 떠나버렸소. 우리 역시 부랴부랴 려사의 뒤를 따랐지만 놓치고 되돌아올 수밖에 없었소."

심우가 다급히 물었다.

"그렇다면 애림은요. 애림은 어느 쪽으로 갔소?"

마중창이 말했다.

"내가 그녀의 뒤를 밟았는데 그녀는 지금 이곳 성 안에 있소."

심우는 말했다.

"어쩐지 저에게 조급해하지 말라 하더니, 이런 걸 '중은 도망칠 수 있어도 절은 도망칠 수 없다'는 것이군요."

마중창이 말했다.

"그들은 다투면서 당신 이름을 언급했소."

심우는 크게 흥미를 느끼며 다급히 물었다.

"제 이름을요?"

마중창이 말했다.

"처음에는 애림이 려사보고 무당산으로 가지 말라고 권고했소. 신기자 서통은 천하사람들이 인정하는 슬기로운 사람으로서 평생 크고 작은 일이 다 빈틈이 없었기 때문에 이번 무당산 산행은 꼭 십중팔구 상서롭지 못하다고 그녀가 말했소. 하지만 려사는 서통이 세상에 둘도 없는 슬기로운 사람이라 인정하면서도 오히려 두렵지 않다고 했소."

그는 잠깐 멈추었다가 또다시 말했다.

"이어서 당신 이름이 거론되었소. 애림이 말하기를 먼저 당신을 찾아 복수하자고 했소. 하지만 려사는 먼저 무당산으로 갔다 온 다음 복수하는 것이 어떠냐고 말했소."

우득시가 말하였다.

"옆 방에 있는 우리가 다 들을 정도로 그들은 소리를 높여 다투었소. 애림이 너무 강하게 나가자 려사 역시 화를 참지 못하고 이런 말을 했소. 애림이 정말로 복수하려는 것이 아니고 정을 잊지 못해 당신을 만나려 하는 거라며 질책했소."

심우는 쓴웃음을 짓고 말했다.

"그녀가 나와의 정을 잊지 못했다고? 웃기는 소리군."

"결국 다투다가 애림이 울컥하고 나가 버렸소."

마중창이 말했다.

"나는 즉시 그녀를 뒤따랐소. 그녀는 성을 한바퀴 돌다가 성 남쪽에 있는 자운니암慈雲尼庵으로 갔소."

우득시가 이어서 말했다.

"려사는 홀로 여관에서 화가 나서 발을 구르다가 곧 탄식소리가 들리더니 결국 여관을 나갔소."

심우는 한참 생각하더니 말했다.

"려사는 애림의 천리마를 따라잡을 수 없다는 것을 알고 시간을 지체하더라도 연위보로 가서 말을 가지고 애림의 종적을 따라가려 했을 겁니다. 하지만 애림은 왜 먼 곳으로 가지 않았을까요?"

마중창이 말했다.

"내말에 실망할지 모르지만 내 보기에 그녀는 어쩌면 려사를 많이 생각하는 것 같소. 그녀가 화를 내며 떠났지만 멀리 가지 않은 것은 려사가 자신을 찾아주길 바라서 일 것이오."

심우는 마음이 편치 않았지만, 마중창의 짐작을 인정하지 않을 수 없었다. 그는 모든 정황을 거듭 생각해보며 곧 말했다.

"려사는 진부인의 애마를 얻는 것과 상관없이 돌아올 것이고, 무당산으로 향할 것이오. 만약 그가 이미 천리구을 얻었다면 우리는 그를 따라잡지 못하오. 만일 그가 천리구을 얻지 못했다 해도 애림과 헤어졌으니 단신으로 반드시 빠르게 길을 재촉할 것이니 시간이 매우 촉박합니다. 따라서 우리가 바짝 따른다면 그에게 발각되기 쉬울 테고 바짝 따르지 않는다면 그의 종적을 놓칠 수 있을 게요. 그러니 지금 우리에게 기회란 단 하나 밖에 없소."

마중창은 머리를 끄덕이고 말했다.

"소심의 말이 옳소. 소심이 말하는 마지막 하나의 기회란 려사가 되돌아올 때 이곳을 지날 것이고, 그의 여정으로 헤아려 보자면 이곳에서 하룻밤을 묵을 때를 말하는 것이 아니오."

우득시가 말했다.

"그렇다면 우리는 되든 안되든 한번 해봐야겠군."

마중창이 말했다.

"그렇소. 어떻든지 손을 써야 할 것이오. 소심은 어떻게 생각하시오?"

심우는 생각하더니 말했다.

"나는 물론 당신들이 손쓰는 것을 찬성하지만 이렇게 되면 당신들은 알게 모르게 오히려 소극적이 되어, 어쩔 수 없이 위험을 감수하는 꼴이 되니 이런 상황에서는 쉽게 실수할 수 있소."

우득시는 웃으면서 말했다.

"걱정마시오. 우리에게도 다 방법이 있소."

마종창도 말했다.

"우리 충분히 의논했으니 이제 더 걱정할 필요 없소. 자자, 소심에겐 휴식이 필요하오. 려사의 소식이 있으면 즉시 알려주리다."

그들은 계획을 결정하였고, 심우는 어둠을 틈타 여관으로 돌아왔다. 남빙심은 매우 피곤했지만 잠들 수가 없었다. 옆방에서 인기척 소리가 나자 심우를 불러들여 상황을 물어보았다. 심우는 그녀의 방에 와서 말했다.

"아직도 자지 않고 있었습니까?"

남빙심이 옷을 걸치고 일어나려 하자 심우는 그녀를 제지하고 말했다.

"그대로 누워서 얘기하세요. 우리 예의 따지지 맙시다.

그녀는 머리를 끄덕이고 말했다.

"너무 피곤해 앉을 힘도 없답니다. 이런 꼴로 어찌 복수하겠다는 말을 하겠나요?"

심우는 그녀를 위로하며 말했다.

"당신이 임신을 해서 아마 더 피곤한 걸 겁니다."

남빙심은 탄식하고 말했다.

"진백위가 내가 이토록 많은 길을 걸을 것을 알았다면 참으로 놀랄 거예요. 그는 나를 땅바닥에 내려서지도 못하게 했지요."

심우가 말했다.

"임신하고 처음 몇 달은 피곤한 일은 피해야 한다고 들었는데 맞습니까?"

심우는 지금까지 무공을 연마하는 외에는 책을 읽었을 뿐 이런 일로 이야기할 기회가 적어 남빙심에게 가르침을 청했다. 남빙심은 머리를 끄덕이면서 말했다.

"맞아요. 하지만 내 경우는 그런 걸 따질 처지가 안 되니 어쩔 수 없지요."

심우는 근심스러운 기색으로 말했다.

"이러는 것이 당신에게 위험하다는 것을 알면서도 왜 억지를 부립니까?"

"어떻게 내가 그만둘 수 있겠어요?"

그녀는 나직한 소리로 반박하면서도, 심우의 염려가 그녀를 지극히 생각하는 뜻이었기에 그녀의 말투는 부드러웠다.

"내 생명도 아깝지 않습니다. 하물며 다른 것들이야……."

심우는 돌연 미소를 짓고 말했다.

"내가 비록 당신의 마음을 돌릴 수는 없지만, 사실상 당신이 잠시 그만두게야 할 수 있습니다."

그는 잠시 멈췄다가 또다시 말했다.

"내가 방금 나가서 잠시 살펴보았습니다. 이전에 내가 당신에게 말한 적이 있듯이 나를 도와 일하는 친구 두 사람이 있습니다. 그들이 어제저녁 려사 옆방에 들었다가 그들이 다투는 소리를 들었답니다. 그래서 애림이 홀로 길을 떠났다 합니다."

남빙심은 '아'하고 소리치며 말했다.

"과연 당신의 추측이 맞았군요!"

심우가 말했다.

"애림이 떠나간 뒤 오래지 않아 려사도 떠났는데, 그가 연위보에 되돌아가서 당신이 아끼는 말을 찾는 것으로 봐서, 그는 그 신구의 힘을 빌려 애림을 따라잡을 작정인 것 같습니다. 만일 내 짐작이 틀림없다면 우리는 그들을 따라잡을 방법이 없습니다."

남빙심은 이 말을 듣고 자신들에게 상황이 불리하게 돌아감을 알았다. 그녀는 우울하게 탄식하고 말했다.

"그렇다면 당신은 어떻게 할 작정이에요?"

심우가 말했다.

"나는 남자고 또 단신이니 한평생 강호에서 유랑하여도 괜찮지만 당신은 묵을 곳이 필요합니다."

남빙심이 말했다.

"나도 괜찮아요. 비록 이곳이 수령성遂寧城이지만, 전 의탁할 곳이 있어요."

그녀는 어느 곳에 의탁한다는 말을 하지 않았다. 심우 역시 될수록 그녀의 일을 적게 아는 것이 좋다고 여겼으므로 더 묻지 않았다. 그는 일어서면서 말했다.

"그럼 이만 쉬고 내일 다시 이야기합시다."

남빙심은 묵묵히 눈으로 이 영준한 남자를 바래주었고, 이 남자는 마음이 선량할 뿐만 아니라 예의를 지키는 군자로 신뢰할 수 있는 사람이라고 느꼈다. 그녀는 많은 고난 속에서도 오직 심우의 사람됨이 위안이 되었다.

이튿날 오후가 되자 마중창과 우득시로부터 소식이 전해져 왔는데 려사가 홀로 한 필의 흰 말을 타고 수령성을 향해 오고 있으며 황혼 무렵이면 성내에 들어설 수 있다는 것이다. 심우는 이 소식을 감히 남빙심에게 알릴 수가 없었다. 그것은 그녀가 려사를 찾아 복수할까봐 두려웠던 것이었다.

려사에 대한 소식이 날아들기 전 심우는 애림이 온종일 자운암慈雲庵 내에 있고 두문불출하고 있다는 것을 알았다. 마중창과 우득시가 조사한 바에 의하면 애림은 자운암의 암주 담화암주曇華庵主와 예전부터 알던 사이인 것 같다고 하였다. 담화암주는 남해에서 왔고 나이는 많지 않지만 수령성에서 깊은 존경을 받고 있었다. 심우는 소식을 듣고 나서 곧 계획을 정하고 남빙심에게 말했다.

"나는 지금 곧 성 밖으로 나가 내 친구들을 찾아 함께 려사와 겨루려 합니다."

남빙심은 이날 하루 내내 그와 이런 문제들을 토론하였으므로 이제 헤어질 시간이 이르렀음을 알고는 마음속으로 저도 몰래 허전한 마음이 들었다. 그녀가 말했다.

"지금 바로 떠날 건가요?"

"예."

심우는 작은 보따리와 고풍스러운 단도를 들었다.

"당신도 알다시피 촌각을 다투는 싸움이라서 늦출 수 없습니다……."

"그래요. 나도 알고 있기에 당신이 홀로 떠나는 것을 막지 못하겠군요. 나 때문에 길을 지체할 수 없지요. 가령 이번길이 곧장 사천성을 벗어나는 길이라면야 말할 필요없지만 만일 일이 끝나 이곳을 다시 지나게 되면 나를 보러 와주시겠어요?"

심우는 머리를 가로저으며 말했다.

"내가 설사 돌아온다 하더라도 당신을 찾지 않을 것입니다. 결과는 왕건에게 알려주겠습니다."

그의 대답은 분명하면서도 간결했다. 남빙심은 한동안 어리둥절해 있다가 비로소 말을 이었다.

"나를 이렇게 대할 필요가 없어요!"

"이렇게 하는 것이 현명한 일입니다."

심우는 냉정하게 말했다.

"비록 냉혹하고 무정하게 느껴지겠지만 남녀지간에는 우정이란 없습니다. 우리가 서로 이렇게 하는 것이 옳습니다."

남빙심은 고개를 끄덕이면서 말했다.

"좋아요. 가세요. 당신이 성공하길 빕니다."

심우가 말했다.

"내가 이곳을 떠나면 부인도 서둘러 떠나십시오."

"알았어요."

남빙심은 낮은 소리로 대답했다. 어조는 매우 굳건했고 무거웠다.

"당신도 부디 조심하세요."

심우가 말했다.

"당신도 조심하십시오."

그들은 작별 인사를 나누었다. 심우는 방문을 나섰다. 그의 그림자가 사라지자 남빙심이 남겨진 곳에서는 적막감이 감돌았다. 그녀는 길게 탄식하였고 행장을 꾸려 혼자 성 남쪽으로 말을 달렸다.

남빙심은 얼마 지나지 않아 한 암자 문 앞에 다다랐다. 문에는 가로로 편액이 걸려있었는데 자운암이라는 금색 글씨가 새겨져 있었다. 암자 사면은 푸른 대나무가 숲을 이뤘고 소박하고 조용한 분위기가 풍겨져 사람들로 하여금 속세를 등진 불문정지佛門靜地임을 느끼게 하였다. 그녀가 말에서 내려 문을 두드리자 한 여승이 나와서 물었다.

"낭자는 누구를 찾으세요?"

여승의 눈길이 건장한 말에 닿자 매우 의아한 기색을 나타냈다. 남빙심이 대답하기 전에 그 여승이 먼저 말했다.

"시주는 담화암주를 찾으세요?"

남빙심은 머리를 가로저으며 말했다.

"아니에요. 나는 청련사태靑蓮師太를 찾아왔는데 안에 계신가요?"

여승은 머리를 끄덕이며 말했다.

"들어오세요. 청련사태는 뒤뜰에 계십니다. 이틀 전에 청성산靑城山에서 돌아오셨지요."

여승은 말하면서 속으로 생각했다.

'그저께 저녁에도 말을 탄 여자가 암주를 찾아왔었는데 이 여자도 말을 탄 것으로 보아 암주를 찾는다고 여겼는데 아니구나. 아, 정말 괴이한 일이다. 이런 나이의 여인들이 말을 타고 다니는데 요즘 유행인가 보군.'

여승은 다른 한 어린 여승에게 말을 마구간에 가져가게 하고는 남빙심을 안내하여 몇 개의 거처를 지나서 뒷문의 왼쪽 뜰 안으로 왔다. 깨끗하고 정갈하며 십분 아늑한 사원에서 남빙심은 청련사태를 배견하였다. 청련사태는 나이가 많지 않고 삼십 세 정도였는데 얼굴은 말쑥했고 미목이 청수하였다. 청련사태의 용모는 세속과는 다른 느낌을 주었으며, 학문이 깊은데다 도행道行을 실천하니 절로 존경하는 마음이 생겨나게 했다. 청련사태는 그녀를 보자 그 차분하고 고상한 얼굴색이 갑자기 변하며 남빙심의 손을 잡고 말했다.

"이게 누구야. 빙심아니오. 어찌 혼자 이곳에 왔나요?"

남빙심은 삽시간에 뜨거운 눈물을 뚝뚝 흘렸고 말을 하지 못하였다. 청련사태는 그녀를 한동안 울도록 하여 마음속 슬픔과 울적한 기분을 잠시나마 터뜨리게 한 뒤 비로소 물었다.

"어떤 일이 생기기라도 했나요?"

남빙심이 말했다.

"려사라는 자가 백위를 죽였어요⋯⋯."

청련사태의 얼굴색이 변했고, 원망하는 목소리로 말했다.

"그럴 수가. 그 흉수는 지금 어디에 있나요?"

남빙심은 눈물을 닦으면서 머리를 가로저으며 말했다.

"모르겠어요."

청련사태는 한탄하는 소리를 그치지 않으며 이어서 물었다.

"당신은 내게 오라비 백위의 원수를 갚으라는 건가요? 그렇다면 이렇게 직접 찾아올 필요 없이 왕건이나 사람을 시켜서 소식을 전하면 될 것을."

남빙심이 말했다.

"나는 백위의 원수를 갚으라는 것이 아니에요."

청련사태가 말했다.

"내가 출가했다고 어려워 마세요. 당신도 알다시피 내겐 오라비 한 분이 계시고 양친은 돌아간 지 오래되었지요. 비록 내가 오라비의 행위를 마뜩잖게 생각해 연위보에 발걸음을 많이 하지 않았지만 그래도 진백위는 내 오라비예요."

그녀는 평온하고 우아한 얼굴에 무시무시한 살기를 띠고 또다시 말했다.

"그 려사라는 자의 내력을 아나요? 내 생각에 제 오라비가 너무 자만했기 때문에 흉수에게 당한 것은 아닌가요?"

남빙심이 말했다.

"그렇지는 않아요. 처음에 그들은 정당하게 두 차례의 격투를 벌였죠. 하지만 다시 백위가 려사를 찾아가 다시 격투를 벌였어요. 하지만 두 번째 격투에서 백위는 끝내 피살됐어요. 보 안에는 비록 사람이 많았지만 팔호장 중에서 왕건만이 살아남았어요."

청련사태는 크게 놀란 표정을 짓고 말했다.

"설마 려사의 무공이 오라비보다 강하단 말인가요?"

남빙심은 고개를 끄덕이고 말했다.

"그는 마도 우문등의 제자라고 해요."

청련사태는 멍해졌고 한동안 지나서야 말을 이었다.

"정말 불가사의한 일이에요. 그 사람이 천하무적 우문등의 제자이니 오라비의 독룡창의 절예로도 당해낼 수 없었을 거예요."

그녀는 잠깐 멈췄다가 다시 말했다.

"그러나 내게도 방법은 있어요. 그래요. 내가 오라비를 위해 복수하겠어요. 마도의 문하라면 반드시 좋은 사람이 아닐 거예요."

남빙심은 삽시간에 희망이 가슴 가득하여 물었다.

"려사를 이길 수 있나요?"

청련사태는 잠시 생각하더니 비로소 말했다.

"나는 비록 청성靑城의 절학만 연마해서 고수라고 할 수 있지만 오라비의 무공에는 미치지 못해요. 게다가 청성 절예는 무산巫山에서 시작하여 성도 청양궁靑羊宮에 전해진 독룡창과는 비할 수 없기 때문에 무공만으로는 내가 려사를 당할 수 없지요."

남빙심은 크게 실망하고 말했다.

"그렇다면 오히려 제가 복수하는 편이 났겠네요."

청련사태는 의아해서 말했다.

"당신이 복수를 한다고요? 그럴 능력이 있어요? 당신이 무공을 연마했던가요?"

남빙심이 말했다.

"무공이 아니라 이 독검을 쓰려는 거예요. 내가 그에게 접근할 수만 있다면 기회가 있어요."

청련사태는 머리를 가로저으며 말했다.

"려사와 같은 고수에게 접근하려는 생각은 하지도 마세요."

남빙심은 그녀가 놀랄 것이라 예상하였다는 듯한 표정을 지으며 계속해서 말이 이었다.

"나는 여인이고 그는 남자예요. 내가 그에게 접근할 기회를 만들면 기회가 생길 테니 그때 나는 어떤 희생도 아끼지 않을 거예요."

청련사태는 눈이 휘둥그레져 그녀를 눈여겨보았고 탄식하며 말했다.

"당신은 나의 올케예요. 나는 당신이 치욕을 받도록 할 수 없고 구천에 있는 오라비가 원한을 품게 할 수도 없어요. 복수하는 것은 내게 맡기고 당신은 내일 연위보에 돌아가서 소식을 조용히 기다리세요."

남빙심이 말했다.

"당신도 스스로 려사를 이길 수 없다고 인정했는데 어떻게 그를 죽일 수 있나요?"

청련사태가 말했다.

"그것은 나의 일이고 나는 내 분수를 알고 있어요."

남빙심은 쓴웃음을 짓고 말했다.

"당신이 그 악당에게 모욕을 당하기보다 차라리 내가 가는 게 좋아요."

청련사태도 남녀지간의 미묘한 관계를 이용해서 려사에게 접근하려는 것을 부인하지 않고 말했다.

"그러나 나는 무공을 연마했기에 기회만 있으면 적을 제어하고 죽일 수 있지만 당신은 그럴 수 없어요."

남빙심이 말했다.

"려사는 당신의 생각처럼 쉽게 대처할 수 있는 사람이 아니에요. 나는 이미 그를 만난 적이 있어요."

그녀는 경과를 간략하게 말하면서 마지막에는 이렇게 말했다.

"려사는 생각이 세밀해서 만약 당신이 그에게 접근하면 려사는 반드시 당신이 무공을 알고 있음을 알고 경계할 테니 오히려 좋지 않아요."

남빙심은 잠깐 멈췄다가 청련사태가 반박하려는 생각이 있는 것을 보자 또다시 말했다.

"또 한 가지는 당신도 꼭 알아야 하는데 려사는 비록 흉악하고 수단이 악랄하지만 그의 용모는 흉악하지 않고 오히려 남자의 매력을 갖고 있지요. 또한 사람을 대함에 온화하고 예절이 있어요. 만약 기회가 있을 때 즉시 그를 죽이지 않고 접촉한 시간이 길어지면 마음이 모질지 못해 그를 죽이지 못할 수 있어요!"

청련사태는 하늘을 바라보고 웃더니 천천히 말했다.

"이 점에 대해서 당신은 마음을 놓으세요. 나는 여러 해 동안 도를 닦아 남녀지간의 감정에 대해 이미 매우 깊은 인내력이 있으니 결코 그에게 미혹되어 대사를 그르치는 일은 없을 거예요."

남빙심은 나직하게 말했다.

"어쨌든 그의 행방은 이미 찾기 어렵지만 한 가지만은 생각하지 않을 수 없어요. 그것은 당신이 직접 그에게 접근하여 관계를 한뒤 설사 그를 죽인다고 해도 만에 하나 그 뒤에 당신이 그의 아이를 가진 것을 알게 되면 당신은 어떻게 할 건가요?"

청련사태는 솔직하게 말했다.

"나는 그것까지 생각하지 않았지만, 당신이야말로 그런 상황에 이르렀다면 나보다 더 문제가 되지 않겠어요?"

남빙심은 침중하게 말했다.

"나는 지금 백위의 아이를 가졌으므로, 절대 다른 사람의 아이를 가질 수 없어요."

청련사태는 그 말을 듣더니 깜짝 놀랐고, 이어 잠시 생각하더니 말했다.

"이 일에 대해서 우리 잠시 이야기를 덮어두고 내가 암주 담화사태에게 가서 가르침을 받는 것이 좋겠어요. 그녀는 남해에서 왔는데 선공禪功의 조예가 깊고 매우 지혜롭기 때문에 독특한 항마묘계降魔妙計가 있을지 몰라요."

청련사태는 일어섰다. 남빙심은 비록 이 일을 다른 사람에게 알리고 싶지 않았지만 다시 생각해보니 담화암주는 불문의 사람이고 또 남해에서 왔으니 말해도 무방할 것 같았다. 그 밖에도 그녀는 심우에 관한 일도 언급하지 않는 것이 좋다고 생각했다. 그것은 그녀가 심우의 내력에 대해 알지 못했고 또 젊은 남자와 동행하고 같은 여관에서 하룻밤 묵었기 때문에 쓸데없는 오해가 생길까 싶어서였다. 비록 그 어떤 불미스러운 일은 없었지만 가급적 말을 아끼는 편이 낫겠다 싶었다.

청련사태는 그녀를 떠나 빠른 걸음으로 담화암주를 만나러 갔다. 담화암주는 곁채 별원에 거주하고 있었지만, 높은 담벽이 정원을 갈라놓았으므로 청련사태는 앞에 있는 월동문月洞門을 돌아 정원으로 들어갔다. 이쪽에는 건물들이 좀 많았고 땅도 넓었다. 꽃나무로 가득 찬 우아한 정원을 지났고, 또 작은 불당을 가로질러 그 뒤에는 선방禪房들이 있었는데, 그 선방 중의 한 칸이 담화암주가 거주하고 있는 정실靜室이었다. 청련사태는 언제나 침착한 위인이었으므로 온 암자 안의 사람들은 그녀가 총망해 하거나 당황해 하는 기색을 좀내 본 적이 없었다.

그런데 이 시각 그녀는 줄곧 매우 다급하게 암주의 거실문 앞까지 갔다. 도중에 두 여승을 만났는데 그녀들은 모두 신분이 높은 청련사태에게 의아한 눈길을 던졌다. 그것은 그녀에게서 평소 볼 수 없었던 모습이었기 때문이었다. 청련사태는 시간을 헤아려보았는데 려사가 만약 연위보를 떠나 남쪽으로 향했다면 오래지 않아 꼭 이곳을 지나간다는 것을 알 수 있었다. 시간이 많지 않은 탓으로 그녀는 다른 사람들이 어떻게 생각하든지를 돌볼 필요가 없이 바삐 암주가 있는 문 앞에 와서 두어 번 가볍게 두드리고 문을 밀고 들어갔다.

청련사태가 문을 열자 암주가 한 미모의 여인과 말하고 있는 것이 보였다. 이 여인은 은백색의 복장에 머리카락이 어깨에 드리워 있었고 아름다운데다 속되지 않았을 뿐만 아니라 자태가 우아하고 태도가 대범했다. 그녀들은 모두 놀란 눈길로 어떤 사람이 들어오는가를 보았다. 청련사태가 문을 두드림과 동시에 들어왔기 때문이었다. 담화암주는 책상다리를 하고 앉아 있었고 손에는 흰 불진을 들었으며 몸에는 백설같이 흰 승복을 걸쳤는데 둥근 얼굴에 큰 눈을 가지고 있었고, 두 눈은 마치 밝은 별 같아서 수려한 중에도 바른 기운이 있었다. 나이는 대략 삼십 정도로 매우 젊어 보였다. 그녀는 들어온 사람이 불경에 정통하고 평온하며 침착하기로 유명한 청련사태임을 보고는 의아함을 금할 수 없이 말했다.

"어떤 중대한 일을 발생했나요? 하지만 불문은 조용한 곳인데 어떻게 일이 발생한단 말예요?"

그녀는 이어서 옆에 앉아 있는 아름다운 소녀에게 말했다.

"이 분은 우리 암자에서 높은 지위에 있는 청련사태인데 도행이 깊고 계율을 매우 엄격히 지키며 아울러 청성파의 뛰어난 고수이고도 해요. 그러나 그녀는 주로 정심으로 수도에 몰두하여 속세와 인연을 끊어서 그녀를 알고 있는 사람이 드물기도 하지요."

그 미녀가 웃으면서 말했다.

"이것은 정말 생각 밖의 일이에요. 이 자운암자는 정말 인재들이 숨어있는 곳이군요. 더구나 이런 미모까지 갖추고 있다니."

그녀의 말은 너무 솔직하다고 할 수 있어 예절에 잘 어울리지 않았다. 그렇지만 담화암주는 청련사태에게 말했다.

"이분 애림 낭자는 강남의 명문 규수이고 타고난 기재일 뿐만 아니라 두 파의 무공을 지니고 있으므로 무공의 조예로 말한다면 매우 뛰어나다고 할 수 있어요."

청련사태는 이 말을 듣고 즉시 이 여인의 도움을 얻어 려사와 한번 싸울 수 있지 않을까 생각했다. 담화암주는 그녀들을 소개해 준 다음 또다시 말했다.

"나와 애림 낭자는 예부터 알고 지냈지요. 만약 사태가 말하려는 사정이 크게 거리낄 일이 아니라면 애낭자에게 들려주어도 괜찮겠지요."

애림은 사리에 밝은 사람인지라 다급히 말했다.

"아니요, 나는 방에 가서 짐을 꾸리겠어요."

청련사태는 그녀가 가지 말기를 바랐으므로 다급히 말했다.

"이 일은 애 낭자도 흥미를 가질 것이라 생각해요. 이곳에 잠시 머무르는 것이 어떻겠습니까?"

애림은 이상하게 생각하며 말했다.

"정 그렇다면 이곳에 남아 있겠어요."

청련사태는 한쪽의 의자에 앉은 다음 말했다.

"암주께 한 가지 일을 말씀드리러 왔습니다. 옛날에 천하에 위명을 떨쳤고 다녔던 마도 우문등이 뜻밖에도 제자를 남겼는데 그가 지금 사천 땅에 있다는군요."

애림은 이 말을 듣고 저도 모르게 웃고 말았다. 그녀가 확실하게 담화 암주에게 려사를 언급하지 않았기 때문에 담화암주는 매우 흥미를 가지고 물었다.

"사태는 어떻게 알았나요? 그래 방금 우리 암자에 이른 그 여시주가 당신에게 알려 주었나요? 그녀는 어떤 사람인가요?"

청련사태가 대답했다.

"암주의 짐작이 맞습니다. 방금 이곳에 온 여인이 제게 알려줬어요. 그녀는 남빙심이라 하고 연위보에서 왔어요."

청련사태는 애림의 기색을 보고 기이한 느낌이 들어 물었다.

"혹시 애낭자는 려사를 알고 있습니까?"

애림은 고개를 끄덕이고 말했다.

"알고 있어요. 며칠 전에 성도성에서 만났는데 겨뤄보지는 않았어요."

담화암주가 말했다.

"사태는 왜 려사라는 사람의 소식을 내게 알려주는 거예요? 혹시 사태하고 어떤 관계가 있어요?"

청련사태가 말했다.

"그자는 이전의 마도 우문등 보다 못해요. 그는 무예를 빙자해서 행

패를 부리는데 들은 바에 의하면 적지 않은 사람을 죽였고 최근에는 연위보 보주 진백위를 죽였다 합니다."

담화암주가 말했다.

"연위보 보주를 알고 있는데, 그는 청양궁의 무공을 전수받았고 신기자는 그의 사숙일 겁니다. 그는 비록 명성이 좋지 않은 일방의 패주이었지만 그는 힘으로 서촉西蜀 일대를 이끌어 가고 있지요. 흑도의 인물도 그의 지배하에서 제한된 활동만 할 수 있어 서촉의 도로나 고을이 그 덕분에 조용하고 무사하다고 하더군요."

청련사태가 말했다.

"암주게서 원래 지혜가 깊은 사람으로 알려져 탄복하지 않은 사람이 없었지만 뜻밖에도 이런 일까지도 손금보듯 하시니 놀라지 않을 수 없습니다."

담화암주는 웃으면서 말했다.

"우리는 비록 세속의 일에 관여하지 않지만, 이것은 서촉 현재 내정에 속하기 때문에 내가 알아본 적이 있어요."

청련사태가 말했다.

"진백위를 죽인 려사는 흉악한 인물입니다. 려사를 대처하기 위해 암주의 허락을 받고자 하며, 아울러 만전지책을 가르침 또한 받고 싶습니다."

청련사태의 말에 담화암주는 대답하기가 쉽지 않았다. 담화암주는 한동안 생각에 잠겼다가 말했다.

"이 일을 애낭자가 얘기했다면 그럴 듯했겠지요. 하지만 청련사태는 지금까지 줄곧 수행에만 몰두했지 세속의 일은 염두에 두지 않은 걸로 아는데 왜 이런 마음을 먹게 되었는지 모르겠습니다."

청련사태가 말했다.

"진백위는 저의 본가 오라비입니다. 조금 전에 온 남빙심은 그의 후실 부인이죠."

담화암주가 문득 깨닫는 것이 있어 말을 이었다.

"아, 그렇군요."

애림은 나직하게 '아'하고 일성을 질렀다. 마음속으로 려사의 번민이 대다수 자신까지 얽매 있음을 느꼈다. 담화암주가 또다시 말했다.

"사태의 생각은 오라비를 위해 복수하려는 것이에요?"

청련사태가 말했다.

"원래 저와 오라비는 왕래가 드물었지만 오라비가 새 부인을 얻은 뒤엔 연위보에 몇 번 걸음을 했지요. 올케는 글을 알고 예절이 밝은데다 마음이 선량했기 때문이에요. 오라비 역시 그녀를 매우 사랑하였지요. 두 사람은 사이는 매우 좋았습니다. 그녀의 힘을 빌려 좋은 일도 많이 할 수 있었습니다."

담화암주가 말했다.

"그렇다면 그 올케는 존경받을 사람이고 그녀가 남편을 잃었으니 분명 상심이 클 것입니다."

"그렇습니다."

청련사태가 말했다.

"나도 앉아서 볼 수만 있는 일이 아니라 여겨졌습니다. 그녀 역시 복수할 뜻을 세웠지만 그녀는 무공을 연마한 적이 없지요. 실패하더라도 도망갈 기회마저도 없습니다. 려사는 남빙심이 여자라 해도 용서하지는 않을 겁니다."

담화암주는 애림을 보면서 물었다.

"당신이 보기에는 어떻습니까? 려사가 여인에게도 무지막지한가요?"

애림은 생각하더니 비로소 말을 이었다.

"저도 모르겠습니다. 이 사람의 성미와 행동은 헤아릴 수 없고 그녀를 죽일 수도 있지만 죽이지 않을 수도 있을 겁니다."

청련사태는 놀라는 기색이었다.

"애낭자도 려사가 여인을 죽일 수 있다 하니 일은 더욱더 엄중해요."

담화암주는 그다지 내키지 않은 말투로 말했다.

"들어보니 려사는 과연 혼세마왕混世魔王과 같은 부류군요."

애림은 담화암주가 왜 그다지 내키지 않은 심정으로 려사에 대한 질책을 동의하는지 추측해낼 수 없었지만 직감적으로 어떤 내막이 있다는 것을 알았다. 그렇지 않으면 청련사태가 와서 특히 담화암주에게 이 일을 알릴 필요가 없을 뿐만 아니라 담화암주 앞에서 려사를 죽일 놈이라고 강조할 필요가 없었다.

그러나 지금 애림은 이런 걸 따질 마음이 없었다. 그것은 자기가 이미 거북한 상황에 처해 있는데다 청련사태가 이렇게 나오니 자기와 려사의 우정을 밝히기가 더군다나 불편하였다. 그래서 상대방이 구체적인 것을 밝히기 전까지는 말할 수 없었다. 다행인 것은 그녀가 겉으로는 려사와 의견이 달라 다투고 헤어진 것으로 되어 있고, 청련사태가 즉시 자기와 려사가 같이 있었던 일을 안다고 해도 할 말이 있고 또 다른 오해가 생기지는 않을 것이다.

그러나 이것은 다만 겉으로 나타난 문제일 뿐 진실로 애림과 려사는 서로 깊은 우정이 생겨났다. 그러니 그녀로서는 다른 사람이 려사를 해치는 것을 보고만 있을 수는 없는 입장이었다. 다른 한편으로는 담화암주와의 관계 때문에 남빙심을 포함해서 자운암 사람들이 려사에게 복수할 때 애림이 방해할 수도 없었다. 오히려 애림은 출수하여 그들을 도와주어야 했다. 애림은 자신의 곤란한 입장이 불편할 뿐만 아니라 어떻게 하면 좋을지 몰랐다. 청련사태는 일어서서 실내를 두 바퀴 정도 돈 뒤 말했다.

"려사는 갖은 악행을 저지르고 다닙니다. 그는 분명 귀신의 사자로서 행동하는 것입니다. 만약 암주가 허락해주신다면 제가 그를 상대하려 합니다."

그녀의 말은 자신이 있었다. 마치 려사의 목숨이 이미 그녀의 수중에 장악된 것 같았다. 그런데 담화암주의 대답은 정작 놀랍고도 이상했다.

"서로 복수하면 끝이 없습니다. 청련사태는 다시 한 번 생각해보세요. 당신은 지금까지 굳건히 수련하여 여기까지 왔어요. 당신이 여기까지 이른 것은 쉽게 얻어진 것이 아닙니다. 만약 여기서 멈추고 돌아가버린다면 참으로 애석한 일이 될 겁니다."

그녀의 어투로 본다면 아마도 청련사태가 려사를 죽일 수 있는 힘이 있음을 인정하는 것 같았으며, 그래서 그녀에게 이런 결정을 경솔하게 내리지 말 것을 권고하는 것 같았다. 애림은 목을 길게 빼고 그 말을 듣더니 마음속으로 생각했다.

'참으로 이상하군. 려사의 무공으로 보면 그를 이길 수 있는 사람이 천하에 몇이 없을 텐데 그녀들은 마치 려사를 이길 수 있는 것처럼 말을 하는군.'

청련사태는 결연하게 말했다.

"암주가 자비를 베푸는 호의는 감명 깊습니다. 하지만 우리는 수도하

194

는 사람으로 자신의 안위만 생각해서는 안 될 것입니다. 자신의 살을 베어 매에게 먹이고 자신을 잊고 남을 위함은 내가 지옥으로 가지 않고 누가 지옥으로 가겠는가 하는 불교의 자비의 태도일 겁니다. 만약 암주가 허락만 하신다면……."

담화암주의 긴 눈썹이 살짝 올라가더니 말했다.

"내가 허락하지 않을 수 있는 상황이었으면 좋겠어요."

그녀의 말은 비록 청련사태의 요구를 정면으로 허락한 것은 아니었지만, 이미 허락한 거나 다름없었다. 애림은 참을 수 없어 참견하며 말했다.

"잠깐만요. 두 분은 려사의 도법이 지금 천하에 적수가 없다는 것을 도대체 알고나 있나요?"

청련사태가 말했다.

"돌아가신 오라비의 독룡창의 조예로 미루어 판단하여 보건대 려사의 도법은 분명히 마도 우문등의 전수를 받았을 것이라는 것을 의심할 바 없어요. 따라서 애낭자가 그의 도법을 천하무쌍이라 하신 것처럼 아마 대접받기에 부끄럽거나 부족한 점이 없다고 봐요."

애림은 머리를 가로저으며 말했다.

"그렇지만 당신들은 확실하게 믿는 것 같지 않군요."

청련사태는 담담하게 웃으면서 말했다.

"나는 이전에 신기자 서통 선배로부터 들은 바가 있어 마도 우문등이 얼마나 대단하고 고명한지 어느 정도인지를 잘 알고 있어요."

애림은 고개를 끄덕이면서 말했다.

"만약 서통 선배가 말한 적이 있다면 틀림없이 십분 상세하게 말했을 것이에요. 그렇다면 청련사태는 전문적으로 마도를 격패할 수 있는 무상심법無上心法을 이미 연마하셨나요?"

청련사태가 말했다.

"그런 건 아니지만 서통 선배의 말에 의하면 도법을 우문등처럼 하나로 백을 당해내고, 간략한 것으로 번다함을 제압하는 기묘한 경지까지 연마한다면 그것은 마술魔術을 시전하는 것과 같아 근본적으로 격패할 수 없다고 들었습니다."

"그런데도 당신은 기어이 그와 결전을 벌이려 하는군요."

애림은 더욱 알 수 없다고 느끼며 말했다.

"만약 당신이 무공이 아니고 다른 수단을 쓴다면 내가 보기에 더 위험이 클 것 같아요. 려사는 의심이 많은데다 교활하면서 반응이 빠른 사람이에요."

그녀는 청련사태가 시종 복수의 방법을 말하지 않으려 한다는 것을 알았다. 그래서 애림은 청련사태가 어떤 방법으로 려사를 대처하기에 자신 있다고 여기는지 짐작할 수 없었다. 그녀의 입장에서는 차라리 모르는 것이 좋았다. 그러므로 그녀는 특히 청련사태에게 경솔하지 대처하지 말라고 경고함으로써 자신이 할 일은 다 했다고 여기고 더 이상 말하지 않았다.

담화암주가 돌연 말했다.

"청련사태, 한 번 더 고려해보세요."

청련사태는 견결하게 말했다.

"암주가 막지 않는다면 제가 천하를 위해 그를 제거할 도리밖에 없어요."

담화암주의 고요하고 수려한 얼굴에 한동안 조금 파동이 일어났고 나중에는 탄식하며 말했다.

"좋아요. 당신이 옳다고 여기는 대로 하세요. 애석하게도 비구니 하나가 또 줄어들게 되겠어요.”

청련사태는 합장하고 예를 올리고 말했다.

“암주님, 고맙습니다.”

일시지간에 고요하던 선실에서는 일종 기이한 분위기가 흘렀다. 애림은 비록 이들과는 관계가 없는 외부인이었지만, 그녀 또한 이러한 분위기 속에서 처량함과 비장함, 그리고 이별의 슬픔까지 느끼게 되었다. 그녀는 속으로 어리둥절하며 중얼거렸다.

‘그렇다면 청련사태가 이번에 가서 성공한다 해도 영원히 다시 돌아오지 못한단 말인가?’

담화암주는 눈길을 돌려 애림을 보면서 말했다.

“애림, 려사의 도법이 우문등하고 비교한다면 어떻습니까?”

애림이 말했다.

“우문등과 비교할 수 없어요, 그것은 려사가 스스로 아직 최고의 경지에 이르지 못했다고 이야기하고 있습니다.”

그녀는 청련사태에게 말했다.

“그는 지금 신가자 서통 선배를 찾고 있는 중이에요. 목적은 그의 도법의 최고경지에 관한 문제인데 내 생각에는 당신이 서선배를 먼저 찾으면 당신이 직접 출수하지 않고도 서선배의 절세 지혜로 려사를 꼭 굴복시킬 수 있을 거예요.”

그녀의 이 말은 청련사태의 안위를 위한 것 같지만 사실상에서는 그녀가 려사를 더 생각해서 한 말이었다. 그것은 서통의 신분, 무공과 재질 등은 모두 려사보다 윗수이고 가장 중요한 것은 서통이 나이가 많아 사람을 죽이려는 마음이 없을지도 모르므로 려사를 굴복시켜도 려사의 목숨은 빼앗지는 않을 것이라고 믿었기 때문이었다. 청련사태는 망설이지 않고 말했다.

"서선배는 몇 년 동안 폐관하여 생사도 알 길이 없어요. 하물며 이런 일로 그 어르신을 성가시게 할 수 없습니다."

애림은 더 말하기 거북하여 할 수 없이 머리를 끄덕이고 겉치레로 말했다.

"그렇다면 당신이 성공하기를 빌 뿐입니다."

청련사태는 고맙다고 인사한 뒤 즉시 작별하고 나왔다. 담화암주는 이맛살을 약간 찌푸리고 말했다.

"애림, 당신에게 한마디 해둘 말이 있어요."

애림이 말했다.

"말씀하세요. 내가 감히 당신에게 거절할 수 있겠습니까."

담화암주는 잠깐 주저하다가 말했다.

"당신은 이미 려사를 알고 있고, 그에 대한 많은 일을 알고 있지요. 하지만 당신도 알다시피 청련사태와 나는 본 암자의 도려道侶일 뿐만 아니라 사문 등 각 방면에서 깊은 관계가 있습니다. 나는 지금부터 당신이 당분간 이곳 암자에 머물 것을 부탁드립니다. 그것은 당신이 려사와 내통하는 혐의를 피하기 위해서입니다. 그래도 되겠지요?"

애림은 억울한 듯 말했다.

"거절하되 되나요? 당신의 의심은 너무 지나칩니다."

담화암주는 급히 그녀를 안심시키며 말했다.

"이것이 모두에게 다 좋은 방법이에요."

그녀는 잠깐 멈췄다가 또다시 말했다.

"그러나 우리가 시종 믿을 수 없는 것은, 그 려사를 무공으로 격패시킬 수 없다는 것입니다."

애림이 말했다.

"당신은 절대로 시험해 보지 마세요. 그의 도법은 극도로 흉악하고 지독하여 어떤 사람이라도 그와 겨루어 이기지 못한다면 죽어요. 이것은 절대 예외가 없는 사실이죠. 만일 필승의 확신이 없다면 절대 그를 건드려서는 안 돼요."

담화암주가 말했다.

"당신마저도 그의 무공을 그렇게 높이 보다니, 저는 그를 건드리지 않겠습니다. 그런데 그와 격투한 이래 예외였던 사람은 없었나요?"

"아, 한 사람이 있습니다."

애림은 감전된 듯 몸을 크게 떨었다.

"그 사람의 이름은 심우라고 해요. 바로 심목영의 아들이지요."

그녀가 크게 격동한 까닭은 그녀가 오랫동안 심우를 잊고 있었다는 것을 문득 깨달았기 때문이었다. 피맺힌 원한이 있는 동년의 친구를 그녀는 원래처럼 마음속에 아로새겨 잊을 수 없었다. 그것은 완전히 어린 시절의 감정 때문이 아니라 더욱 가문의 피맺힌 원한 때문이었다. 그녀가 심우를 만나기 전에는 심우에 대해 한 시각도 잊지 않았다고 할 수 있지만 최근에는 오히려 그에 대한 인상이 희미해지면서 그를 잊어버렸는데, 이것은 어떠한 까닭인가?

담화암주는 약간 놀란 기색으로 물었다.

"어찌 된 일인가요? 심우가 바로 당신의 원수인가요?"

애림은 고개를 끄덕였고 일시 마음이 몹시 어수선하여 고개를 숙이고 생각했다.

'그에 대한 원한의 감정이 이미 희미해졌단 말인가? 믿지 못하겠어. 심우의 아버지가 나의 아버지를 죽였고, 또 오빠를 폐인으로 만들었는데 무엇으로도 갚을 수 없는 깊은 원한을 내가 어찌 잊을 수 있단 말인가?'

그녀는 마음속으로 혼란스러워하며 생각했다.

'어떻게 내가 심우를 잊을 수 있지?'

그녀는 생각은 계속해서 이어졌다.

'혹시 내 맘 속에 려사의 존재가 점점 커졌기 때문일까? 그래서 부지불각 중에 심우를 잊었던 것은 아닐까?'

이때 그녀의 마음속에는 일종의 수치심이 떠올랐다. 비록 그녀와 심우는 원수였지만 그녀는 마음속엔 심우뿐이어서 다른 남자를 받아들일 수 없었다. 그녀는 문득 자신이 순결하지 못하다고 느껴졌다. 지난날 서로 사모하던 일과 원한이 생긴 일이 한데 뒤섞여 애림이 심우를 떠올릴 때면 마음이 복잡하였다.

애림 역시 심우가 지금까지 변함없이 자신을 사랑하고 있음을 잘 알고 있었다. 이런 이유로 그녀가 려사와 친밀한 행동을 보이는 것이 무의식중에 심우를 자극하고 있었다. 이런 그녀의 행동이 심우에게 질투와 고통을 준다면 복수의 수단 중의 하나일 것이다. 그녀는 아무래도 마음이 편치 않았고 심지어 불안하기까지 하였다. 애림에게 한동안 허전한 느낌이 마음속을 파고들었다.

담화암주는 그녀가 오랫동안 깊이 생각하게 두고서는 말했다.

"심우는 지금 어디에 있어요?"

애림은 꿈속에서 깨어난 듯 말했다.

"나도 몰라요. 왜 물으시죠?"

담화암주는 조용하게 말했다.

"그는 어떤 사람인가요? 내 뜻은 그의 인품과 무공이 어떠냐는 거죠."

애림은 처음에 하마터면 심우를 나쁜 놈이라고 말할 뻔했지만, 냉정을 차리고 가라앉은 평상심을 되찾은 후 말했다.

"그의 위인됨은 매우 성실하고 착하죠. 군자라고 할 수 있어요. 피부는 검고 영준해요. 무공도 매우 고강한데 그것은 그가 심가비전심법沈家秘傳心法 외에도 소림의 절예를 연마하였기 때문이에요."

"그가 려사의 칼 아래에서 살아난 유일한 사람이군요."

담화암주는 초연한 태도로 논평했다.

"그의 무공은 응당 려사에 뒤지지 않을 것 같군요. 만약 그가 정의를 주장하는 협의지사라면 마땅히 려사를 상대해야 할 겁니다. 그러나 그가 그렇게 하지 않는 것은 당신의 영향으로 혼란에 빠진 게 아니에요. 따라서 그는 정의를 주장하는 협의지사가 아닐 겁니다. 필요하다면 나는 당신을 핍박하여 천하무림을 생각해서라도 당신에게 사사로운 원한을 포기하라고 하겠어요."

애림은 말도 없이 속으로 생각했다.

'나는 오히려 불가항력으로 복수할 수 없기를 바라겠다. 그렇다면 마음의 짐도 가벼워질 텐데.'

여기까지 생각이 미쳤을 때 그녀는 돌연 려사를 처음 만나 그가 하던 말이 떠올랐다. 그때 려사가 말했었다.

"원한에는 상대가 있고, 빚에는 빚쟁이가 있다. 당신은 응당 칠해도룡 심목영을 찾아 복수해야 할 것이오."

그리고 또 말했었다.

"당신은 원래부터 그를 죽일 생각이 없었소."

려사는 그녀의 내심을 관찰하여 알아내었으며, 그녀의 표면적인 태도에 속지 않았었다. 그때 그녀는 려사가 허튼소리를 한다고 여겼지만, 그 뒤 객주에서 심우와 만났을 때 그녀는 자기 내심의 모순이 크다는 것을 알았다. 언젠가 그녀가 자신의 태도를 분명히 해야 할 때가 올 것이며, 마냥 피할 수만은 없었다. 애림은 심사숙고한 뒤 현실을 도피하는 것이 유일한 방법이 아님을 깊이 느끼고는 즉시 결연히 말했다.

"소매가 둘째 언니의 명에 복종하지 못함을 용서해주세요."

담화암주는 놀라지 않고 오히려 웃고는 말했다.

"다시 생각해 보세요."

애림은 머리를 가로저으며 탄식했다. 담화암주는 부드러운 목소리로 말했다.

"사실 내가 일부러 당신에게 시간을 준 것이니 이 일을 잘 생각해 보세요. 주변 사람들도 모두 당신이 실재로 매우 망쳐지고 있다는 것을 알 수 있기 때문이에요."

애림이 말했다.

"이렇게 시간을 끄는 것은 방법은 아니에요. 만약 내가 그를 용서하고 집에 돌아가서 반신불수로 침상에 누워있는 오빠를 보면 나는 오빠를 볼 면목이 없어지고 말아요."

담화암주가 말했다.

"맞아요, 맞아요. 불문의 가장 중요한 원인과 결과는 인연과 죄악이에요. 그러므로 당신 스스로 결정해야지 옆의 사람들이 당신을 대신하여 결정할 수는 없어요.”

애림은 그녀가 언급하는 원인과 결과라는 말을 듣자 돌연 기발한 생각이 떠올라 속으로 중얼거렸다.

'만약 내가 려사를 도와주면 나와 그 사이에는 그가 다만 나에게 빚을 지게 되는 것이지 내가 그에게 빚지는 일이 아니잖아. 그때 내가 그를 떠난다면 향후에 다른 사람들이 그에게 어떻게 대처하든 내가 상관하지 않아도 불안하지 않을 것이야.'

그녀는 즉시 평온한 기색을 회복하고 말했다.

“심우의 일을 잠시 접어두었으면 합니다. 아울러 제가 당신의 뜻과 같이 잠시 이곳에서 머물면서 밖으로 출입하지 않겠습니다. 청련사태가 돌아온 뒤 떠나겠어요.”

담화암주는 기뻐하면서 말했다.

“당신의 결정은 현명하다고 할 수 있습니다. 내가 보기에는 청련사태는 꼭 려사의 행방을 예측해 낼 거예요. 그녀가 서둘러 내 허락을 얻은 것은 출수하기 위해서죠. 하루 이틀 사이에 그녀가 성공했는지 아니면 실패했는지 결과를 알 수 있을 겁니다.”

애림은 담담하게 물었다.

“청련사태는 무엇을 믿고 려사를 상대하려 하는 거지요? 그녀의 무공으로 려사를 이길 수 있나요?”

담화암주는 허심탄회하게 대답했다.

“당신에게 알려주어도 무방하겠지요. 그녀는 우리 자운암 진암지보鎭庵之寶로 려사를 상대할 겁니다.”

애림은 이때에야 일부러 약간 흥미 있다는 모습을 노출하면서 말했다.

"그 진암지보란 어떤 물건이에요? 세상에 둘도 없이 신비롭고 날카로운 무기예요? 아, 당연히 아니겠지요. 만약 신비롭고 날카로운 무기라면 그녀가 작별하고 떠나갈 때 장사壯士가 한번 가서 다시 되돌아오지 않는 듯한 비장한 모습이 있을 수 없었겠지요."

담화암주는 그녀에 대해 오히려 경계하지 않고 말했다.

"잘 물었어요. 확실히 신비롭고 날카로운 무기가 아닙니다. 그것은 하나의 독화진毒火陣이에요. 려사가 진중에 들어서면 무공이 아무리 높아도 재로 변하게 될 겁니다. 물론 청련사태 본신도 재난을 피할 수 없답니다. 그래서 그녀가 그러한 결심을 내리기 쉽지 않았을 테지요."

애림은 놀라면서 말했다.

"원래는 동귀어진의 멸절 수법이군요. 불문에 이런 악독한 수단이 있다는 것이 기이한 일이군요."

"불문 중의 사람들을 탓하지 마세요."

담화암주는 마음을 가라앉히고 차분하게 말을 이어갔다.

"이 독화진은 원래 본좌의 선배 신승이 창조하였는데, 그 당시 오로지 마도 우문등을 상대하기 위한 것이었지요."

애림은 이 말을 듣고 정말 크게 놀라 속으로 중얼거렸다.

'만일 우문등을 상대하려 한 독화진이라면 반드시 절묘한 수법일 것이다. 려사의 정도로는 우문등과 비할 수도 없는데 만약 진중에 빠져 들어간다면 절대 큰 재난에서 벗어날 수 없을 것이야.'

담화암주의 말소리가 또 들려왔다.

"보세요. 이 일은 참으로 교묘한 일치입니다. 이 독화진을 연마한 뒤 우문등을 상대할 기회가 없었지만, 운명의 조화인지 인과응보로 비록

가 청련사태와는 오라비를 죽인 원한이 있으니 청련사태가 정의를 위하여 주저하지 않고 이 독화진 사용을 결정하게 된 것이에요.”

애림은 천천히 말했다.

“그래요. 정말 교묘한 우연입니다.”

그녀는 손을 들어 귀밑 머리카락을 만지면서 이맛살을 찌푸리고 말했다.

“오늘 너무 많은 일이 발생해 머리가 아파요. 날도 저물었는데 나는 방에 돌아가 쉬겠어요.”

애림은 구실을 대고 방에 돌아온 즉각 쪽지 한 장을 써가지고는 마구간으로 갔다. 그녀는 연위보의 낙인이 찍혀있는 남빙심의 말을 한눈에 알아보았다. 그녀는 쪽지를 동관銅管 안에 넣어 그녀의 영리한 말의 주둥이에 끼워 놓고는 말 귀에 대고 한동안 중얼거리고 나서야 방으로 되돌아왔다.

마구간에는 두 여승이 있었기 때문에 애림의 거동은 그녀들의 눈을 피할 수는 없었다. 하지만 말이 있는 사람은 자기의 말을 모두 매우 아끼고 수시로 한 번씩 살펴보고 한바탕 사랑하는 말을 지껄이곤 하므로 그녀들에게 그 어떤 의심도 불러일으키지 않았다. 애림이 방에 돌아와 휴식한 지 오래지 않아 날은 어두워졌다. 그리고는 이어서 그녀의 말이 돌연 말고삐를 끊고 어디로 달아났는지 알 수 없다는 보고를 접했다.

담화암주는 그녀가 그것을 구실로 암자를 떠날까봐 친히 와서 자기가 책임지고 그 신구를 꼭 찾아주겠다고 그녀에게 말했다. 그녀는 잃어버린 말을 찾으러 가지 않겠다고 가까스로 대답하는 체했다. 이 수령성에 날이 저물자 적막이 도래했다. 이곳은 등불을 밝혀도 그리 번화한 곳은 아니었다.

심우가 판단하건대 려사가 곧 본성에 도달할 것이고 그 노정을 대체적으로 확정할 수 있었다. 그는 즉시 전신을 검은 옷으로 감쌌고 단도를 차고 큰 걸음으로 성을 나섰다. 성을 떠난 지 얼마 되지 않아 그는 큰길을 피해 한 갈래의 갈림길로 꺾어들었다. 이 갈림길을 지나면 온통 수림이었고, 수림 뒤에는 온통 무덤으로 널려있는 언덕인데 지세가 우뚝 솟아있어 언덕 위에 서면 가는 길을 볼 수 있었다.

그래서 그는 주저 없이 재빨리 달렸고 눈 깜짝할 사이에 수림을 지나 무덤이 널려있는 비탈에 이르렀다. 그는 수림 속에서 번개같이 달렸기 때문에 비탈에 사람이 있는 것을 발견했을 때는 물론 몸을 숨길 사이가 없었고, 상대방도 놀라서 그를 바라보고 있었다. 심우는 기이한 일이라며 즉시 멈춰 섰고 머리를 돌려 이 사람의 내력과 속마음을 추측하여 보았다.

원래 그가 본 사람 그림자는 여인이었다. 담청색의 옷을 걸쳤는데 날씬한 몸매에 어울렸다. 그녀는 청색수건으로 머리를 묶었는데 몇 가락을 잘 매지 않아 볼에 드리워 더욱 귀여운 자태였다. 이 푸른 옷의 여인은 이십여 세 가량이었고 연지와 분을 바르지 않았지만 빨간 입술에 미목이 청수하여 확실히 매우 아름다웠다. 비록 밤이었지만 두 사람의 거리는 겨우 대여섯 자밖에 되지 않아 서로의 모습을 뚜렷하게 볼 수 있었다. 그들은 서로를 주시하다가 한동안 지나서야 심우가 침묵을 깨뜨리면서 냉랭하게 말했다.

"당신의 이름은 무엇이요?"

그는 부득불 흉악하고 무례한 체하여 자신의 신분을 감추려 했다. 푸른 옷의 여인도 냉랭하게 조소하면서 말했다.

"너야말로 이름이 뭐지?"

그녀가 이름을 말하지 않자 심우도 물론 대답하지 않고 말했다.

"당신은 여인의 몸으로 무슨 일로 이런 야밤 삼경에 이곳에 왔소? 내가 당신이 날카로운 검을 가진 것을 보았소. 생각건대 당신은 당신의 무공을 믿고 홀로 무덤이 널려있는 언덕까지 왔지만 당신은 오히려 한 가지 일을 잊었소."

"내가 무엇을 잊었단 말이오?"

심우는 잔인하게 말했다.

"당신이 잊은 것은 이곳이 누구의 세력범위인가를 묻지 않았소?"

푸른 옷의 여인의 눈길은 심우의 얼굴을 응시하였다. 이어서 그녀는 사납게 변하며 살기가 솟아났다. 심우는 저도 모르게 옆구리에 있는 단도에 손이 갔다. 푸른 옷의 여인이 냉랭하게 말했다.

"원래 이곳은 당신의 세력범위였구만. 그래 내가 마음대로 뛰어들었으니 어떤 죄요?"

심우는 다른 지방 말투를 써야 자기의 신분과 내력을 들키지 않을 수 있었다. 다행히 횡포하고 흉악한 사람으로 가장하는 것은 그에게 어려운 일이 아니었다. 그는 앞으로 두 걸음 접근하고 엄하게 말했다.

"쓸데없는 소리 집어 치워라. 이 어른이 너를 잡을 때면 알게 될 것이다."

그들은 매우 가까이에 있었는데 심우가 접근하자 거리는 더욱 가까워졌다. 이렇게 되자 쌍방은 서로를 더욱 뚜렷하게 볼 수 있었다. 푸른 옷의 여인은 돌연 손을 쳐들어 그의 가슴 쪽의 급소를 향해 일장을 날렸다. 이 일장은 섬전같이 빨랐고 사전에 아무런 경고가 없어 막아내기가 쉽지 않았다. 심우는 일장을 휘둘러 막았다. 이 일장에서 심우는 이 신비한 푸른 옷의 여인의 무공이 절묘하고 꼭 내외공을 겸비한 고수임을 느꼈다.

푸른 옷의 여인도 상대방이 제때에 막아냈음을 알았다. 이로부터 상대방이 여느 평범한 무림인이 아니라 고수임을 알았다. 더구나 그의 말투가 횡폭하고 무례한 듯하였으나 자세히 보니 오히려 횡폭하고 악독한 기색이 없지 않은가.

제 13 장

假當真誤入毒火陣

가짜를 진짜로 오해하여
독화진을 펼치다

그들은 각기 서로의 실력과 내력을 가늠하였으며, 모두 달리 예측하고 있었다. 심우는 냉소를 지으며 금표노조金豹露爪의 일초식으로 그녀의 얼굴을 공격하여 갔다. 그러나 그의 이 일초식은 다만 허초일 뿐이었다. 사실상 그는 장세의 절반만을 발출하였고, 이를 금사전완金絲纏腕의 상승 금나수법擒拿手法로 바꾸어 그녀의 목과 어깨, 그리고 심지어는 손까지 공격하였다.

　푸른 옷의 여인은 좌장으로 상대를 찍어갔는데 그 기세는 칼과 같았고 우수로는 엽저투도葉底偷桃의 초식을 암암리에 발출하여 적의 팔 관절에 있는 혈도를 찔러갔다. 심우가 만약 초식을 변화시키지 않았다면 그녀의 정묘한 반격 아래에서 패하지 않는다 해도 낭패당할 만했다. 다행히 그는 금사전완의 초식으로 변화시켜 적의 공격을 막았다. 심우는 자연스럽게 팔꿈치를 반촌 정도 들어 올려 상대의 금나수를 피했다.

　여인의 수법은 섬전같이 변화무쌍하였다. 그녀는 심우의 일장을 받아쳤다. '퍽'하는 소리가 허공에 울렸다. 둘은 잠시 모든 동작을 멈추고 서로 쳐다보았다. 푸른 옷의 여인이 담담하게 웃고 말했다.

　"당신이 누군지를 알겠어요."

심우는 이상하다고 여기고 물었다.

"나를 안다구요?"

푸른 옷의 여인은 자신 있게 말했다.

"당신의 이름은 외자이지요?"

심우는 조금 기세를 누그러뜨리며 말했다.

"그렇소. 하지만 이름을 외자로 쓰는 사람이 많으니 누구나 그렇게는 말할 수 있지요."

푸른 옷의 여인이 머리를 가로저으며 말했다.

"내가 무턱대고 억지로 끼워 맞춘 것이 아닙니다. 증거가 있지요. 잠시 날 따라올 수 있겠어요?"

심우는 사방을 둘러보고 말했다.

"따라가지 못할 게 뭐 있소? 어떤 근거가 있다는 겁니까?"

푸른 옷의 여인이 말했다.

"두고 보면 알 겁니다. 이곳에서 이삼십 보정도 되는 곳에 있어요."

푸른 옷의 여인은 발걸음을 옮겼다. 심우는 호기심에 그녀를 따라갔다. 심우는 앞서서 걸어가는 호리호리한 그녀의 뒷모습을 바라보면서 생각했다.

'내가 악한이라면 기회를 틈타 그녀를 붙잡아서 무슨 물건인지 확인할 테지. 어찌 되었든 내가 우세하니 의외의 일이 발생하더라도 두렵지 않다.'

물론 심우는 악한이 아니기 때문에 그는 그녀를 뒤에서 습격하지 않았다. 푸른 옷의 여인이 말했다.

"내 판단이 옳았어요. 당신이 나쁜 사람이었다면 지금 이 기회를 틈타 나를 공격했을 테죠."

심우가 말했다.

"아, 당신이 이런 경우를 예측하고 경계를 풀지 않았군요. 그렇소. 나는 손을 쓸 수도 있었소. 하지만 당신의 조금 전에 취한 행동은 경솔했기에 어쩌면 이런 수법으로 나를 떠보려는 것일지도 모른다고 생각했소. 그래서 나 역시 당신을 공격하지 않았던 거요."

푸른 옷의 여인이 말했다.

"궤변이에요. 당신은 나를 뒤에서 공격할 마음이 애초에 없었어요."

심우가 말했다.

"당신은 도대체 누구요? 내가 이곳을 지날 것을 어떻게 알았소?"

그가 마지막 말을 내뱉었을 때, 별안간 그의 마음이 움직이더니 일시에 그녀를 잡지 못할 것 같다는 생각이 떠올랐다. 푸른 옷의 여인이 몇 장 밖으로 뛰어 평탄한 모래땅 위에 내려선 다음 재빨리 몸을 돌려 심우를 응시하였다. 심우는 그녀 앞으로 가서 멈춰 섰다. 심우가 사방을 둘러보니 그녀가 말한 증거라 할 수 있는 물건이 없었다. 그는 큰길 쪽을 바라보았다. 수림 끝에 어렴풋이 큰길이 보였다. 그는 스스로 머리를 가로저으며 생각했다.

'이곳은 좋지 않다. 만약 려사가 말을 달려 지나가면 그를 발견하기 쉽지 않아. 더구나 그가 탄 말의 발굽 소리가 약하다면 들리지도 않겠어.'

푸른 옷의 여인이 물었다.

"당신은 왜 머리를 가로젓나요?"

심우가 말했다.

"이곳은 별로 좋은 곳이 아니오."

청의 여인의 태도와 목소리는 돌연 온화하게 변하면서 말했다.

"이곳은 본성의 유명한 무덤 언덕으로 시체를 관 속에 넣을 수 없는 빈곤한 사람들이나 유랑인들의 이름없는 시체들이 모두 이곳에 묻혀 있지요. 이곳에 있노라면 우리가 기나긴 세월 속의 겨자씨와 같이 작게 느껴져 부귀영달이라는 게 부질없게 여겨지죠."

심우는 의아한 눈길로 그녀를 바라보면서 말했다.

"혹시 당신은 불가의 사람입니까?"

푸른 옷의 여인이 말했다.

"그래요. 나는 이전에는 불문의 사람이었어요."

심우는 흥미를 가지고 말했다.

"이전이라니요? 그렇다면 지금은 아니란 말입니까? 불가의 생활이 적막해서입니까? 아니면 당신이 불가에 출가를 했지만 당신의 아름다운 용모에 남자들이 성가시게 해서 마음 놓고 수련할 수 없었기 때문입니까?"

푸른 옷의 여인은 담담하게 웃고 말했다.

"당신이 불가의 사정에 대해 알고 있는 것이 적지 않군요. 내가 왜 당신을 속이겠어요. 실제로 적지 않은 남자들이 유혹해 왔지요. 그렇지만 출가한 이후로 적막한 생활에 오히려 익숙해져서 습관이 되었지요. 지금은 번화하고 떠들썩한 생활이 낯설지요."

그녀는 잠깐 멈췄다가 또 말했다.

"그러나 결국에 나는 남자와의 관계를 끝내 벗어나지 못했어요."

"그 말이 정말입니까?"

심우는 그녀의 솔직함에 매우 의아했다. 그것은 그녀가 이처럼 솔직한 것은 친밀한 벗에게나 말할 법한 일이기 때문이었다. 이렇듯 처음 만나는 자신에게 말한다는 것이 의아하였다. 심우가 말했다.

"당신이 남자 때문에 불문을 떠났다면 이 남자는 반드시 대단한 인물이겠군요. 항우項羽와 우희虞姬를 찬탄하고 읊은 시가 있지요. '미인의 마음을 얻어 죽게 하니 항우야말로 영웅이다.' 여기에서 말한 것이 항우의 위용이 천하에 으뜸가는 것을 기린 게 아니라 항우가 우희로 하여금 그를 위해 죽게 한 것이 영웅이라는 것이지요. 이 두 구절의 시를 당신의 그 남자에게 드려야 할 것 같습니다."

그가 강직하게 하는 이 말은 재미도 있고 도리도 있어 푸른 옷의 여인은 가볍게 개탄하고 말했다.

"그 얘기를 듣자하니 참으로 달콤하군요."

심우가 물었다.

"당신은 왜 이런 일을 내게 알려주는 겁니까? 그리고 아까 말한 증거라는 게 어디에 있습니까?"

푸른 옷의 여인은 감개무량한 기색을 거두고 웃었다. 여인의 얼굴은 참으로 아름다웠다. 그녀가 말했다.

"그 남자가 바로 당신이기 때문이지요! 애석하게도 당신을 위해 내가 불문을 떠난 원인은 당신이 말한 것처럼 낭만적인 이유는 아니지요. 내가 불가를 나온 이유는 피비린내와 흉악하고 사나운 기운 때문이지요."

심우는 몹시 놀라면서 말했다.

"무슨 뜻입니까? 우리가 만난 일이 있습니까?"

푸른 옷의 여인이 말했다.

"우리는 오늘 처음 만났어요."

심우는 문득 깨닫고 말했다.

"그렇다면 당신은 어떤 사교邪教에 가입했는데 사교의 규정이 당신이 길에서 제일 먼저 만나는 남자를 상대하라는 것인가 보군요."

푸른 옷의 여인이 말했다.

"맘대로 생각하지 말아요. 나는 일부러 당신을 찾아왔어요."

심우가 말했다.

"아무런 연고 없이 나를 찾다니 내게 무엇을 원합니까?"

푸른 옷의 여인이 딱 잘라 말했다.

"당신을 죽일 작정입니다."

심우는 어깨를 으쓱거리면서 말했다.

"좋습니다. 어쨌든 적지 않은 사람들이 나를 죽이려 하는데 당신 한 사람이 보태어진다 해도 특별한 것은 없지요. 그런데 당신은 어떤 무공으로 나를 죽이려 합니까?"

푸른 옷의 여인이 고개를 숙이고 말했다.

"적지 않은 사람들이 당신을 죽이려 하지만 다른 사람들은 모두 가능하지 않다는 것을 알고 있어요. 하지만 나는 자신이 있어요. 잠깐이면 당신은 한 줌의 재가 될 겁니다."

심우가 말했다.

"당신이 이렇게 말하니 나는 오히려 통쾌합니다. 내가 바라던 바입니다."

푸른 옷의 여인이 말했다.

"두렵지 않나요?"

심우가 말했다.

"두렵다니요? 지금까지 내가 바라던 일입니다. 당신은 아직 나의 이름과 내력을 밝히지 않았습니다. 당신이 나에 대해 아는 듯이 말했는데 도대체 나를 알 수 있는 근거라는 게 무엇입니까?"

푸른 옷의 여인이 말했다.

"근거? 그런 것은 필요도 없고 애초에 근거를 댈만한 것도 없어요."

심우는 그녀가 장난을 치는 것이 아님을 알았다. 심우는 마음이 무거워져서 다급히 말했다.

"나의 성은 심이고 이름은 우인데 당신이 찾는 사람이 정말 내가 맞습니까?"

푸른 옷의 여인은 머리를 가로저으며 말했다.

"내가 찾는 자는 심우가 아니에요. 하지만 당신도 심우가 아닙니다."

심우가 의아해서 말했다.

"당신이 심우를 알고 있습니까?"

푸른 옷의 여인이 말했다.

"아니요, 나는 그를 몰라요."

심우는 가소롭기도 했지만 또한 두려웠다.

"당신은 나를 모르면서 왜 날 죽이려는 겁니까?"

푸른 옷의 여인이 말했다.

"이유는 말할 필요가 없어요. 어쨌든 당신이 내가 찾는 사람이지 심우가 아니에요."

그녀는 심우를 비웃으며 말했다.

"당신은 나의 독화진의 사문死門 안에 서 있고, 이 진은 위력이 절세적인 독화毒火 외에 둔갑절학遁甲絕學의 힘을 가지고 있어 당신은 맥을 못 추게 될 겁니다."

심우는 쓴웃음을 짓고 나서 말했다.

216

"내가 죽는 것은 아까울 게 없지만 당신의 원수는 계속해서 세상을 활보할 겁니다."

푸른 옷의 여인이 웃으며 말했다.

"그렇다면 그것은 운명으로 여겨야지요. 누가 내가 사람을 잘못 보았다는 거지요."

심우가 말했다.

"이것 보시오. 나는 정말 이름이 심우인데 왜 믿지 않소?"

푸른 옷의 여인이 말했다.

"당신이 심우라는 걸 어떻게 증명할 수 있지요?"

심우가 말했다.

"이렇게 꼭 서둘러야 하겠소? 당신 말대로 나는 지금 당신 독화진 사문 내에 있어 항거하거나 살 기회가 없지 않습니까?"

푸른 옷의 여인은 의심스레 말했다.

"당신은 내가 한 말이 거짓 같아서 그러는 거예요?"

심우가 말했다.

"그런 게 아니라 다만 내가 이런 상황에 놓여 있으니 도망갈까 걱정할 필요가 없다는 말입니다. 그러니 우리가 좀 더 얘기를 해도 안 될 건 없지 않소?"

푸른 옷의 여인이 말했다.

"말하겠다면 말해보세요. 죽는 게 두렵지 않다더니 꼭 그렇지도 않군요. 미리 말하지만 당신이 허튼짓을 하면 당신도 나도 함께 재로 변하는 수가 있어요."

심우는 정신을 가다듬고 말했다.

"대체 어떻게 나에게 이런 깊은 원한을 맺게 되었습니까?"

푸른 옷의 여인이 말했다.

"좋아요. 알려주지요."

심우는 돌연 깨달은 바가 있어 먼저 말했다.

"잠깐, 당신이 죽이려는 사람이 혹시 려사가 아닙니까?"

푸른 옷의 여인은 기색이 굳어지더니 말했다.

"당신, 려사를 알고 있나요?"

심우는 그녀의 말을 듣고 그녀의 대상이 려사인 것 같지 않아 망설이면서 말했다.

"나 역시 그가 이곳을 지날 것을 알고 기다리고 있던 중이요."

푸른 옷의 여인은 엄숙하게 말했다.

"공교롭군요. 나 역시 려사를 죽이려 하는데요."

심우는 마음을 놓고 말했다.

"만약 당신이 정말 려사를 기다린다면 우리는 뜻이 같아 사람입니다. 아마 유용한 정보도 나눌 수 있을 겁니다."

그는 잠깐 멈췄다가 미소를 짓고 또다시 말했다.

"내가 심우가 아니라 려사일 거라는 당신의 짐작은 틀렸습니다."

푸른 옷의 여인은 긴장을 늦추지 않은 채 냉랭하게 말했다.

"나는 정말로 려사를 죽이려는데 어찌 내가 사람을 못 알아볼 수가 있어요?"

그녀는 반증하는 방법으로 말하고 있는데, 죽이는 사람이 려사가 아니라면 잘못 알아볼 수가 없다는 것이다. 결국 심우를 려사로 본 것이다. 이런 반증은 확실히 매우 큰 힘을 가지고 있었다. 심우는 침착하게 말했다.

"이 점을 증명하는 것은 어렵지 않습니다."

"말해 보세요."

"내가 알기로는 려사에게 원수가 매우 많습니다. 하지만 려사에게 복수하려는 사람일지라도 모두 그를 아는 것은 아닐 겁니다."

푸른 옷의 여인은 고개를 끄덕이고 말했다.

"중요한 것은 당신이 려사가 아니라는 것을 어떻게 증명할거죠?"

심우는 몰래 괴로워하며 말했다.

"아, 어찌해야 당신이 믿어줄지 해답을 찾기 어렵습니다. 비록 내가 내 신분을 증명해 줄 수 있는 사람을 찾는 들 당신이 허락하지 않을 테지요. 더구나 지금쯤 려사가 이곳을 지나갈 테니 그럴 시간도 없습니다."

푸른 옷의 여인이 담담하게 말했다.

"그는 영원히 이곳을 지나갈 수 없을지도 모르죠. 그것은 려사는 이미 내가 장악하고 있으니 말입니다. 바로 당신이 려사이기 때문이죠."

심우가 쓴웃음을 지으며 말하였다.

"우리가 이러고 있는 것을 려사가 봤다면 속으로 비웃을 겁니다."

심우는 가슴 아팠지만 성실하게 말을 이었다.

"우리는 한배를 탔음에도 오해로 버티고 있군요. 이러다가 우리가 정작 해야 할 일마저 못 이루고 말 겁니다."

푸른 옷의 여인은 한사코 말했다.

"아무리 혓바닥이 닳도록 말해도 믿지 않겠어요. 당신이 려사가 아니라는 확실한 근거가 있으면 모를까. 나는 당신이 려사를 추살하려 한다는 말을 그 누구에게도 듣지 못했어요."

심우가 말했다.

"나는 그를 추살하려는 게 아니라 그를 뒤따르면서 감시하고 있는 중입니다. 나는 무공이 있지만 려사와 격투를 한다면 이길 수 없습니다. 그래서 나는 그와 지금은 대결할 수 없습니다."

"만약 당신이 려사라면."

푸른 옷의 여인은 비웃으며 말했다.

"지금 당신이 한 말은 정말 고명하다고 할 만합니다."

심우가 답답하다는 듯 말했다.

"내 말은 한마디 한마디 모두 거짓이 없소. 당신이 믿지 않으니 내가 무슨 방법이 있겠소."

푸른 옷의 여인이 말했다.

"정 그렇다면 방법이 없는 것도 아니죠. 당신이 꼼짝 않고 묶인 채 내가 조사하고 증명하게 하면 돼요. 속담에 이르기를 참된 사람은 어떠한 시련도 이겨낸다 했지요. 대체 당신은 누구죠? 내가 무엇으로 당신이 려사의 원수인지 아니면 그와 한통속이거나 당신이 바로 려사가 아닌지 어떻게 믿을 수 있죠?"

이런 상황은 정말 이러지도 저러지도 못하는 상황이었다. 푸른 옷을 입은 여인은 심우의 어떤 말도 믿지 않았고, 심우 또한 그녀의 신분에 역시 의심이 있었다. 심우에게 이전과 같이 시간이 있다면 심우는 그녀의 말대로 묶여서 그녀가 밝히기를 내버려 두었을 것이다. 심우는 려사에 대해 말하고자 했다. 지금 려사는 애림과의 관계를 다시 바꾸기 위해 자신을 산 채로 잡아 애림에게 전해줄 가능성이 있었다. 심우는 이러한 사정을 솔직하게 상대방에게 말하였다.

"려사에게는 애림이라고 부르는 한 여자가 있소. 그는 애림에게 마음을 쏟고 있지요. 나는 애림의 원수로, 려사는 나를 애림에게 넘겨주려 하고 있소."

푸른 옷의 여인이 머뭇거리면서 말했다.

"나는 그녀를 알고 있어요. 그녀는 정파에 속한 여자입니다. 그녀가 당신을 죽이려 하는 것으로 보아 당신이 어떤 사람인지 짐작이 가는군요."

오해는 갈수록 깊어져 해결할 수 없는 지경에 이르렀다. 심우는 겨우 반박할 수 있는 말을 생각해내고 말했다.

"그럼 려사가 최근에 줄곧 애림과 동행했는데 당신의 말에 따르면 려사가 좋은 사람이겠군요!"

푸른 옷의 여인이 말했다.

"이번에는 다르지요. 애림은 이미 그를 떠난 것으로 보아 그녀는 그와 함께 있는 것을 원하지 않아요."

심우는 한숨을 쉬며 말했다.

"좋습니다. 그렇더라도 당신이 말하는 것처럼 그렇게 단정 지을 수 있는 문제는 아닙니다."

심우는 갑자기 자신에게 닥친 상황이 귀찮았다. 그는 내키지 않은 소리로 말했다.

"당신 마음대로 하시오. 하지만 당신 원하는 대로 나를 속박할 수는 없을 겁니다."

푸른 옷의 여인은 심우의 이 말이 심우 스스로 려사임을 인정하는 것처럼 느껴졌다. 그녀는 조소하며 말했다.

"당신이 말하는 대로라면 내가 당신 신분을 증명하려 한다면 당신을 잡아 어떤 곳으로 가서 당신의 신분을 조사하여 증명해야 한다는 것이죠. 그렇지 않나요? 만약 당신이 려사가 아니라면 이러한 상황이 유효하다고 할 수 있겠죠.”

“당연하죠. 당연합니다.”

심우는 내키지 않은 듯 말했다.

“하지만 나도 당신이 당신 스스로 자기의 신분을 증명할 수 없다고 생각하오.”

푸른 옷의 여인의 얼굴을 찌푸리고 말했다.

“왜 없지요. 어쨌든 당신에게 알려주겠어요. 어차피 재가 될 테지만, 죽기 전이라도 어떤 연고로 죽임을 당했는지 알도록 말이죠.”

심우는 그 말이 일리 있다 생각하고 말했다.

“그럼 말해보시오.”

“연성보 보주 진백위를 아는가요?”

심우는 머리를 가로저으며 말했다.

“모릅니다. 다만 그의 명성을 알 뿐이고, 그가 려사에게 죽었다는 것도 알고 있습니다.”

“좋아요. 잠시 당신이 려사가 아니라고 치죠. 하지만 려사가 왜 진백위를 죽였는지 알고 있나요?”

심우가 말했다.

“진정한 이유는 모릅니다. 다만 진백위의 독룡창이 대단히 강하기 때문에 려사가 부득불 마도의 절초를 시전했을 수도 있습니다. 려사가 지닌 도법은 더없이 흉악하여 그의 칼 아래에서 살아나기 힘듭니다. 그는 전력으로 시전하였다면 사정을 봐주지 않습니다. 다시 말해서 려사는 마음속에 절대로 손을 멈출 생각이 없을 겁니다.”

푸른 옷의 여인은 머리를 끄덕이며 그에게 계속 말하라고 하였다.

"내가 알고 있기로는 진백위는 려사와 처음에 겨루어 려사의 칼 아래 패한 적이 있었소. 하지만 진백위는 다시 려사를 찾아가 다시 겨루었소. 그때 그가 려사에게 패하여 죽었소."

"당신의 말은 진백위가 스스로 죽음을 자초했다는 건가요?"

심우가 말했다.

"물론 그런 뜻으로 한 말이 아닙니다. 진백위는 그의 부인이 아끼는 말을 되찾기 위해 려사를 뒤쫓아 갔습니다."

푸른 옷의 여인은 이맛살을 찌푸리고 원성으로 말했다.

"됐어요, 됐어요. 당신은 내가 누군지 알겠나요?"

심우가 말했다.

"솔직히 평생을 걸려도 나는 당신이 누구인지 알 수 없습니다."

푸른 옷의 여인이 눈에 핏발이 선 채로 말했다.

"나는 진백위의 친여동생입니다. 출가한 지 오래되었지요. 법호는 청련이에요. 그리고 방금 나의 올케와 같이 있었는데 그녀는 이 경과를 나에게 알려주지 않았지요. 그러니 당신은 제멋대로 상상해서 지껄이고 있어요."

심우는 어리둥절해져서 어깨를 으쓱거리면서 생각했다.

'남빙심이 그 일을 언급하지 않았다고 하니 이제 방법이 없는 것인가. 그리고 그녀가 이 여인에게 내 이름을 언급하지 않은 모양이군. 그래 나역시 남빙심을 언급하지 않는 것이 그녀를 위한 일일 테지.'

청련사태가 또 말했다.

"내가 배치한 이 독화진은 원래 한 선배가 심혈을 기울여 고안한 것으로 우문등을 대처하려는 것이지요. 지금까지 이것을 시전 할 기회가 없었는데 지금 이렇게 우문등의 제자인 당신한테 사용하게 되었군요."

심우는 생각했다.

'만일 그녀가 독화진을 써서 그녀 또한 재가 된다면 그녀는 정말 진백위의 여동생일 것이다. 그렇지 않다면 그녀가 자신의 목숨까지 던지면서 복수를 하진 않을 테니까.'

이런 생각을 하고 있을 때, 청련사태가 가발을 벗었다. 그녀의 파르스름한 맨머리가 드러났다. 머리에는 세 줄의 계파戒疤가 있었다. 이것은 그녀가 출가인임을 증명하는 것이었다. 심우가 머리를 끄덕이고 말했다.

"당신의 신분이 이미 증명이 되었소. 나 역시 당신에게 나를 데리고 사람을 찾아 증명하도록 하겠습니다. 그러나 당신이 진짜 려사를 가로막을 기회를 놓치지 않으려면 내가 제안을 하나 하겠소."

청련사태는 이 남자의 태도가 줄곧 성실하고 솔직하다고 느꼈으므로 무의식중에 얼마간 비호하려는 마음이 생겨났다. 그녀가 말했다.

"어떤 제안이죠?"

심우가 말했다.

"사람을 찾아 증명하는 일은 너무 많은 시간이 드니 오히려 이곳에서 려사를 기다리며 당신을 말로 설득시키는 것이 대사를 그르치지 않을 것이오. 당신 생각은 어떻습니까?"

청련사태가 말했다.

"당신이 어떤 말로 나를 설복시킬지 알 수 없네요."

"우선 나와 애림의 원한은 내가 원인이 아니오. 이미 고인이 된 나의 부친이 그녀의 부친을 죽였고 그의 오라비 되는 이에게도 중상을 입혔습니다. 고인이 된 부친 심목영과 애림의 부친인 애극공 그리고 세 명의 무림명숙은 의형제간이었습니다. 다년간 사이가 좋았지만 부친이 애이숙艾二叔을 죽였고 또 애고형艾高兄에게 중상을 입혔는데 왜 그랬는지 그 원인을 모릅니다. 더구나 부친은 수백 리 밖에 있는 의형제를 묻은 괄창산括蒼山의 산신묘山神廟에서 스스로 목숨을 끊었습니다. 그 밖에 세 분 맹숙盟叔이 이르렀을 때에는 이미 부친이 돌아가신 후였지만 애림은 세 분 맹숙이 나의 부친을 죽였다고 여기고 있습니다."

그가 비참한 원한스러운 지난 일을 얘기하는데 건장한 그의 몸이 불시간에 떨더니 안색이 매우 창백해졌다. 청련사태가 의아해하며 말했다.

"당신이 강남오의江南五義 중 칠해도룡七海屠龍 심목령沈木齡의 아들이란 말이에요? 그런데 강호에서는 심목령이 고인이 되었다는 말을 듣지 못했는데요? 게다가 애극공이 피살된 일을 언급하는 사람이 없었어요. 혼란스럽군요. 당신을 보면 거짓말을 하는 것 같지는 않군요. 알 수 없는 것은 이런 놀라운 소식이 왜 여기서는 알려지지 않은 거죠?"

심우가 말했다.

"아마 세 분의 숙부께서는 이 일은 상상도 할 수 없는데다가 더구나 세간에 알려져서 좋을 게 없다고 여겼을 겁니다. 그래서 사람들에게 입단속을 시켰을 테지요. 그리고 이 일을 아는 사람 역시 침묵을 지키고 있습니다. 그런데 지금 이 비밀을 유지하는 것이 쉽지 않게 되었습니다."

"그것은 왜죠?"

"애림이 절예를 완성하고 나를 찾아 복수하려 합니다. 그녀는 근본적으로 비밀을 지키려고 하지 않습니다. 어느 날인가 내가 친히 들은바 처음 만난 려사에게 이런 비밀을 쉽게 말하더군요."

청련사태는 읊조리듯이 말했다.

"이 일은 이치에 어긋날 뿐만 아니라 생각이 있는 자라면 침묵할 터인데 애림이 그런 행동을 보인다면 분명 다른 생각이 있어서일 겁니다."

심우는 듣고 크게 기뻐 말했다.

"당신은 정말 그렇게 생각합니까?"

청련사태는 의아해하며 말했다.

"이런 추정이 이치에 매우 부합되지 않나요?"

심우는 머리를 끄덕이고 누차 말했다.

"이치에 맞는다고 하지만 사태는 아셔야 합니다. 만약 이렇게 추정하면 이 흉살안凶殺案에 다른 원인이 있다고 암시한다고 할 수 있습니다. 뿐만 아니라 나는 당사자로서 저도 모르게 스스로 좋은 방향으로 생각하고 있지 않는다고 말입니다. 이러한 일들은 사실과 차이가 있을 겁니다. 당신이 나를 믿지 않기 때문에 그 어느 쪽에도 기울어지지 않게 이런 추측을 할 수 있어 더욱 추정이 근거가 있다고 생각됩니다."

청련사태는 이제야 심우가 매우 기뻐하는 원인을 알았다. 이것은 확실히 이상할 것 없이 그의 부친이 애씨네를 해친 행동을 예로 들지 않아도, 부친이 아들에게 전가시킨 풀 수 없는 원한에 대해 매우 고통스럽고 고민되고 있다는 것이다. 심우가 불인불의不仁不義한 사람의 아들이라는 불명예를 지니게 된 것만이라도 그에게 정신상 견딜 수 없는 부담으로 작용할 것이다.

만약 이 사건에 말 못할 다른 감춰진 사연이 있다면, 심목령이 당년에 애씨 부자를 해친 것이 그가 불의한 사람이 아닐 수 있다. 따라서 실제 원인을 밝힐 수 있다면 애림과의 풀 수 없는 원한도 자연히 사라질 것이다. 청련사태는 더 캐묻는 것이 옳지 않다고 여겨졌다. 또한 자신이 이런 큰 사건에 개입되고 싶지도 않았다.

청련사태는 이렇듯 기이한 일을 들었고, 더군다나 이 일의 당사자인 영준한 심우와 아름다운 애림을 만난 것이다.이 흉살안은 단지 과거의 일만이 아니었고, 지금도 영향을 미치고 있는 살아있는 사건으로 이 한 쌍의 청년 남녀와 관련되어 있었다. 청성靑城 출신의 이 여승도 호기심이 크게 일어났다.

"세상에서 발생하는 흉살안은 비록 다양하게 많지만, 동기와 원인을 추궁하면 몇 가지 유형에 지나지 않을 뿐이에요."

심우가 말했다.

"그렇습니다. 하지만 이 사건은……."

"원인과 동기를 찾아봅시다."

그녀는 그의 말을 자르며 말했다.

"영존과 애씨 네의 친분이 비단 하루 일이 아닐 테고, 당신의 말을 들어보니, 상호 매우 각별한 사이임을 알 수 있습니다. 그러니 이러한 큰 변화가 있은 후, 사람들이 크게 놀라고 의혹을 가지는 것은 당연하다고 할 수 있지요. 그렇지 않나요?"

"맞습니다."

심우가 말했다.

"바로 그렇습니다."

"보통 집안끼리 사이좋게 지내다가 금전 문제로 반목할 수 있지만, 두 집안은 재산이 그렇게 중요한 것이 아니라고 할 수 있으니, 금전 문제가 아니라고 생각할 수 있습니다."

심우가 말했다.

"예, 우리 두 집안이 비록 부호는 아니지만 금전 문제로는 걱정은 없었지요."

청련사태가 말했다.

"그렇다면 서로 의견이 맞지 않아 충동적으로 참극이 발생하였다고 볼 수 있지요. 하지만 영존께서는 명성을 떨쳤고 경험이 풍부하여 절대로 충동적으로 행동을 하는 사람이 아니지 않습니까?"

심우가 말했다.

"부친은 성격이 좋아 모르는 사람이 그에게 무례를 범하거나 치욕스럽게 하더라도 모두 따지지 않습니다."

청련사태가 말했다.

"그렇다면 애극공의 성격은 어때요?"

심우가 말했다.

"그의 성격도 아주 좋습니다."

청련사태가 말했다.

"그들 두 사람은 어떤 일로 원한을 품었다가 돌연 폭발하여 결투를 할 만한 일이 있을까요?"

"그런 일이 있을 수는 없습니다."

심우는 단연히 말했다.

"두 분은 인품이 좋습니다. 또한 두 분 모두 솔직한 성격이셨지요. 만일 형제 사이에 불쾌한 일이 있으면 그들은 서로 속을 터놓고 말해 원한을 쌓을 수 없습니다."

청련사태는 한동안 생각하고 나서 말했다.

"그렇다면 그들 사이에 확실히 목숨 걸고 싸울 수 있는 이유가 없어요."

"저도 원인을 찾지 못해 이렇듯 우울하고 방황하고 있습니다."

그는 잠깐 멈췄다가 또 말했다.

"두 분은 다섯 형제 가운데서 사이가 가장 좋았지요."

청련사태는 매우 신중한 표정으로 물었다.

"외람되지만 여색에 대해서 두 분은 어떠셨지요?"

심우가 즉시 대답했다.

"이 점에 대해서는 외부에서 오해할 수 있다는 것을 나는 알고 있습니다."

"어떤 오해인가요?"

청련사태가 다급히 캐물었고 이 안건의 관건이 여색에 있을 수 있다고 생각했다. 심우가 말했다.

"돌아가신 부친은 다년간 다시 아내를 얻지 않았습니다. 내가 알기로는 부친은 정욕이 없는 것이 아니라 죽은 어머니를 못 잊어 다른 여자를 마음에 두지 못했지요. 아울러 세상에 어머니와 비할 수 있는 여인이 없다고 여겼기 때문에 부친은 홀로 있어도 아내를 맞이하지 않았습니다."

그는 깊이 탄식하고 나서 또 말했다.

"또 다른 이유는 나를 위해서였습니다. 부친은 아내를 새로 맞아들이게 되면 혹시 계모가 나에 대해 잘 대하지 않으면 죽은 어머니에게 한없이 미안해서도 아내를 맞을 수 없다 하셨지요."

청련사태가 말했다.

"영존은 다정한 사람이에요. 그런데 그의 이 같은 결정이 어째서 오해를 일으킨다고 하는 거죠?"

심우가 말했다.

"말하자면 우습습니다. 애림의 모친과 나의 모친은 비록 시골에서 만나 알고 지내던 사이입니다. 성씨도 다르지만 두 사람의 용모는 비슷하였고 모친은 생전에 애림의 모친과 친자매처럼 감정이 깊었습니다. 모친이 죽자 애림의 모친은 우리 집에 한 달 넘게 머물면서 부친과 나를 보살폈지요."

청련사태는 머리를 끄덕임으로써 이미 그 일을 알았음을 표시하였다. 심우는 멈췄다가 말했다.

"애림의 어머니는 당시에 우리 두 사람을 정성껏 돌보아 주었고 그 뒤여러 해 동안 우리 집에 일하는 사람과 함께 집 안팎을 정돈하고 청소하였습니다. 모친은 비록 고인이 되었지만 우리 집은 모친이 살아있을 때와 마찬가지로 불편한 게 없었지요. 더구나 새해나 명절이 되면 모든 연회나 예물 준비도 빠트리거나 잘못된 것이 없었지요. 그야말로 애림의어머니는 우리 집의 안 사람 역할까지 했다고 할 수 있지요. 이렇게 되니, 아……."

청련사태는 그가 탄식한 뒤 물었다.

"그런 다음에는요?"

심우가 말했다.

"애림의 부친과 선친은 비록 도량이 넓고 사리에 밝아 개의치 않았지만 외부에서는 사람들 사이에 이런 말 저런 말들이 오갔을 테지요."

청련사태가 말했다.

"그래요. 이건 피할 수 없는 일이에요. 속세의 사람들이 어찌 이런 정리를 알 수 있겠어요?"

심우가 말했다.

"사람들의 쑥덕거림은 그리 많지 않았습니다. 나의 부친이 청백한 사람인데다 그런 구설수는 이내 사라졌지요. 그러던 중 이런 흉살안이 발생한 겁니다."

청련사태가 물었다.

"그럼 다시 사람들의 억측이 난무했겠군요. 당신의 세 분 맹숙은 어떤 말을 하던가요?"

"그들은 설사 의심이 있다 해도 말하지 않을 겁니다."

심우는 우울하게 말했다.

"이것이 나로 하여금 가장 낙담하게 하는 일입니다. 내가 그들에게 물었지만 그들은 결연히 그 까닭을 모른다고 합니다."

청련사태는 잠깐 생각하고 나서 물었다.

"당신이 그들에게 물을 때 이 일을 언급한 적이 있나요? 당신이 입을 열기 불편하다고 느끼고는 묻지 않을 수 있고 그들도 언급하기 불편했을 수도 있지요."

심우가 말했다.

"직접 그 일을 물었습니다. 그들의 대답은 이 일과는 관계가 없다고 하더군요."

청련사태가 말했다.

"당신은 그들의 대답을 믿지 않나요?"

심우가 말했다.

"생각해보십시오. 만약 나와 그들의 지위가 바뀌었다면 어떻게 대답하겠습니까? 당연히 부인할 수밖에 없지요."

청련사태가 날카롭게 물었다.

"그럼 당신은요? 당신 생각은 어때요? 당신 감각에는 애림의 모친 때문에 흉살안이 발생한 것 같지는 않나요?"

"절대 그렇지 않습니다."

심우는 매우 강하게 부인했다.

"애림 모친의 부친과 나에 대한 관심과 사랑은 완전히 진심에서 나온 것이었고, 어떤 다른 마음이 있어 그런 게 아닙니다. 그녀는 정직하고 순결한 사람입니다. 그녀의 고귀한 성품에 대해서는 제가 목숨을 걸고 보증할 수 있습니다. 그녀는 자애로운 천성과 드넓은 마음을 가지고 있었을 뿐입니다."

청련사태는 깊이 감동을 받았고 정중하게 말했다.

"알았어요. 향후 다른 사람들이 어떻게 말하든지 다시는 애림 모친의 고결함을 의심하지 않겠어요."

날은 이미 저물어 주위가 어두워졌다. 하늘에는 별과 달이 있고 그 빛이 비록 미약하였지만 두 무림고수의 시력이 보통 사람보다는 몇 배나 뛰어났으므로 서로의 표정을 뚜렷하게 볼 수 있었다. 주위의 풍경도 대체적으로 뚜렷이 볼 수 있었다. 심우는 주변을 돌아보더니 화제를 바꾸어 말했다.

"청련사태께 부탁드립니다. 오늘 저녁 잠시 려사를 용서하길 바랍니다."

"하필 그를 위해 근심하나요?"

청련사태가 미소를 띠며 말했다. 지금 그녀는 속가의 옷을 입고 있었고, 아름다운 용모에 또한 주안술을 갖추고 있어 보기에 다만 이십여 세 되는 아름다운 소부인 같았다. 그녀의 미소는 귀엽기도 하고 친절하기도 하여 심우에게 호감을 주기에 충분했다. 그녀는 이어서 또 말했다.

"내가 아는 바에 의하면 그 사람은 이미 마도의 진전을 얻어 천하에 적수가 드물기에 만약 빈니貧尼가 오늘 기회를 놓치면 땅을 치고 후회할 겁니다."

심우가 말했다.

"내가 걱정하는 것은 그가 아닙니다. 다만 당신이 그와 함께 죽을 필요가 없다는 겁니다. 아울러 그 사람은 지금 악한 짓을 하는 정도가 한계에 달했는데 그를 대처하려면 빈틈없는 대책을 세워야 할 겁니다."

청련사태는 찬성하지 않고 말했다.

"그가 악한 짓을 하는 정도가 한계에 달했다는 말로 들리는군요. 그자가 얼마나 많은 사람을 더 죽여야 손을 쓸 필요가 있다는 건가요?"

심우는 다급히 해석하며 말했다.

"내 말은 그런 뜻으로 한 게 아닙니다. 내 짐작에 그가 지금 전력을 기울여 마도문의 도법 중의 더없이 뛰어난 도법의 경지에 이르기 위해 마도의 마지막 일초를 깨달으려고 합니다. 그러니 그는 근본적으로 다른 일을 할 겨를이 없고 설사 사람을 죽인다 해도 그것은 무공과 관계될 겁니다. 때문에 만약 개인의 원한을 버리고 큰 곳에 눈길을 돌린다면 그의 죄악은 한계가 있다는 것입니다."

그는 잠깐 멈췄다가 또 말했다.

"영형이 당한 불행은 저도 비분을 느낍니다. 하지만 당신의 위인됨과 신분으로 그와 함께 죽을 필요는 없습니다."

청련사태는 노기가 사라졌고 사실상 그녀의 분노도 려사에게 향한 것이지 영준하고도 너그러운 눈앞의 청년을 향한 것이 아니었다. 그녀는 온화한 목소리로 말했다.

"아니, 나는 보잘것없는 사람입니다. 려사는 천하무림의 질서를 해칠 사람이라 나의 천한 몸과 남은 목숨으로 바로잡을 수 있다면 내가 죽어도 보람이 있고 또 내가 세상 사람들에게 할 수 있는 유일한 공헌이 될 겁니다."

그녀는 차분하게 말했으나 그 의지를 읽을 수 있었다. 심우는 어깨를 으쓱거리고는 말했다.

"당신의 의지가 이토록 굳으니 당신을 설복시킬 수 없습니다."

청련사태가 말했다.

"당신 역시 큰 고민을 지니고 있으니 내 일일랑 걱정 마세요."

심우는 공수하며 말했다.

"그렇다면 저는 이만 물러나겠습니다."

청련사태는 합장하여 예를 올리고 말했다.

"부처님이 도와주어 심시주 가문의 원한을 하루빨리 풀어주기를 바랍니다."

"고맙습니다. 사태."

그는 걸음을 떼면서 생각했다.

'비록 내가 당신을 설복시키진 못했지만 려사를 가로막을 수는 있을 테지.'

그가 사오 보를 갔을 때 청련사태가 부르는 소리가 들려왔다.

"심시주, 잠깐만."

심우는 걸음을 멈추고 머리를 돌려 물었다.

"어떤 분부가 있습니까?"

"심시주는 어디로 가려 하나요?"

심우가 대답했다.

"물론 성 안으로 되돌아갑니다."

청련사태가 말했다.

"내 짐작건대 당신은 반대로 길을 갈 것입니다."

심우가 말했다.

"무슨 말씀을 하시는 겁니까?"

청련사태가 말했다.

"우리 서로 속이지 맙시다. 심시주, 려사를 막으려고 당신이 피살되느니 내가 그와 대처하는 것이 현명한 방법입니다."

심우는 멍하니 있다가 말했다.

"저는 사태께서 생각하시는 그런 생각을 하지 않았습니다."

심우는 평생 거짓말을 하지 않았다. 이것은 그의 천성이 이와 같고 후에 수양까지도 쌓아 거짓말을 하지 못하는 것이 이미 깨뜨릴 수 없는 습관으로 되었다. 이 시각 어쩔 수 없이 거짓말을 했고 태도가 매우 부자연스러웠는데 어떻게 사람을 속일 수 있겠는가? 청련사태가 말했다.

"심시주의 마음은 고마우나 애석하게도 사리에 어둡고 또한 부인과 같은 어진 마음을 품고 있으니 대사를 그르치기에 족합니다."

심우는 남몰래 픽 웃고는 생각했다.

'이것이 사람에 따라 보는 견해가 서로 다르다는 말이다. 하물며 내가 반드시 피살된다고도 할 수 없다. 그러나 어쨌든 그녀가 스스로 몸을 버려 려사를 없애려는 마음에 숙연해질 뿐이다.'

청련사태의 목소리가 또 들려왔다.

"빈니가 노파심에서 권하는 것이지만 심시주가 내게 권하는 것과 같이 효과를 보기가 쉽진 않을 거요. 내가 큰 비밀을 하나 알려줄 테니 심시주가 내 일에 참견하지 않겠다는 확답을 해 주겠어요?"

심우가 말했다.

"사태가 만약 비밀을 누설한다면 분명 어떤 사람들에게 해가 되지 않겠습니까. 말씀하지 않으셔도 됩니다."

청련사태가 신중하게 말했다.

"이 비밀은 다른 사람에게 해가 되지 않아요. 다만 과거에 반드시 비밀을 지켜야 한다는 묵계가 있었을 따름입니다. 그러나 이 비밀이 아마도 영존의 괴상한 행동에 대한 수수께끼를 풀 수 있는 열쇠가 될 것이라고 생각합니다."

심우는 저도 모르게 놀랐고, 눈이 휘둥그레져 말했다.

"사태가 일부러 사람을 놀라게 하려는 것은 아니겠지요?"

청련사태가 진지하게 말했다.

"불문의 제자로 어찌 사실이 아닌 말로 사람을 속이겠습니까?"

심우는 주저하면서 말했다.

"이것은 정말 사람을 유혹하는 조건이라 할 수 있을 뿐만 아니라, 제가 꿈에서도 바라던 바였습니다. 아, 사태는 어찌하여 저를 곤란하게 하십니까?"

청련사태는 단호하게 말했다.

"당신이 나의 조건에 승낙을 한다면 알려주겠지만 승낙하지 않는다면 당신에게 알려주지 않겠습니다."

심우는 끝내 굴복하고 말했다.

"좋습니다. 알려주십시오."

청련사태가 말했다.

"우리가 분명히 할 것은 빈니가 말하는 실마리가 효과가 있든 없든 막론하고, 일단 이야기 한다면 당신은 약속을 지켜야 한다는 겁니다. 그 어떤 방법을 막론하고 려사를 막아서는 안됩니다. 이 거래가 공평하다고 생각하지 않나요."

"공평합니다."

심우가 말했다.

"사태께서는 말씀하십시오. 만약 우리가 이러는 사이 시간이 지체되어 려사가 지나갔다면 저를 탓하지 마십시오."

그가 이렇게 말하자 청련사태는 재빨리 말했다.

"좋아요. 잘 들어요. 당신의 말한 바에 따르면 영존께서 의형을 해친 행동은 그만한 이유가 없는 것이 아닙니다. 설사 미치광이라고 해도 미치는 데는 다 그만한 이유가 있지요. 반드시 영존이 미친 데는 원인이 있을 겁니다. 나는 이전에 나이 드신 선배들이 말씀하시는 것을 들은 적이 있었는데 무공의 길은 하도 다양해서 일일이 모두 헤아릴 수 없다 했습니다. 그런데 어떤 무공은 사람으로 하여금 이성을 잃게 할 뿐만 아니라 사리에 어긋나는 극악무도한 일을 하게 한다더군요. 어쩌면 영존이 이런 무공에 걸려들었을 수 있어요."

심우는 저도 모르게 펄쩍 뛰면서 말했다.

"사태의 말씀이 도리가 있습니다. 오늘 저녁 사태의 가르침을 받지 않았다면 저는 방향을 바로 잡지 못하고, 한평생 이 점을 생각하지 못했을 것입니다."

청련사태가 말했다.

"하지만 나는 천하에 어떤 일파가 이런 사문의 악독한 수법을 알고 있는지 모릅니다. 아마 각대문파의 선배들이라도 알지 못할 겁니다."

"그럼 어떻게 합니까?"

심우가 낙심하여 물었다.

"그렇다고 제가 만나는 사람마다 물어볼 수는 없지 않습니까?"

청련사태가 말했다.

"빈니가 당신에게 알아볼 수 있는 실마리를 한 가지 알려주겠어요. 당신이 찾아낼 수 있는지 없는지, 어쩌면……."

그녀는 그 실마리를 말하기도 전에 돌연 입을 다물고 귀를 기울였다. 이에 심우도 얼굴색이 변했는데, 실제로 그는 사태보다 먼저 말발굽 소리를 들었다. 속도와 방향으로 짐작해 본다면 말을 타고 오는 사람은 려사가 분명하였다. 그가 보니 청련사태 또한 이를 발견한 것 같았다. 그녀의 기세를 보니 곧 려사를 향해 행동할 것 같았다. 이렇게 된다면 아마도 영원히 그 단서를 알 수 없지 않을까? 심우는 마음이 급해지기 시작했다.

목전의 형세를 분석해 본다면 청련사태가 길에서 려사를 대처하러 뛰어갈 것이고, 심우는 부친의 원한을 풀 수 있는 유일한 희망조차 물거품으로 될 것이다. 그리고 청련사태 또한 죽음을 향해 뛰어드는 것과 다름없었다. 그에게나 그녀에게나 려사의 출현은 모두에게 불리했으며, 심지어 최악이라 할 만했다. 심우는 속으로 려사를 죽일 놈이라고 욕하면서 재빨리 생각을 굴려 지금의 열악한 상황에서 벗어날 수 있는 방법을 찾으려 했다.

청련사태가 가볍게 '흥'하고 소리치더니 재빠른 걸음으로 심우를 스쳐 지나가려 하자 돌연 신형이 한번 꺾이더니 앞으로 나가지 못하고 말았다. 원래 심우가 한 팔을 내밀어 그녀의 앞길을 가로막던 것이었다.

청련사태가 원망하는 소리로 말했다.

"뭐하는 거죠? 어서 길을 비키세요."

그녀는 물론 돌아서 갈 수 있었지만 심우가 일부러 가로막은 이상 그녀가 그를 피해 돌아가면 심우도 따라가면서 그녀를 가로막을 수 있기에 서고 말았다. 심우가 하늘을 바라보며 크게 웃음 짓자 그 소리가 힘차게 귀를 울렸고 몇 리 밖의 사람도 들을 수 있을 것만 같았다. 그가 이어서 말했다.

"왜 사람 살려달라는 소리를 지르지 않습니까?"

청련사태는 저도 모르게 깜짝 놀랐으며, 마음속 깊이 의문이 들었다. 청련사태는 청성파의 출신으로 견식이 넓다고 할 수 있고, 아울러 총명하고 기민한 위인으로 반응 또한 매우 빨랐다.

이때 심우의 말을 듣자, 그녀의 머릿속에서는 즉시 두 가지 생각이 떠올랐다. 하나는 심우가 일부러 그녀를 막으려 하였으므로, 그녀에게 농담조로 말했을 가능성이 있지만, 이것은 그리 맞는 생각이라 할 수 없었다. 보다 합리적이라고 드는 생각은 심우가 그녀를 도우려는 마음이 있으므로 특히 웃음소리를 크게 내면서 그녀더러 일부러 사람 살리라는 소리를 지르게 했다는 것이다.

이러한 행동은 길가는 사람들을 끌어들일 수 있다. 더욱이 무공이 고강하고 참견하기 좋아하는 사람들을 끌어들인다. 려사가 바로 이런 사람이기 때문에 반드시 와 볼 것이라는 것은 의심할 나위가 없는 것이다. 그녀는 우선 상대방의 의도를 알아야만 어떻게 할 것인가를 결정할 수 있었다.

그녀는 직감상 심우가 이 시각 응당 그녀를 도우려 하지 않을 것이라 느꼈다. 그것은 그가 원래 려사와 동귀어진하는 것을 찬성하지 않았기 때문이다. 하물며 그가 아직 그 단서를 얻어내지 못했는데, 어떻게 도울 수 있겠는가? 하지만 만약 그가 단서를 포기하자 한다면, 즉 이와 같은 방법으로 어떻게 려사를 끌어들일 수 있을까?

청련사태는 원래 매우 총명한 사람이었지만 이 시각 어리둥절하여 일시지간에 어떻게 해야 할지 결정할 수가 없었다. 말발굽 소리는 은은히 들려와 상당히 거리가 있었으나, 눈 깜짝할 사이에 이미 가까이에 이르렀다. 청련사태는 얼굴을 잔뜩 찌푸리고 나직하게 물었다.

"당신은 도대체 어떻게 할 생각이에요?"

심우도 나직하게 말했다.

"내게 생각이 있습니다."

청련사태가 말했다.

"려사가 와서 본다고 해도 당신은 독화진의 일을 밝혀서는 안 됩니다."

심우는 아주 단도직입적으로 말했다.

"알겠습니다. 만일 이 진을 밝히고, 이번에 그가 위험에서 벗어난다면, 앞으로 영원히 같은 수법으로 그를 대처할 수 없을 테니까요."

큰길에서 들려오던 말발굽소리가 느릿해지더니 멈추었다. 그들은 려사가 이 시각 말안장 위에 앉은 채 소리 나는 곳을 찾는다고 생각했다. 청련사태는 거리를 짐작하고 조용히 말했다.

"나를 도우려고 할 겁니까?"

심우가 말했다.

"나는 당신을 도우려고 생각하지만, 당신의 생각은 그렇지 않아도 좋습니다."

청련사태는 심우의 마음을 알아낼 수 없었고, 돌연 이 청년이 확실히 헤아릴 수 없이 지혜가 뛰어난 사람임을 발견했다. 그녀는 화를 내며 발을 한번 구르고는 말했다.

"당신에겐 필시 모종의 계략이 있을 거예요."

심우가 말했다.

"계략이 있다 해도, 당신에게 도움이 될 뿐이며 해는 없을 겁니다."

청련사태는 어쩔 수 없이 침묵을 지켰고, 눈에서는 분노의 빛을 띠며 심우의 영준하고도 온화한 얼굴을 응시하였다. 말발굽 소리가 들리더니 오래지 않아 표연히 멀리 사라졌다. 하지만 이 말을 탄 이가 려사라면 청련사태가 기회를 잃었다는 것은 의심할 나위가 없었다. 그녀는 냉랭하게 말했다.

"심우, 당신은 약속을 어겼으니 나와 계산해야해요."

"좋습니다."

심우가 한 걸음 그녀에게 접근하니 두 사람의 거리가 세 치도 되지 않아 서로 간의 표정을 더욱 뚜렷이 볼 수 있었다.

"어떻게 계산해야 하지요? 나를 질책하시겠습니까? 아니면 나에게 감사하시겠습니까?"

청련사태가 노기를 띤 채 말했다.

"감사라고요? 방금 그 말을 탄 이가 려사가 맞지요? 그런데 왜 내가 당신에게 감사해야 하죠?"

심우가 또박또박 말했다.

"방금 지나간 사람은 려사가 맞습니다. 당신이 끝내 그와 동귀어진하지 않았고 귀중한 목숨을 보전했기에 당신은 내게 감사해야만 합니다."

청련사태는 매우 화가 나서 욕을 퍼부었다.

"개방귀 같은 소리. 나는 분명히 당신에게 훼방하지 말라고 했어요."

심우가 온화하게 말했다.

"나는 훼방하지 않았습니다. 만약 당신이 사람 살리라는 소리를 질렀다면 려사가 당연히 와서 봤을 테지요."

그는 잠깐 멈췄다가 또 말했다.

"뿐만 아니라 우리의 약속이란 내가 어떤 방법으로도 려사를 가로막아서는 안 되지 당신을 가로막아서는 안 된다는 말은 하지 않았습니다. 또한 당신을 도와 그를 함정에 유인하라고도 말하지 않았습니다."

그의 반박은 억지스러운 것이 아니었다. 그 본질을 말한다면 아마도 강변하는 것이라 말해도 과언이 아니었다. 청련사태는 이 청년이 매우 사람을 압박하는 남성적인 매력을 발출한다고 느꼈고, 그녀로 하여금 저도 모르는 사이에 많이 누그러들게 했고 마음속의 울화도 상당 부분 흩어져 버리도록 하였다. 그녀는 겉으로는 계속하여 분해하는 모습을 띠며 말했다.

"당신이 만약 정정당당한 사내대장부라면 이러한 말로 변명하지 않을 것입니다."

심우가 말했다.

"화내지 마십시오. 저는 일시적으로 아주 기묘한 방법이 생각나서 당신으로 하여금 부득불 결정을 포기하게 하려 하였을 뿐이었습니다."

그의 말은 아주 간절했고, 어조도 자신감이 넘쳐났다. 청련사내는 저도 모르게 기이하다고 생각하고는 물었다.

"나로 하여금 나의 결정을 포기하게 한다고요?"

"그렇습니다. 만약 려사가 그 소리를 따라온다면 당신 생각에는 어떤 결과를 낳았을 것이라 생각합니까?"

심우는 그녀에게 반문했지만 그녀의 대답을 기다리지 않고 곧바로 또다시 말했다.

"당신은 독수를 뻗지 못하고 끝내 그를 안전하게 떠나보낼 것입니다. 이렇게 되면 독화진의 비밀은 보존할 수 없습니다."

청련사태가 말했다.

"나는 당신의 말을 이해할 수 없어요. 내가 왜 독수를 쓰지 못할 것 같나요?"

심우가 말했다.

"그것은 려사가 매우 대범한데다 아주 멋진 남자이기 때문입니다……"

심우의 말소리가 끝나기도 전에 청련사태는 '피'하고 소리치며 말했다.

"나는 출가인으로서 그의 용모가 어떻든지 상관하지 않습니다. 내가 그의 멋진 용모에 마음이 움직인단 말인가요? 정말 웃기는 소리군요."

그녀의 말은 거칠었지만 사실상 내심으로 부끄러움이 없지는 않았다. 그것은 그녀가 앞에 있는 이 청년의 남성적인 매력에 영향을 받았음을 자신이 알고 있었기 때문이었다. 그러나 청련사태의 나이와 수행으로 놓고 말하자면 비록 남자들의 영향을 받을 수는 있겠지만, 그것이 절대로 애정이거나 욕망 같은 것은 아니었다. 심우가 말했다.

"사태께서는 오해하지 마십시오. 제가 말한 대범하고 영준하다는 용모라는 것은 그 사람의 외형일 뿐이지만, 사태로 하여금 그가 사악하고 흉악한 사람이 아니라고 느낄 수 있도록 할 수 있다는 것입니다. 바꿔 말하자면 당신의 첫인상이 스스로도 이전 생각이 잘못되지 않았는가 하고 의심할 수 있게 된다는 것입니다."

청련사태는 머리를 끄덕였다. 심우가 또 말했다.

"두 번째로 만약 그가 사람 살리라는 당신의 외침을 듣고 재빨리 달려와 본다면, 그의 마음과 행동에 대해 어떻게 생각하시겠습니까? 그렇다면 당신께서 한 악인이 어쩌다 가진 의협심을 이용하여 그를 쉽사리 죽일 수 있겠습니까? 만약 그가 의협심 있다면 그를 극악무도한 죄인이라고 할 수 있겠습니까? 당신의 결정이 옳았습니까, 틀렸습니까?"

청련사태는 깜짝 놀라 일시간에 대답할 수 없었다. 나중에 그녀는 가까스로 말했다.

"물론 그가 조사하려고 온 것인지, 사람을 구하러 온 것인지 알 수 없습니다. 하지만 당시 저는 그러한 점을 생각할 시간도 없었으며, 살인 원한을 갚기 위해서라도 즉시 그를 죽였을 겁니다."

심우가 머리를 끄덕이며 말했다.

"그런가요. 실제로 그럴 수 있겠지요. 하지만 상반되는 결과가 있을 수 있다는 것을 당신께서도 부정할 수는 없을 겁니다. 만약 당신이 크게 주장하지 않으신다면 오히려 그를 죽이지 않을 가능성이 아주 많다고 볼 수 있습니다."

청련사태는 상황을 저울질해보고 마음속으로 생각해보니, 적은 이미 가버렸고, 심우가 잘못을 인정한다 해도 이 일은 돌이킬 수가 없었다. 하물며 꼭 그의 잘못이라고 할 수도 없었기 때문에 더 말해본다면 청련사태 자신이 심우에게 잘못했다고 할 형편이었다.

그녀는 몇 장 밖의 어둠 속으로 갔다가 되돌아올 때 기이한 모양의 도구들을 가지고 있었는데 대나무 손잡이에 붙은 작은 망태기 외에도 한대

244

의 작은 독륜거獨輪車가 있었다. 좁고 긴 수레 밑은 지면과 매우 가까왔고 외바퀴의 양쪽에는 두 개의 상당히 거대한 날카로운 톱니바퀴가 있었다.

심우는 묻지 않아도 이 물건들이 독화진을 설치하고 거둘 때 쓰는 특수한 도구임을 알 수 있었다. 청련사태는 어둠 속에서 신속하고도 조심스레 작업을 시작했다. 심우는 그 두개의 쇠로 만든 톱니바퀴를 마음대고 오르내릴 수 있으며, 내릴 때에는 땅에 닿고 수레가 지난간 곳에는 좁고 깊은 구덩이를 팔 수 있다는 것을 발견했다. 또한 청련사태가 손잡이가 긴 작은 망태기를 이용하여 구덩이에서 일부 물건들을 집어내서는 독륜거 안으로 넣는 것도 보았다.

이 아름다운 여승은 재빨리 진법을 거두고는 독륜거를 해체하였는데, 곧바로 하나의 장방형 모양의 상자로 변해서 손으로 들 수 있게 되었다. 그 망태기의 긴 손잡이는 세 단으로 나눌 수 있었고, 그녀가 전부 수습한 뒤에는 단지 하나의 상자를 들고 길을 떠날 수 있게 되었다.

두 사람은 묵묵히 산을 내려왔고, 잠깐 뒤에는 큰길에 이르렀다. 청련사태는 성으로 향했다. 성 안으로 들어갈 무렵까지 심우가 잠잠히 그녀의 뒤를 따르는 것을 보고는 즉시 걸음을 멈추고 머리를 돌려 그를 바라보았다. 심우는 그녀의 뒤를 따르다가 그녀와 거의 부딪치게 되여서야 걸음을 멈추고는 말을 했다.

"사태는 성으로 돌아갈 생각이 없니까?"

"묻지 마세요. 당신은 어떤 생각이 있나요?"

"저도 성으로 가고자 합니다."

심우가 말했다.

"나는 세 곳의 여관에 모두 방을 정했는데, 오늘 저녁엔 어쨌든 그 가운데 한 방에서 한잠 자야겠습니다."

청련사태는 이맛살을 찌푸리고 흠칫하면서 말했다.

"누가 당신이 잠자는 것까지 상관한다고 했습니까?"

그리고는 즉시 되물었다.

"려사를 어찌할 생각인가요? 나는 우리가 다시 만난다면 서로 방해가 될 뿐 이로울 것이 없다고 생각해요."

심우는 생각하더니 말했다.

"솔직히 말하자면 성 안에서 나를 위해 려사를 감시하고 있는 사람 두명 있습니다. 그들을 찾기만 한다면 려사의 행방을 알 수 있을 겁니다."

그는 잠깐 멈췄다가 또 말했다.

"우리가 사전에 이미 알아본 바에 따르면 려사가 여관에 투숙하지 않으면 몰라도 투숙한다면 아마 반드시 그 세 여관 중 어느 한 여관에 투숙할 것이므로 려사에게 접근할 수 있습니다. 우리는 려사에게 발각되지 않기 위해서 여관을 셋이나 잡았습니다."

청련사태가 말했다.

"이 계책은 비록 비용은 들지만, 상당히 고명한 방법이라 할 만하군요."

청련사태는 손짓으로 그더러 먼저 가라고 하면서 말을 이었다.

"내가 당신을 따라가겠어요. 설사 직접 그를 죽이지 못하더라도 적어도 이 흉수의 모습은 볼 수 있지 않겠어요?"

심우가 말했다.

"좋습니다. 다만 사태가 경거망동하지 않겠다고 약속하신다면 사태를 모시고 가겠습니다."

청련사태가 말했다.

"걱정할 필요는 없습니다. 당신도 보았듯이 내가 펼쳤던 독화진은 손발을 동시에 놀려야 해요."

그들은 어둠 속에서 조용히 질주했고 오래지 않아 한 여관 문 앞에 이르렀다. 심우는 나직하게 말했다.

"조심하십시오. 려사가 바로 이 여관에 머물고 있습니다."

청련사태는 비록 자부심이 강한 사람이지만 소문으로 려사가 고수 중의 고수임을 이미 알고 있는 터라 저도 모르게 약간 긴장할 수밖에 없었다. 심우는 먼저 여관 맞은편에 있는 지붕으로 뛰어올라 오랫동안 살펴본 다음에야 그녀를 이끌고 오른쪽 골목을 돌아 먼저 담장을 뛰어넘어 여관 정원에 들어섰다. 그는 나직한 소리로 말했다.

"오른쪽 처음 등불이 켜져 있는 바로 그 방입니다. 하지만 그들이 왜 등불을 끄지 않았는지 이상합니다. 혹시 려사가 갑자기 떠나는 바람에 급히 그를 추적해 가느라고 등불 끄는 것을 잊은 것은 아닌지 모르겠어요?"

청련사태가 말했다.

"조짐이 좋지 않으면 조심해야 해요."

심우가 웃으면서 말했다.

"당신은 잠시 담 밑에서 기다리십시오. 제가 가서 보고 오겠습니다."

심우는 뛰어가 살펴보려고 가서는 크게 놀라며 문을 열고 방에 들어섰다. 청련사태는 이상하다고 여기고는 다급히 뒤따라갔고 방에 들어섰을 때는 바닥에 두 사람이 누워있는 것을 볼 수 있었다. 그들의 옷차림을 보니 모두 강호에서 떠돌아다니는 인물로 보였다. 그녀는 피비린내를 맡고서, 심우에게 즉시 물었다.

"이 두 사람이 당신의 친구인가요?"

심우가 머리를 끄덕이면서 침중하게 말했다.

"그렇습니다."

청련사태가 말했다.

"이 자들의 무공은 어떤 정도였죠?"

심우가 비통하게 말했다.

"다만 몸을 보호할 수 있는 권술을 익혔을 뿐입니다."

"만약 그렇다면 려사는 비열하고 악독한 사람이에요."

청련사태가 비평하며 말했다.

"이런 사람들마저도 깡그리 죽여버리다니. 보세요. 그래도 당신은 그에게 정의감이 있다고 말하겠어요?"

심우는 쭈그리고 앉아 땅에 누워있는 시체를 만져보았는데 따뜻한 온기가 느껴졌다. 아마도 그들은 죽은 지 얼마 되지 않았다는 것을 알 수 있었다. 시간을 따져 길에서 들었던 그 말을 탄 이가 려사면, 이들은 아마도 려사의 손에 당한 것이 틀림없었다. 그는 너무 분해서 발을 굴렀지만 그 어떤 말도 꺼낼 수가 없었다. 청련사태가 조소하면서 말했다.

"만약 당신이 중간에 끼어들지 않고, 내가 려사의 길을 막고 그를 죽였다면 이런 비참한 일이 발생하지 않았을 것이에요."

심우는 지금 할 수 없이 그녀의 조소와 풍자를 감당할 수밖에 없었다. 마음속으로는 참을 수 없었지만 말할 수가 없었다. 갑자기 방 안의 온도가 내려간 것 같았다. 모두 고수였기에 즉시 어떤 연고인지 살펴보기 위하여 일제히 방문 밖을 향해 바라보았다. 한 줄기 인영이 방문 밖의 세치 되는 곳에서 방 안 사람들을 응시하고 있었다. 청련사태는 그 사람의 용모가 영준하고 의젓했지만, 미간 사이에 사람을 압박하는 한 줄기 살기가 떠올라 사람을 공포에 떨게 한다는 것을 발견하였다. 그녀는 물을 필요도 없이 이 사람이 려사임을 알았다.

그는 대개 삼십 좌우의 젊은 나이로 보였는데, 그가 그 나이에 어떻게 고강한 무공을 연마할 수 있었는지 납득하기가 어려웠다. 실내가 갑자기 싸늘해진 것은 바로 려사의 삼엄한 도기가 발출되었기 때문이었다. 청련사태와 심우는 바로 어떤 사람이 근접하고 있다는 것을 감지했다. 심우는 조금도 표정이 없는 눈길로 이 적수를 바라보았는데, 무공에서나 결투에도 물론하고 려사가 모두 우세를 점한 적이 있었다. 려사가 냉랭하게 말했다.

"모두 나오너라."

심우는 조금도 반항할 생각 없이 먼저 방문을 나섰다. 청련사태는 그의 이런 태도가 매우 불만스러웠다. 즉시 그의 뒤를 따라가면서 말했다.

"당신이 려사인가요?"

려사가 말했다.

"당신은 누구입니까?"

"나는 보잘것없는 한 여인이에요. 하지만 당신하고 한번 겨뤄보고 싶군요. 믿지 못하겠나요?"

려사는 뜻밖에도 조금도 화내지 않고 되려 미소를 띠며 수려한 젊은 여인을 주시하였다. 청련사태도 그 시선을 조금도 개의치 않고 남자를 바라보았다. 려사는 머리를 끄덕이고 말했다.

"감히 나와 마주볼 수 있는 여인이 있다니, 아마 당신은 보통 사람이 아닐 겁니다."

청련사태가 담담하게 말했다.

"이미 말하지 않았나요. 나는 보잘것없는 여인일 뿐입니다."

"그렇지 않습니다."

려사는 단호하게 말했다.

"당신이 가지고 있는 특별한 기질은 보통의 부녀자하고는 다릅니다. 물론 당신은 아름다운 용모를 가지고 있지만, 세상에는 그러한 여인들이 많이 있지요. 내가 당신에게 끌리는 이유는 바로 당신의 용모 때문이 아닙니다."

청련사태가 말했다.

"당신이 여인을 만나다면 언제나 이런 식으로 말하나요?"

"꼭 그렇지는 않습니다." 려사는 의젓하게 웃으면서 말했다.

"오해마십시오. 그것은 내의 관심도에 따라 다르지요. 나는 절대로 당신이 아름다워 관심을 가진 것이 아닙니다."

청련사태는 마음속으로 기분이 좋았으므로, 이 남자가 두려운 마왕魔王이기에 가졌던 증오심이 갑자기 크게 줄어들었다. 하지만 실제적으로 호감이 생겨났다고는 할 수 없었다. 그녀는 심우를 향해 솔직하게 말했다.

"당신의 말이 틀리지 않았군요. 이 사람을 상대하기가 힘드네요."

려사가 물었다.

"무슨 뜻입니까?"

청련사태가 말했다.

"나는 원래 길에서 당신을 가로막고, 죽일 준비를 했지만 공교롭게도 심우를 만났고, 심우가 적극적으로 나를 말렸지요. 비록 그가 많은 이유를 말했어도 그가 왜 그랬는지 나는 알 수가 없었어요."

그녀는 멈췄다가 또다시 말했다.

"그가 말하기를 내가 당신을 만나면 제때에 결심을 내리고 독수를 쓰기 어려운데다가, 당신과 같은 인물에 대해 일단 기회를 놓쳐버리면 기회를 다시 얻기 어렵다고 하더군요. 더군다나 공연히 당신에게 패하여 죽을 수도 있다고 했죠. 지금 내가 당신을 보니 그가 말한 뜻을 알겠군요."

려사는 어깨를 으쓱거리면서 말했다.

"심우가 뒤에서 나에 대해 좋은 말을 하고, 당신이 나를 암산하여 해치려는 것을 막아주었다니, 이것은 정말 믿을 수 없는 일입니다."

청련사태가 말했다.

"믿고 믿지 않는 것은 당신에게 달렸어요."

심우는 줄곧 말이 없었다. 심지어 그들이 이야기하고 있는 순간에도 숨소리조차 내지 않았다. 려사가 말했다.

"보아하니 그는 나보다 말 수도 적고 입이 무거운 것 같군요. 그렇지 않나요?"

"나는 몰라요."

청련사태가 말했다.

"하지만 그는 확실히 착실한 사람이라는 것을 제가 보장할 수 있어요."

려사는 하늘을 보며 냉랭한 웃음을 짓고서는 말했다.

"꼭 그렇다고 할 수 없습니다. 만약 당신이 살인하지 않은 사람을 좋은 사람이라고 부른다면 이 세상에 보이는 모든 사람들 마다 좋은 사람이라고 끊임없이 말할 것이 아닙니까."

"세상에는 좋은 사람이 나쁜 사람보다 많아요."

청련사태가 말했다.

"무공을 등에 업고서 제멋대로 횡포를 부리는 사람이야말로 가장 용서할 수 없는 악도라고 할 수 있지요.”

려사는 냉랭하게 말했다.

“나는 다른 사람들이 나를 욕하는 것을 대수롭지 않게 여깁니다. 더욱이 하오문下표門의 두 녀석이 나를 어떻게 할 작정이었는데 나는 참을 수가 없었소. 그래서 본인이 그들을 죽였고, 이것은 오히려 백성을 위해 해를 제거한 일입니다.”

“백성을 위해 해를 제거했다고?”

청련사태는 기가 막혔다.

“당신과 같이 이런 수단으로 백성을 위해 해를 제거한다면 포악한 것으로써 포악한 것을 바꾸어 놓는 것인데, 이것이 어찌 세상 사람들에게 좋은 것이라 할 수 있겠어요?”

려사가 승복하지 않으며 반박하였다.

“나도 깊이 생각하고 이 두 녀석을 제거해도 괜찮다고 여겼기에 비로소 손을 쓴 것이오. 당신은 내가 아무런 생각도 없이 그들을 쉽게 죽였다고는 여기지 마시오.”

청련사태는 멍청해 있다가 말했다.

“당신이 그들의 목숨에 대해 생각했었다고요?”

“물론입니다. 나는 거짓말을 할 필요가 없습니다. 내가 있으면 있는 것이고, 없으면 없는 것입니다.”

청련사태는 마음속으로 그가 옳지 않다고 어렴풋하게 느꼈지만 그에게 공격할 말을 찾을 수 없어 일시간에 말도 못하고 저도 모르게 심우를 바라보았는데 그에게 구원을 바라는 것 같았다. 심우는 목석인양 침묵하였고 청련사태는 그 어떤 계시도 받지 못하자 할 수 없이 머리를 가로저으면서 말했다.

"그래도 당신의 방법은 옳지 않습니다. 하지만 내가 뭐라 할 수 없군요."

려사는 득의한 웃음을 발출했고, 또 다른 싸움에서 승리한 듯한 쾌감을 느꼈다. 그는 조소하면서 말했다.

"왜 더 말을 못하십니까? 그것은 당신은 근본적으로 할 말이 없기 때문입니다."

청련사태는 난처해하며 이맛살을 찌푸리고 생각에 잠겼다. 려사는 갑자기 냉소를 발출하였다. 이 웃음은 그녀로 하여금 참으로 난처한 표정을 짓게 하였다. 심우는 돌연 긴 웃음을 짓더니 입을 열었다.

"려사형, 당신은 다른 사람을 꼼짝달싹 못하게 하는 걸 즐기는 모양이오."

그가 처음으로 입을 열었기에 려사는 매우 경계하였고 정신을 가다듬고 대답했다.

"그렇다. 내가 출도한 이래 이 길에 들어선 후 내가 불리했던 적은 한 번도 없었지."

"당신은 지금까지 줄곧 승리만 했기에 약자를 동정할 줄 모르오. 뿐만 아니라 당신이 이런 상태로 계속 지낸다면, 결국 당신은 냉혹하고 무정한 괴물로 변할 것이오."

려사는 고심하며 말했다.

"그것인가? 그것이 바로 내가 얻고 싶은 것이다."

심우는 낭랑한 목소리로 말했다.

"애석하게도 당신의 성격은 후천적으로 형성된 성격이고, 마도 우문 등과는 같지 않다. 그는 천성적으로 매우 냉혹했으니 당신은 그의 형식만 얻었을 뿐 정신을 얻지 못했지. 이것으로 추리해보면 당신의 마도는 결국 그와 같이 더없이 뛰어난 경지에 이를 수 없소."

려사는 몸을 부르르 떨더니 한동안 심우를 날카롭게 주시하고 말했다.

"너는 적지 않은 것을 알고 있구나."

"과찬의 말씀. 나는 보잘것없는 비천한 사람일 뿐이오."

"이상하군."

려사는 머리를 가로저으면서 말했다.

"대개 좋은 사람이라고 자처하는 사람들은 모두 스스로 비천하고 보잘것없는 사람이라고 여긴다. 이들 양자 간에 도대체 어떤 관계가 있는 것이지?"

방금 청련사태도 이렇게 말한 탓으로 려사는 의문은 바로 두 사람을 향한 것이었다. 청련사태가 말했다.

"나를 그와 함께 생각하지 마시오."

려사는 그녀가 한 말을 아랑곳하지 않고, 바로 심우에게 물었다.

"솔직히 말해 나는 평소에 매우 적게 말하지만 너는 나보다 더 말이 없는 것 같다. 그런데 오늘 저녁 다행히 입을 열었으니 내가 반드시 물어볼 말이 있다. 왜 나는 영원히 우문등의 그 경지에 이를 수 없다는 것인가?"

심우가 말했다.

"선천적인 것과 후천적인 것의 사이에는 분명 어느 정도 거리가 존재하오. 선천적인 것은 바꿀 수 없는 것이며 자연적인 것이오. 후천적인 것은 선천적인 것의 영향을 많이 받으므로 수시로 변화가 생길 수 있소. 만약 당신이 천성적으로 의지가 굳은 사람이 아니라면 어떻게 연마하느냐와 무관하게 천성적으로 이루어지는 경지에는 이를 수 없소."

려사가 말했다.

"하지만 나는 그러한 결함을 메꿀 수 있는 방법을 찾았다. 못 믿겠는가?"

심우는 그가 말하는 보충할 수 있다는 방법이란 것이 신기자 서통을 찾아 마도의 마지막 일초를 얻은 후, 그 도법 상의 조예를 이용하여 성격 상의 결함을 보충하고자 한다는 것을 알았다. 그러나 자세히 생각해 본다면, 그 방법이라는 것도 막연해서 크게 믿음직하지는 못했다. 심우는 그의 속내를 밝히지 않고 일부러 머리를 가로저으면서 말했다.

"나는 믿지 않소."

려사는 냉랭하게 비웃으면서 말했다.

"두고 보면 알 것이다."

그는 청련사태에게 말했다.

"당신도 들었지만 심우는 내가 냉혹하고 무정한 사람이 아니라고 여깁니다."

청련사태는 '흥'하고 소리를 냈다. 하지만 그의 말에 어떠한 빠져나갈 대책이 없었다. 심우는 천천히 말했다.

"하지만 려사형이 살인하는 행동은 그 어떤 이유에서건 동조할 수 없는 겁니다. 비록 려사형이 사람을 죽이기 전에 그 사람에 대해 생각을 한다고 하지만 이것으로는 사람을 죽이는 정당한 이유가 될 수는 없지요."

려사는 스스로 그 도리가 어떤 면에서 다른 사람들을 설득시키지 못하는지 알 수 없었으므로, 어리둥절해 하며 물었다.

"내 말의 어떤 점이 틀렸는가?"

심우가 말했다.

"려사형은 살인하기 전에 많이 생각하고 그가 꼭 죽어야 할 자라야 그 다음에 손을 썼다고 하지 않았소. 바꾸어 말하자면 려사형에 의해 살해당한 사람은, 당신이 많이 생각한 뒤 나중에 반드시 죽어야 한다고 여기지 않았소. 그렇지 않습니까?"

려사는 조금도 주저 없이 수긍하면서 말했다.

"틀림없다. 그것이 뭐 잘못된 것이 있는가?"

"만약 당신이 마음을 가라앉히고 조용하게 생각해 보면 온당치 않은 것이 있음을 알 것이오."

심우가 말했다.

"묻겠는데 려형은 무엇에 근거하여 사람이 죽어야 하는지 아닌지를 결정할 수 있습니까?"

려사가 말했다.

"이것은 아주 명확한 일이 아닌가. 구태여 더 물을 필요가 뭐 있는가?"

제 14 장

遊山水女尼惹塵緣

여승은 산수풍경을 감상하면서
속세의 인연을 불러일으키다

"정 반대요."

심우는 정중하고 진지하게 말했다.

"가령 려형이 선언하길 려형에게 순종하는 자는 살고, 거역하는 자는 죽는다고 말하면서, 도리는 말하려 한다면, 이런 것이 정정당당히 도리를 추구한다고 할 수 있나요."

"나는 내 판단을 믿는다."

"좋습니다. 하지만 려형의 판단이라는 것이 공정하지가 않으니 문제요. 려형의 판단이 공정하지 않은 이유는 려형 당신이 심판자인 동시에 당사자의 위치에 있기 때문이요."

려사가 말했다.

"그게 어떻다는 거지?"

"생각해 보세요. 심판자와 심판을 받는 자 사이에 적대 관계가 발생했다고 합시다. 이런 상황에서 심판자가 공정하리라는 것을 누가 믿겠습니까? 예를 들어 어떤 사람이 려형에게 용서받을 수 없는 잘못을 저질렀다고 합시다. 더구나 그 사람이 원래 좋은 사람이 아니라면 려형은 그 사람을 마땅히 죽어야 할 사람이라 결정하지 않겠습니까? 하지만 이런 생각은 공정하지 않습니다. 려형이 이를 초월한 입장이 아니기 때문입니다."

심우의 분석은 려사로 하여금 반박하기 어렵게 하기에 충분했다. 그는 잠시 멈추었을 뿐 말 그치지를 않았다.

"이외에도 두 가지가 더 있는데, 첫 번째 것은 먼저 려형의 가르침이 필요하지요."

려사는 탄식하며 말했다.

"아직도 두 가지나 있는가?"

"그렇습니다. 첫 번째로 려형은 무엇에 근거로 한 사람의 생사를 판결하느냐 하는 것입니다. 학문으로 말했을 때, 당신이 대명大明의 법률 조문에 정통했다 할 수 없을 것이고, 더욱이 법률에 대해서도 깊은 연구가 있다고 할 수 없을 겁니다. 려형은 도대체 무슨 근거로 사람들이 죽을 죄를 지었다고 판결합니까?"

려사는 당연히 대답할 수 없었으므로 '흥'하고 소리치고만 말았다. 심우는 다시 떳떳하게 말했다.

"이 점을 세밀하게 연구하자면 두 가지 원인에 지나지 않을 것이오. 첫째는 려형이 상대방을 죽일 수 있는 무공을 가지고 있기 때문에 그것은 려형의 권리일 수 있겠지요. 둘째는 당신이 그가 꼭 죽어야 한다고 여기는 것이지요. 이 두 가지원인이 갖고 있는 의미에 주의해 주세요. 이것은 바로 당신의 감정으로 상대방의 생사를 판단한 것이지, 희노애증喜怒愛憎의 감정을 벗어나서 판결한 것이 아닌 것이오. 이해 관계를 벗어나서 판결해야 한다는 것은 어린아이라도 알 수 있는 것인데, 이런 상황에서는 반드시 공정하다고 보증할 수 없는 것이오."

청련사태가 처음으로 말을 섞었다.

"이러한 것은 모두 초연한 입장이 되지 않았기 때문이죠."

려사도 머리를 끄덕이고 말했다.

"이 점은 확실히 거짓이 아니라고 할 수 있지. 다음 것은?"

심우가 말했다.

"두 번째는 만약 당신의 판단에 착오가 있다는 것을 스스로 알게 되었다고 했을 때 말이오. 사람이 죽으면 다시 살아날 수 없는데 려형은 이런 상황에 대해 어떻게 처신하고자 하오?"

려사가 말했다.

"첫째, 나는 마음속으로 불안을 느끼게 되는데, 이것은 양심의 징벌이라 할 수 있다. 둘째, 나는 이것은 피할 수 없는 일이라고 여기는데, 설사 조정의 판관이 법률 조문에 정통했다 하더라도 그릇되게 판결하는 일이 발생할 수 있다고 생각한다. 따라서 이런 현상을 더 거론할 필요가 없다."

청련사태가 곁에서 머리를 끄덕이며 려사의 해석이 매우 옳다고 생각하고는 말했다.

"틀리지 않아요. 그가 자기의 양심에 대해 책임지는 것이 맞습니다."

심우는 온화하고도 견결한 어조로 말했다.

"그렇다고는 할 수 없습니다. 왜 이렇게 말하는 걸까요? 판결할 때의 상황을 살펴보면 려형을 국가의 법률과 서로 비교할 수 없습니다. 만약 서로 비교하여야 한다면 려형은 뇌물을 받은 법관에 비할 수 있지요. 판결이 옳고 그르든 간에 우선 형벌에 처해야 합니다."

려사는 이맛살을 찌푸리고 말했다.

"너는 네 말에 설득력이 있다고 생각하는가?"

"려형이 그렇게 생각한다면 방법이 없는 일로서 나는 할 수 없이 당신이 생각하고 싶은 대로 놔둘 수밖에 없소.”

청련사태가 말했다.

“당신은 어찌하여 그런 비유를 했나요?”

심우가 눈길을 려사 쪽으로 향하며 말했다.

“당신은 나라에서 무엇때문에 뇌물을 수뢰한 법조인들을 처벌하는지를 반드시 알 것입니다. 그것은 심판자가 만약 뇌물을 받으면 사건에서 초연한 입장을 잃을 뿐만 아니라 사건 당사자 쌍방 중 한쪽과 관계를 맺게 되니, 판결의 결과가 매우 공정하더라도 이러한 판결은 반드시 처벌받아 마땅하다고 볼 수 있습니다. 따라서 당신을 수뢰한 관리로밖에 볼 수 없습니다.”

청련사태는 려사와 서로 쳐다보았다. 심우의 이론은 이치에 합당하였을 뿐만 아니라 고의로 려사를 난처한 지경에 빠뜨리고자 하는 의도는 절대로 없다고 느꼈다. 심우는 려사의 태도가 좋고 품위를 유지하고 있어서 즉시 이어서 말했다.

“그러므로 만약 려형이 법을 집행할 때 초연한 입장을 가지고 있었다고 하더라도 실수로 억울한 감옥살이를 시킨다면, 양심상의 불안과 책임만을 질 것이 아니라 반드시 꼭 실수로 인한 적당한 형벌을 받아야만 하오. 만약 두 사람이 고집을 부리고 충돌이 발생하였는데 이치가 타당한 한쪽이 실수로 상대방을 죽인다면 마땅히 중대한 형사적 책임을 짊어져야지 절대로 양심상의 가책만으로는 해결될 수 없는 것이오.”

그가 말할수록 이치에 더 부합하는 것 같았기에 려사는 다만 듣고 있을 수밖에 없었을 뿐만 아니라 자기를 위해 변호할 방법을 찾을 수 없었다. 심우는 용의주도하여 설명해 나갔고, 특별히 려사가 이치를 따지고 공정함을 바라고 있다는 것을 강조하여, 계속하여 토론을 이어갈 수 있다고 생각했다. 만약 그가 이치를 따지지 않고, 힘을 행사하고자 한다면 모든 이론은 모두 필요 없는 것이 되기 때문이다. 정원 안은 일시 조용해졌고, 각기 많은 사정을 생각하는 듯 모두 침묵하였다. 시간이 좀 지난 뒤 려사가 말했다.

"생각 밖으로 심우 당신은 견식과 학문이 매우 고명하구나. 다만 애림이 너를 뒤쫓으며 많은 핍박을 가하는 데 대하여 어떤 생각을 가지고 있는지 궁금하다."

"할 말이 없소."

심우가 말했다.

"그녀는 사사로운 원한을 가지고 행사하려 하며, 원래 이치를 따지려 하지 않고 있소. 나는 당사자의 아들로 응당 부친을 대신하여 그 벌을 받아야 한다고 생각하기 때문에 오히려 마음이 가라앉았고, 누굴 원망할 생각도 없소."

그는 잠시 멈추고 려사를 주시하더니 또다시 말했다.

"나는 려형이 향후의 어떻게 할 것인지 정말 알고 싶소. 계속하여 다른 사람의 목숨으로 무공을 연마하여 냉혹하고 무정한 사람이 될 것이오? 아니면 정도에 심혈을 기울여 무공을 연마함으로써 끝내 당신의 도법이 천하무쌍의 경지에 오르도록 하겠소?"

려사가 말했다.

"지금은 잘 알 수 없지만, 가장 높은 경지의 도법을 스스로 포기하면 몰라도 그렇지 않는다면 나는 변하지 않을 것 같다."

심우는 공수하며 말했다.

"당신의 솔직한 고백에 나는 감사를 드리오."

려사가 말했다.

"이 일이 너와 무슨 상관이 있는가?"

심우가 말했다.

"나는 줄곧 살아갈 재미가 없다고 느꼈고 아울러 돌아간 부친이 맺은 원한을 풀 수 없다고 여겼기 때문에 일찍이 죽으려는 생각이 있었소. 하지만 려형이 냉혹하게 계속 도법의 최고 경지를 추구한다면 나는 당신을 저지할 책임이 생겨나는데, 그것이 내가 반드시 살아가야 한다는 이유가 되오."

려사는 심우의 말을 듣고 즉시 대답하지 않고 한동안 묵묵히 생각하고 나서야 말을 했다.

"그렇다면 너는 무공으로 나를 압도하여 내가 현 천하에서 제멋대로 행동하지 못하게 하겠단 말인가?"

심우가 말했다.

"만약 그럴 필요가 있다면 나는 그렇게 할 것이오. 당신이 도법에 있어 아주 높은 경지로 발전하더라도 절대 악^惡으로 되지 않는다면, 내가 설사 당신을 이긴다 해도, 당신에게 천하제일의 영예를 양보하겠소."

려사는 발끈해서 화를 내면서 말했다.

"누가 너보고 양보하라 했는가. 또한 나는 네가 결코 나를 이길 수 없음을 확신한다."

심우가 말했다.

"지금은 내가 확실히 당신의 적수가 아니지만, 시일이 지나면 꼭 그렇다고만은 말할 수 없소."

그가 이 말을 할 때에는 솔직히 마음속의 말을 꺼낸 것이지만, 말을 꺼낸 후에는 즉시 후회하는 마음이 들었다. 려사는 머리를 쳐들고 냉소하더니 말했다.

"들어보니 너는 정말 자신감이 있나 보구나! 그 말을 듣고 드는 생각은 지금 즉시 너를 죽여서 후환을 제거해야 겠구나."

곁에 있던 청련사태는 심우 대신에 손에 땀이 나서 생각했다.

'려사, 이런 사람은, 당연히 그렇게 행동할 것이다.'

이런 생각이 금방 그녀의 머리를 스쳤을 때 려사의 말소리가 계속하여 들렸다.

"그러나 나는 다른 한 가지 생각을 확인해보고자 하기 때문에 너를 죽이지는 않겠다. 나는 네가 절대로 나를 이길 수 없다는 것을 안다. 하지만 비록 내가 이 시각 너를 죽이지는 않지만 반드시 너로 하여금 한평생 고통을 느끼게 하겠다."

심우는 어깨를 으쓱거리고 물었다.

"당신이 무슨 방법으로 나를 한평생 고통스럽게 할 수 있겠소?"

"내가 예를 들 터이니 들어 보아라."

려사가 말했다.

"만약 애정 관계에 있어 내가 너에게서 애인을 빼앗아 오는 것이다. 너에게 새로운 애인이 있다는 것을 알려주면 내가 그녀를 빼앗아 오겠는데, 이 일만으로도 너로 하여금 종신토록 고통스럽게 할 수 있다고 생각한다. 하물며 또 다른 일이 필요한가."

심우는 저도 모르게 미소를 띠며 말했다.

"그러한 일은 무력으로 얻을 수 있는 것이 아니니, 당신은 현실과 동떨어진 소리를 치는 것이 아니요!"

려사는 '흥'하고 소리치고는 말했다.

"나는 기묘한 수단이 많이 있어 가는 곳마다 순조롭지 않은 것이 없다. 네가 믿지 않는다면 즉시 증명해 줄 수 있다. 안타깝게도 지금 너는 아직 연인이 없다."

그의 눈길은 청련사태의 수려한 얼굴에 가서 멎으면서 말을 이었다.

"당신은 눈을 부릅뜰 필요가 없어요. 만약 당신이 그의 연인이라면 당신은 아마도 내 말을 듣고 마음속으로 미리 대비를 하고 있을 테지만, 나는 당신을 그에게서 빼앗아 올 수 있습니다."

청련사태는 저도 모르게 냉소하고서는 말했다.

"당신은 천하에서 가장 오만한 사람이군!"

려사는 그녀를 응시하면서 온화한 기색으로 말했다.

"내가 이미 말했지만 심우를 한평생 고통스럽게 하기 위하여 나에게는 나의 방법과 수단이 있어 당신을 빼앗아 올 수 있습니다. 당신은 내 말을 믿지 못하겠습니까?"

청련사태가 말했다.

"나는 믿지 않아요. 애석하게도 나는 당신에게 시험할 기회를 줄 방법이 없네요."

그녀의 본의는 그녀가 출가인이기 때문에 근본적으로 심우를 좋아할 수 없음으로 해서 그런 실험을 할 수 없다는 것을 말한 것이었다. 하지만 려사는 그녀가 출가인임을 모르고 즉시 말했다.

"내 보기에는 당신이 심우에 대한 인상이 괜찮은 것 같은데, 시간이 있어 함께 있다면 남녀지간의 감정이 발생할 가능성이 매우 많습니다."

청련사태는 머리를 가로저으며 말했다.

"그럴 수 없어요. 나와 그는 절대로 감정이 발생할 수 없어요."

려사는 한 가지 방법을 생각해내고 그 계책에 따라 행동하기로 결정했다. 그는 눈길을 돌려 심우를 부릅떠보면서 큰 소리로 말했다.

"우리가 반나절이나 말했지만 모두 쓸데없는 말이다. 지금 내가 한 가지 비밀을 너에게 알려주어도 좋겠는가?"

심우가 말했다.

"당신이 원한다면 내가 듣겠소."

려사가 말했다.

"이 비밀은 애림과 관계되기 때문에 너는 분명 매우 알고 싶어 할 것이다. 애림은 빨리 나와 결혼하고 싶다고 이미 대답했다."

이 소식은 너무 갑작스러운 것이어서 심우는 저도 몰래 흠칫했지만 금방 그가 한 말을 생각해 내고는 즉시 말했다.

"원래 당신은 애림과 나 사이에 사랑이 있다고 여기기 때문에 재빨리 그녀를 빼앗아 가려는 것이오?"

"그런 것은 아니다."

려사가 말했다.

"그녀는 내 일생에서 유일하게 사랑하는 여자이기 때문에 나는 그녀를 아내로 맞아들이기를 바라고 있다. 하지만 그녀도 한 가지 조건을 내걸었다."

"어떤 조건이오?"

심우는 다급히 물었는데, 마음속으로 애림의 조건을 충족시키기가 어려워 려사가 그녀에게 장가들 수 없기를 바라는 것 같았다. 려사가 말했다.

"그녀의 조건은 아주 간단하다. 너의 머리통을 그녀에게 넘겨주는 것이다."

심우는 이 말을 믿지 않을 수 없어 급히 말을 이었다.

"그렇다면 당신은 오늘 저녁 꼭 나의 목숨을 빼앗겠다는 것이요?"

"그렇다. 이것이 바로 내가 너의 친구를 죽이지 않을 수 없었던 진정한 원인이다. 그것은 네가 그들의 시신을 발견한다면 반드시 그들의 죽은 원인을 조사한다는 것을 나는 이미 알고 있었기 때문에, 나는 조금도 힘들이지 않고 너를 찾을 수 있었다."

심우가 말했다.

"그럼 당신은 왜 아직도 손을 쓰지 않소?"

려사가 말했다.

"나도 급하지 않은데 네가 왜 서두르는가?"

그는 눈길을 돌려 청련사태를 바라보면서 계속하여 말했다.

"당신은 그와 친척도 아니고 벗도 아닌데 빨리 이곳을 떠나시오. 나도 당신이 남몰래 나를 해치려던 일을 더 추궁하지 않겠습니다. 그렇지 않으면 당신도 살아날 수 없습니다."

청련사태는 조금도 생각하지 않고 머리를 가로저으며 말했다.

"안됩니다. 나는 당신이 그를 죽이는 것을 직접 보겠어요."

려사가 말했다.

"당신은 남아서 그를 돕겠다는 말을 하지 않고, 내가 그를 죽이는 것을 보겠다고 말하였는데 대답이 아주 교묘합니다. 하지만 나에게는 하나의 버릇이 있는데 여인 앞에서는 살인을 하지 않는다는 겁니다."

청련사태가 말했다.

"그렇다면 내가 하루 내내 떠나지 않는다면 당신이 그를 하루 동안 살려둔다는 말인가요!"

려사는 불쾌한 듯이 말했다.

"오, 그렇다면 당신은 그를 도울 생각입니까?"

청련사태가 말했다.

"솔직히 말해서 나의 가장 큰 관심은 그래도 당신들 두 사람의 무공입니다. 들은 바에 의하면 심우가 당신과 한번 겨룬 바가 있다 하고, 다른 고수들은 당신의 한주먹도 견딜 수 없다던데 맞습니까?"

려사가 말했다.

"그의 무공이 매우 뛰어났습니다. 하지만 나의 적수가 된다고는 할 수 없지요. 다만 다른 사람보다는 조금 더 오래 견딜 수 있을 뿐입니다. 그런데 당신의 이름은 무엇입니까?"

청련사태가 말했다.

"나는 청청靑靑이라고 해요."

"청청, 당신은 내 말을 들으시오. 내가 기분이 좋을 때 당신이 기미를 눈치채고 빨리 물러간다면 나는 당신을 괴롭히지 않겠습니다. 그렇지 않으면……."

"그렇지 않으면 어떻다는 건가요? 당신은 나와 심우가 손을 잡고 당신과 겨루도록 핍박할 생각인가요?"

려사는 잠깐 생각에 잠기더니 말했다.

"당신이 그를 도와도 주어도 나의 적수가 아닙니다."

청련사태가 말했다.

"꼭 그렇다고 할 수는 없어요. 그렇지 않으면 당신은 무슨 생각이 필요하겠어요. 생각해보면 당신이 방금 발출한 도기끼氣는 비록 매우 맹렬하지만 나는 걸어 나올 수 있었고, 조금도 다른 이상이 없는 것으로 보아 나의 무공도 그리 약하다고는 할 수 없지요. 어느 정도까지 높은지에 대해서는 짐작하기가 쉽지 않을 겁니다."

그녀는 이어서 재빨리 심우를 보고 말했다.

"만약 려사가 나에게 손을 쓰다면 당신은 꼭 전력을 다하여 나를 도와야 해요. 그렇지 않는다면 우리의 맹렬한 공격을 한다고 해도 그를 제압하여 그의 목숨을 빼앗을지 알 수 없어요."

심우는 머리를 끄덕였고 청련사태가 말했다.

"당신이 대답한 이상 려사는 조심스럽게 행동할 것이며, 감히 경솔하게 출수하지 않을 것이에요. 이것이 바로 먼저 상대방을 제압하는 계책이라 할 수 있어요."

려사가 머리를 끄덕이고 말했다.

"이번에는 당신과 심우가 모두 뛰어난 기지를 발휘하였고, 제때에 이해득실을 알려주어 내가 경거망동하지 못하게 하였소. 하지만 나라는 사람은 일부러 불가능하다는 일을 하려는 사람이오."

청련사태와 심우는 이 말을 듣고 삽시간에 긴장했다. 그리고는 다급히 공력을 끌어올려 맞싸울 준비를 했다. 그들은 모두 고수로서 약속이나 한 듯이 자리를 옮겨 가장 견고하고 강력한 연합 자세를 펼쳤다. 려사는 그들이 어깨를 나란히 하고 서로 호응하는 자세를 이룬 것을 보고 저도 모르게 이맛살을 찌푸리면서 말했다.

"당신들은 조급해하지 마시오. 나는 지금 손 쓸 생각이 없소."

청련사태가 말했다.

"당신은 언제쯤 손 쓸 생각인가요?"

려사가 냉랭하게 말했다.

"나는 삼일 내에 심우의 목숨을 빼앗겠소. 당신이 그와 한 발짝도 떨어지지 않는다 해도 나는 손 쓸 기회를 찾을 수 있소. 못 믿겠나?”

냉혹하고 사나운 이 도법대가는 이렇듯 괴상한 점이 있었고, 그가 던진 말들은 사람들로 하여금 믿지 않을 수 없게 하였다. 그것은 그의 말투와 어조 등이 모두 매우 군세고 간결하여 사람들을 압박하는 자신감이 담겨 있었기 때문이다. 청련사태는 마음속으로부터 믿을 수밖에 없었으며, 절로 머리를 끄덕이지 않을 수 없었다. 려사는 이때 하늘을 바라보고 냉소하더니 말했다.

“당신이 믿는다니 좋습니다. 삼 일 뒤에 나는 꼭 당신과 단독으로 만나겠습니다. 그때 당신은 나와 적으로 된 일을 후회할 것이고, 아울러 내가 당신을 어떻게 대처한다는 것을 알게 될 것입니다. 다시 말해서 지금은 당신이 어떤 일이 벌어질지 절대로 짐작해 낼 수 없을 겁니다.”

심우가 말했다.

“려형은 결심과 방법을 나에게 알려준 후 즉시 떠나려는 것이요?”

려사는 머리를 끄덕이고 말했다.

“네가 불복하면 즉시 나에게 도전해도 상관없다.”

“나는 자기의 능력을 생각하지 않을 수 없소. 하지만 나는 당신이 한 말 중에서 이상한 말을 들었는데, 그것은 당신이 고집스럽게 여자 앞에서 살인하지 않는다는 버릇을 가지고 있다는 것이오. 그리고 자신의 처한 환경이 어려운 것도 아랑곳하지 않고 먼저 속내를 이 낭자에게 알려준 다음 삼일 내에 그녀가 아무리 나를 지켜보고 있어도 당신은 기회를 찾아 나를 죽이겠다는 것이오?”

려사는 머리를 끄덕이고 말했다.

“그렇다.”

"그런 뒤 당신이 이 낭자를 처리하겠다는 말이오?"

"그렇다."

"당신의 고집과 자신을 곤란한 경지에 빠뜨린 것은 당신의 대영웅 심리가 만들어 낸 것이니, 나는 이러한 점들을 이해할 수 있소. 하지만 당신이 시간을 소홀히 하면서 이와 같이 일시적인 즐거운 일을 기다리는 것은 합당치 못할 뿐만 아니라, 언제든 당신과 같은 성공한 사람이 취해야 하는 길이 아니라고 볼 수 있소. 내가 대담하게 한마디 평을 하겠는데, 당신의 말은 신뢰할 수 없소."

려사가 어깨를 으쓱거리며 말한다.

"네가 믿든 안 믿든 상관없다. 단지 청청만 믿으면 그뿐이다. 왜냐하면 이런 것들은 그녀에게 보여주기 위한 것이니까. 이 한바탕 연출에서 너는 단지 죽음을 기다리는 죄수일 뿐이야."

그는 눈을 돌려 청련사태에게 물었다.

"당신은 믿을 수 있습니까?"

"나는 모르겠어요."

청련사태가 말했다.

"심우의 말이 더 이치에 맞는다고 봅니다."

려사가 말했다.

"당신이 내가 해낼 수 없다고 생각하거나 혹여 내가 큰 힘을 들여도 그를 죽일 수 없다고 근본적으로 생각한다면, 당신은 왜 내가 당신에게 살기를 일으키기 전에 이곳에 떠나지 않습니까?"

청련사태는 일시에 무엇이라 대답하는 것이 좋을지 몰랐다. 려사는 한 쪽 팔을 휘두르더니 신형이 마치 거대한 새와 같이 담장 벽에 뛰어올라 정원의 두 사람을 내려다보고는 냉랭하게 말했다.

"삼 일 뒤 이 시각 이전에 심우는 시체가 될 것이다. 청청 당신이 믿던 믿지 않던 물론하고 이 운명을 바꿀 수는 없다. 또한 심우가 반 시진 안에 나에게 죽진 않겠지만, 아무튼 청청 당신은 기다렸다가 그의 시체를 수습해야 할 것이오."

려사는 마지막 한마디를 남겼다. 그 소리는 그의 신형을 따라 삽시간에 사라지고 말았다. 그들은 여관 안에서 한동안 소란을 피웠다. 밤중이어서 유달리 소리가 크게 났다. 객점의 점원과 투숙하는 손님들 대부분이 모두 놀라 잠에서 깨어났다. 하지만 지금까지 한 사람도 감히 정원에 나선 사람이 없었다. 그것은 문을 나선다면 시비에 말려들까봐 두려웠기 때문이다.

점원들도 이러한 일에 경험이 많아서 강호의 시비에 감히 끼어들 생각을 하지 않았다. 최후에 려사의 말소리가 허공을 가르면서 퍼지자 사람들은 더욱 가까이 하지 못했다. 정원에는 심우와 청련사태만 남았고 묵묵히 서로를 마주 보기만 했다. 한동안 지나서 심우는 몸을 돌려 방으로 향했고, 어느 정도의 천을 찾아내어 마중창과 우득시 두 사람의 시체를 감쌌다.

그는 비록 두 구의 시체를 든 채였지만 아무런 거리낌 없이 객점을 나섰다. 청련사태는 그의 뒤를 따랐고 오래지 않아 성을 나설 수 있었다. 그녀는 자신이 방금 걸어왔던 길을 다시 걷고 있음을 발견했다.

또 한동안 지나자. 심우는 곧바로 무덤이 널려있는 산 언덕으로 가서 두 사람의 시체를 매장한 후 고개를 돌려 뒤를 바라다보니, 청련사태가 묵묵히 그의 뒤에 위치하고 있었다. 그녀는 그제야 비로소 말했다.

"그들은 모두 당신의 친구인가요?"

"그렇습니다. 그들은 모두 나를 도와 려사를 상대했습니다."

청련사태는 그를 쳐다보면서 이상한 듯이 물었다.

"당신은 너무 잡다한 친구들을 사귄 것이 아닌가요."

심우는 미간을 찌푸리며 말했다.

"나는 이런 친구를 사귀었다고 해서 수치스럽지 않습니다. 그들은 비록 흑도의 인물이지만, 반드시 말한 대로 실천하는 사람들로서 끊임없이 음모나 간계를 꾸미는 자들이 아닙니다."

청련사태가 다급히 말했다.

"나는 그들을 얕보는 것이 아니에요."

심우는 자기의 말이 좀 극단적인 것을 발견하고 즉시 말했다.

"나도 당신이 그런 생각을 하고 말한 것이 아니라는 것을 알고 있습니다. 지금 려사와 나는 이미 원한이 있으니, 오늘부터 나는 진정으로 그를 상대하도록 하겠습니다."

청련사태는 한 가닥의 기대를 품고 물었다.

"당신은 감히 그와 겨룰만한가요?"

심우는 머리를 가로저으며 말했다.

"잠시 동안은 안 됩니다. 그의 도법을 확실히 파해할 수 없기 때문입니다. 하지만 재능과 지혜 면으로는 그가 꼭 나를 이긴다고는 할 수는 없습니다."

그는 말하고 나서 사색에 잠겼다. 청련사태도 그를 방해하지 않으려고 부근을 살펴보면서 려사가 뒤따라오지 않는가를 보았다. 그녀가 여러 번이나 돌아보았는데 려사가 뒤따라오는 기미가 보이지 않자 심우의 곁으로 돌아왔고 심우도 사색에서 깨어났다. 그녀가 말했다.

"이상해요. 려사가 뒤따라오지 않는 것 같아요."

심우가 말했다.

"그는 애림을 찾으러 갔거나 약속한 장소에 가서 그녀를 기다리고 있겠는데 언제 뒤따라올 시간이 있겠습니까?"

"그러나 그가 말한 바와 같이 삼일 동안에는 당신에게 불리해요. 만약 그가 시시각각 우리 뒤를 따르지 않는다면, 어떻게 내가 당신의 주변에 없는 기회를 틈타서 당신에게 손 쓸 자신이 있겠어요? 그는 당신이 이미 경계하고 있음을 깊이 알고 있기 때문에 잠시 따라오지 않는 것입니다. 하지만 이것은 표면적인 이유이며, 실제로는 바로 제가 그와 지혜와 재능을 다투는 것이라 할 수 있습니다."

심우가 천천히 말했지만 한마디 한마디마다 모두 심사숙고한 것이라는 것이 뚜렷했다. 청련사태는 돌연 한 가지 기이한 느낌을 느끼며, 심우와 려사 이 두 젊은 남자가 이미 당대 무림에서 가장 중요한 지위를 차지하고 있는 것 같았다. 지금부터 무림의 역사에 기록해야 할 모든 활동들이 모두 그들과 관계가 있을 것만 같았고, 나아가 그들 때문에 발생할 것만 같았다.

그녀는 속으로 생각했지만 이러한 생각이 터무니없이 황당하다고 여기지 않았으며, 오히려 일부는 매우 이치에 맞아 들어가고 있음을 발견했다. 그중에서 가장 중요한 것은 그들의 모든 행동의 일부분은 개인의 은원을 초월하여 무도의 가장 높은 경지를 목표로 하였기 때문에, 그들의 영향은 동시대의 다른 고수들보다 그 범위가 넓고 깊다는 것이 뚜렷했다. 다음으로 그들은 이제 막 명성을 떨쳤으며 나이가 젊고 생기로 가득 찼기 때문에 그들의 역량을 헤아리기가 매우 어려웠다. 청련사태의 깊은 사색은 심우의 소리에 흩어졌고 다만 그의 말소리가 들렸다.

"려사는 아직 당신의 성명과 내력을 모르고 표연히 사라져 버렸는데 이는 매우 괴상한 일이라 할 수 있습니다. 괴상하다고 할 만 것은 당신이 남몰래 그를 해치려 하였다는 것을 이미 들었지만 뜻밖에도 추궁하지 않았고, 더욱이 당신과 나를 함께 있도록 내버려두었는데 혹시 그는 우리가 달아날 리가 없다고 생각하는 것이 아닐까요? 그가 왜 우리가 멀리 달아나는 것에 개의치 않을까요?"

청련사태는 그의 이러한 지적을 받자 상황을 판단하기 어려워졌다.

"그렇군요. 그는 왜 우리가 도망가는 것을 두려워하지 않을까요?"

"이로부터 알 수 있는 것은 그가 당신의 목숨을 사흘 내에 빼앗겠다고 말을 했고, 동시에 당신이 그럴 수 있을 것이라 믿게 했습니다. 만약 나와 당신이 함께 있으면 그는 손을 쓰지 않을 것입니다. 그러므로 그가 나를 찾기만 한다면 당신을 찾은 것과 마찬가지라는 겁니다."

청련사태가 머리를 끄덕이고 말했다.

"당신의 말이 틀림없어요."

심우가 말했다.

"그는 지금 당신이 출가인임을 모르고 있습니다. 그렇지 않았다면 그는 감히 이렇게 마음을 놓지 않았을 것입니다."

"이것이 제 신분이 출가인이라는 것과 어떤 관계가 있나요?"

"생각해보면 당신은 진정한 출가인이므로, 늘 밖에 머무를 수 없고 꼭 암자에 되돌아가야 합니다. 그러면 저와 당신이 헤어지게 되는데 그가 설사 나를 찾더라도 당신의 종적을 찾을 수는 없을 것입니다."

"나는 돌아갈 필요가 없어요."

청련사태가 말했다.

"되돌아간다 해도 반드시 이 사흘이 지난 뒤에 다시 생각해 볼 겁니다."

심우는 놀라서 말했다.

"그렇게 할 수는 없습니다. 당신의 암자에는 규정이 없습니까?"

"암자에는 비록 규정이 있지만 나는 예외라고 할 수 있어요."

심우는 그녀를 한번 훑어보고는 저도 모르게 난처한 기색을 나타냈다. 그것은 삼계三戒를 구비한 이 여인이 세속으로 뛰쳐나온 불문의 제자일지라도 보기에는 너무 젊고 아름다웠기 때문이다. 더욱이 그녀가 속세인으로 분장하여 근본적으로 그녀를 여승이라 알아차릴 수가 없었기 때문에 그녀와 사귀고 말한다면 그녀를 아름다운 한 여인이라고 보지 않을 수 없었다.

이런 상황 아래에서 그녀와 삼일 밤낮을 함께 지낸다는 것은 비록 엄중한 문제가 발생하지 않는다 하더라도 만약 다른 사람들이 이 상황을 듣는다면 틀림없이 비난을 멈추지 않을 것이라 할 수 있다. 아울러 정상적인 욕망을 가지고 있는 한 남자의 입장을 고려한다면 이삼일 밤낮은 틀림없이 견디기 어려운 긴 시간이라 할 수 있다. 때문에 심우는 매우 놀랐고 마음속으로는 아주 난처하다고 느꼈다.

"심시주는 어째서 그처럼 불안해하는가요?"

"저는……저는……그런 거 없습니다!"

"빈니가 비록 출가인이지만 나이도 적지 않고 스스로도 사리에 밝은 사람이라고 할 수 있어요. 때문에 심시주가 설사 좋아하는 여자 친구를 만나거나 친구들과 이야기꽃을 피울 때 듣기 거북한 말을 한다고 해도 나는 개의치 않으니 당신도 마음에 두지 마세요."

심우는 마음속으로 중얼거렸다.

'당신은 너무 좋은 쪽으로만 사정을 생각하고, 또한 당신 스스로 자기를 나이가 적지 않은 사람으로 보고 있지만, 사실상 당신은 지금 한창 사람들로 하여금 마음을 움직이게 하는 나이이다.'

그는 담담하게 웃으며 말했다.

"좋습니다. 우리가 성으로 돌아갑니다. 하지만 당신이 명심할 것은 이 사흘 내에 우리는 반드시 잠시 이름을 바꾸어 다른 사람들이 당신이 출가인임을 눈치채지 못하게 해야 합니다."

청련사태는 머리를 끄덕이면서 말했다.

"지당한 말이에요. 빈니는 그러해도 꺼리지 않습니다. 우리 사이를 어떻게 불러야 좋을까요?"

심우는 생각하고 나서 말했다.

"만약 사태께서 좋으시다면 직접 나의 이름을 부르시고, 저는 당신의 가명인 청청이라고 부르겠습니다. 만약 당신이 동의하신다면 우리는 사람이 있건 없건 간에 서로 이렇게 해야 약점이 노출되지 않을 것입니다."

청련사태는 생긋이 웃으면서 말했다.

"그럼 지금부터 시작하는 것이 어떻습니까?"

심우는 머리를 끄덕이고 무덤이 널려 있는 언덕을 내려오면서 말했다.

"려사는 내가 멀리 가지 않을 것이라 알고 있습니다. 그가 성도에 있을 때 벌써 이런 말을 했습니다."

"그는 무엇에 근거하여 그렇게 말하는가요?"

"애림이 있기 때문입니다."

심우가 말했다.

"나는 줄곧 그가 왜 그렇게 말했는지 이해할 수 없었는데 방금 전에 문득 깨달았습니다."

청련사태는 매우 흥미를 가지고 말했다.

"당신이 그가 악한 짓을 하는 것을 막으려고 한다는 것을 그가 알고 있기 때문에, 당신이 멀리 가지 않는다고 여기는 것이 아닌가요?"

"그런 것은 아니고 애림 때문입니다."

그는 깊은 뜻이 있는 미소를 그녀에게 보내면서 또 말했다.

"내가 당신을 이용하여 그를 상대하려 할 때에야 나는 문득 깨달았는데, 원래 그 녀석은 벌써 여인을 이용하여 나를 상대했다는 것입니다."

청련사태가 말했다.

"나는 아직도 무슨 뜻인지 모르겠는데요."

"사정은 이렇습니다. 그는 일찍부터 저와 애림 사이에 가문의 원한이 있지만 개인적으로는 아직도 서로 간에 감정이 있으며, 더욱이 제가 애림에 대해 더 깊은 감정이 있음을 알아차렸습니다."

청련사태가 말했다.

"그녀는 당신의 애인이었나요?"

"솔직히 말해 애인이라고는 말할 수는 없습니다. 그것은 우리가 함께 있을 때에는 서로 나이가 아직 어렸기 때문입니다. 그러나 우리의 깊고 순결한 우정과 즐겁고 아름다운 지난 일들을 생각하면 도저히 그녀를 잊을 방법이 없습니다."

청련사태는 동정의 눈길로 그를 바라보았다. 그것은 그녀가 이미 심, 애 두 가문의 피맺힌 원한을 잘 알고 있었고, 심우가 어쩔 수 없이 비참한 지경에 이르렀다는 것을 잘 알고 있었기 때문에, 이전에 즐거운 시절과 그리움을 잊을 수 없는 심우의 심정을 이해할 수 있었다.

"비록 내가 그녀에 대한 감정이 애정이라고는 할 수 없습니다. 하지만 려사가 무리하게 사랑을 빼앗아 가는 것처럼 그녀를 데리고 갔는데 나는 마음속으로 너무나 괴로웠습니다. 따라서 저는 이런 감정까지도 포함하여 모든 문제를 재빨리 해결하려 합니다. 려사는 나의 질투심을 눈치챘으며, 따라서 제가 홀로 성도를 떠나지 않을 것이라 단정한 것입니다. 지금 애림이 이곳에 있기 때문에 그도 매우 마음을 놓고 있는 것입니다."

청련사태가 말했다.

"이런 수단을 쓰다니 확실히 두렵습니다. 입장을 바꾸어 저라면 영원히 이런 계략은 쓰지 않을 것이에요."

심우는 미안해하면서 말했다.

"죄송합니다. 저게 이런 남녀지간의 감정 문제를 너무 직접적으로 당신에게 들려드렸습니다."

청련사태가 말했다.

"그런 말씀은 마세요. 출가인으로 비록 남녀지간의 감정에 대해 흥미가 없지만 다른 사람의 심리에 대해 들어보는 것도 무방하다고 생각해요."

심우가 말했다.

"아는 것이 많아질수록 불심에 정진하기가 어려워지기 때문에 사태께서 이런 일들을 적게 아시는 것이 좋을 것입니다."

청련사태는 의아해하며 말했다.

"당신이 수도학선修道學禪에 대해 알고 있는 것이 적지 않은 것 같군요!"

심우가 말했다.

"저는 일찍이 소림사 신승 자목대사의 문하에서 다년간 무공을 배웠으며, 아울러 그 어른의 밑에서 적지 않게 수도修道의 비결도 배웠습니다."

"원래 그러하군요."

청련사태는 흔쾌히 말했다.

"그럼 우리는 더욱 한집안 사람이라 할 수 있어요. 당신은 어떻게 려사를 상대하고자 생각하나요?"

그들은 걸으면서 이야기를 나누었다. 성 내에 이르러서 심우는 그녀와 함께 바로 한 객점의 문을 두드렸다. 이 객점은 먼저 사고가 발생한 그 객점보다 아주 작았다. 한 점원이 나와서 문을 열었는데, 졸린 눈으로 그냥 투덜거리다가 심우가 자그마한 은자를 덩그러니 그의 수중에 쥐여 주어서야 갑자기 정신이 들었으며, 태도도 온화하게 변했다. 심우가 말했다.

"어제 방 하나를 예약했는데 마씨 성을 가진 친구가 와서 예약했소."

점원은 허리를 굽실거리고 머리를 끄덕이면서 말했다.

"있습니다, 있습니다. 마대야가 당신에게 예약해 놓았습니다. 이쪽으로 오십시요."

그의 눈길은 오히려 아름다운 청련사태를 향해 비스듬히 바라보았다. 그들 두 사람이 자그마한 보따리 하나만 지니고 있었고, 다른 짐이 없는 것을 보자 매우 의아하게 생각했다. 하지만 심우가 그에게 은자를 주자 큰 효력을 발생했다.

그는 더 묻지도 않고 그들을 데리고 뒤편으로 들어갔고, 재빨리 그들을 위해 등불도 켜주고 차도 우려내었으며 깨끗한 이부자리를 바꾸고 나서야 다시 잠을 청하러 돌아갔다. 청련사태는 의자의 앞서서 한동안 주위를 보고 나서 말했다.

"나는 난생처음 객점에 투숙해 본다고 말하면 당신은 믿을 수 있나요?"

심우가 말했다.

"당연히 믿습니다. 처음으로 투숙해보니 어떠십니까?"

"내가 바로 생각하는 것은 이 방이 비록 누추하지만, 손님들이 고생스럽게 먼 길은 지나는데 이런 곳이 있으므로 한잠 자면서 하루의 피로를 풀 수 있을 것 같아 만족스럽게 여길 것만 같아요. 만약 큰 비바람이 친다고 하면 이런 곳에 몸을 의지하게 되겠죠. 당연히 더욱 만족스러울 것입니다."

심우는 웃으면서 말했다.

"당신의 말은 언제나 삶의 도리가 묻어나고 있습니다. 만약 당신과 함께 오래 있으면 반드시 속세에서 벗어나 고상하고 우아하게 될 것이며 탈속의 경지에 이를 것입니다."

그는 침대를 가리키면서 말했다.

"죄송합니다. 침대가 하나만 있고 또한 다른 한 방을 빌리기에도 확실히 불편하니 그런대로 잠을 청하십시오. 저는 의자에 앉아서 자면 됩니다."

청련사태는 머리를 가로저으며 말했다.

"아니에요. 나는 산속에서 노숙하는 것이 습관이 되었습니다. 왕왕 깊은 산이나 황폐한 사묘에서 홀로 앉아 날을 밝혔기 때문에, 제가 앉아서 자겠습니다."

두 사람은 서로 양보하다가 심우가 먼저 말을 꺼냈다.

"저는 남자인데 어찌 편안히 잠을 자며 여인에게 앉아서 날을 밝히라 하겠습니까."

"당신들과 같이 세속의 예를 따르자면 저는 여인이겠지요."

그녀가 반박했다.

"하지만 제 눈에는 이미 남녀의 구별을 초월했습니다."

"여기는 속세이기 때문에 당신은 우리의 습관을 따라야 합니다."

"그것은 당신의 생각이에요."

그녀는 온화하지만 결의 있는 목소리로 말했다.

"제가 어떤 환경에 처해있든 간에 저는 저일 뿐입니다."

그녀의 태도는 사람으로 하여금 화를 낼 수 없게 했다. 물론 이런 상황을 보면 그들이 서로 조그만 말다툼을 할 수 있었다. 하지만 자세히 들여다보면 그녀에게 이러한 상황을 피할 수 있는 능력을 가지고 있음을 알 수 있었다. 그는 결국 주장을 포기하고 웃으면서 말했다.

"좋습니다. 우리는 마주 앉아 날을 밝힙시다. 그러나 삼 일 뒤에는 양쪽이 다 손해 볼 수 있으니 모두의 정신력과 체력이 모두 크게 소모될 것입니다."

그가 곧 손을 휘젓자 몇 자 밖의 등불이 장력에 의해 꺼져버렸다. 두 사람은 어둠 속에서 퍽이나 오랫동안 앉아 있었다. 청련사태가 말했다.

"심우, 당신은 아직 깨어있나요?"

"저는 아직 잠을 청하지 않았습니다."

"방금 나는 이 객점에서 어떤 분위기를 느꼈는데, 확실히 매우 괴상한 점이 있어요."

"아, 저에게 들려줄 수 있습니까?"

"나는 돌연 생각이 미쳤는데, 우리가 오기 전 이 자그마한 방에 얼마나 많은 사람이 들었었는지 알 수 없고, 사람마다 모두 서로 다른 생각을 가지고 있었겠죠. 그리고 그들이 앞으로 가야 할 길들도 서로 달랐기에 분명 그 결과도 큰 차이들이 있었을 겁니다. 생각해 보세요. 이 어찌

오색영롱한 불길과 같지 않겠습니까. 그런데 삽시간에 그것들이 모두 없어졌어요."

심우가 웃으면서 말했다.

"당신의 말에 저는 일리가 있다고 인정하지만, 저의 생각은 이전에 이 방에 당대에 이름 있는 명숙이 투숙한 적이 있는지, 장래에 우리보다 더 고명한 사람이 와서 투숙할 것인지 등이 궁금합니다."

"고명하면 또 어때요? 모두 거울 속의 꽃이나 물속의 달과 같지 않을까요. 모두 허황한 꿈에 불과하지요."

심우는 대답하지 않았는데 그것은 그가 직접 자목대사의 가르침을 받았으므로 불가의 가르침에 대해 약간의 이해가 있었기 때문에 많은 문제들을 그는 생각해 본 적 있었기 때문이었다. 그가 말이 없자 청련사태도 이내 침묵하였는데 한동안 지나서 심우가 말했다.

"청청, 당신은 침대에서 자는 것이 좋겠습니다."

청련사태가 말했다.

"필요 없어요. 어쨌든 오늘 저녁에는 려사가 우리를 엿보지 않을 것이라 당신이 말했어요."

"나는 다만 짐작했을 뿐 사실상 어떠할지 아직 알 수 없습니다."

"당신의 짐작은 꼭 틀림없어요."

그녀가 말했다.

"다만 이 시각 려사가 무얼 하는지 알 수 없군요."

심우가 말했다.

"그는 아마도 애림을 찾으러 갔을 것입니다. 어, 이상하군. 당신도 말발굽 소리를 들었습니까? 야밤 삼경에 누가 길에서 말을 달리고 있는지?"

청련사태가 귀를 기울였는데 과연 말발굽 소리가 어렴풋이 들렸다. 짐작건대 그 말은 이 객점과 적어도 몇 개의 거리를 사이에 두고 있었다. 그녀는 저도 모르게 웃고 나서 말했다.

"당신은 하찮은 일로 크게 놀라지 마세요. 만약 당신이 려사와 애림과 같은 적수가 없다면, 밤중에 한 무리의 빠른 말이 질주한다 해도 당신은 주의하지 않을 것이에요."

심우가 말했다.

"하지만 애림과 려사는 모두 말이 있는데!"

"그럼 당신이 나가서 한번 보면 되지 않겠어요?"

심우는 생각하더니 말했다.

"이것은 려사의 계책일지도 모릅니다. 다행히 다만 말 한 필뿐이므로 확정할 수 없습니다. 만약 두 필의 말이 이 옆으로 지나가고 또한 헤어져서 달린다면 틀림없이 그의 계책이라는 것을 단정할 수 있습니다."

"어떻게 보고 하는 말인가요?"

"그는 우리가 그와 애림이 만나서 이곳을 지날 것이라고 여기고 있다고 생각하고 있을 겁니다. 물론 우리가 남몰래 나가서 지켜볼 것이라고 짐작할 것이지요. 그때 두 말이 각기 제 갈 길을 달리면 우리 두 사람은 반드시 헤어져 뒤따라가 볼 것이라 생각할 것입니다. 만약 공교롭게 내가 그의 뒤를 따른다면 분명 그에게 손 쓸 기회를 주지 않겠습니까?"

청련사태는 그의 추측을 듣고 저도 모르게 눈이 휘둥그레져 말했다.

"그가 만약 이렇듯 계책을 쓴다면 나는 확실히 탄복하지 않을 수 없어요. 그러나 이 계책에는 하나의 빈틈이 있어요."

"어떤 빈틈이 있습니까?"

"만약 당신이 뒤따른 그 말이 그가 아니고 애림이라면 그 계책은 실패합니다."

"실패하다니요?"

심우가 즉시 말했다.

"만약 제가 그를 만나지 않으면 틀림없이 당신을 만납니다. 이는 그가 바라는 바이지요. 그가 당신을 사로잡는다면 막대한 수확이 될 것이고, 그가 가장 붙잡기를 바라는 사람이 내가 아니고 바로 당신이라고 할 수 있습니다. 다음으로 그도 이 기회를 이용하여 애림을 시험하려고 생각하고 그녀가 그에 대한 태도가 도대체 어떤가를 보려 할 것입니다."

청련사태는 인정하지 않을 수 없이 말했다.

"이 말은 아주 설득력이 있군요. 하지만 우리가 그를 상관하지 않으면 돼요."

말발굽 소리는 점점 가까워졌다. 그 소리는 특별히 가볍고 민첩하게 들렸다. 전문가라면 한 번 듣고도 그 말이 아주 좋은 말임을 알 수 있었다. 돌연 또 말 한 필이 달려왔고, 청련사태는 탁자 위로 손을 내밀어 심우를 밀어버렸다. 뒤에 온 한 필의 말은 먼저 온 말과 회합하였다가 즉시 헤어져 여관에서 멀지 않은 곳에서 제가끔 갈 길을 달렸다. 청련사태는 크게 놀라고 의문을 가지며 말했다.

"당신의 예측과 같이 그들은 과연 헤어졌어요."

"우리가 나가지 않으면 그들의 생각 밖일 것입니다."

거리의 어둠 속에서 흑, 백 두 필의 준마가 만났을 때 백마 위에만 사람이 앉아 있었고, 흑마 위에는 뜻밖에도 타고 있는 사람이 없었다. 백마 위의 기사는 허리를 굽혀 흑마의 머리를 두어 번 살짝 치고는 이어서 말목에 있는 하나의 방울 속에서 한 움큼의 물건을 꺼내 품속에 넣었다. 흑마는 머리를 돌려 곧바로 나아갔고, 백마 위의 기사도 이내 말을 달렸는데 지척에 있는 객점에 대해서는 눈길도 주지 않았다. 이 한 장면은 어둠을 따라 사라져 갔다.

이른 아침의 태양이 온 대지를 비출 때 자운암에서 마구간을 관리하는 한 여승은 애림의 흑마가 뜻밖에도 마구간 밖에서 노닐고 있는 것을 발견하였다. 그녀는 암중에 크게 놀라서 재빨리 그 말을 마구간으로 끌고 갔다. 청련사태가 간밤에 암자에 돌아오지 않았는데, 가장 초조하게 기다리는 사람은 그녀의 형수인 진부인 남빙심이었다. 그녀는 사전에 청련사태가 무엇을 하기 위해 출타하였는지 이미 알고 있었다.

이 시각 그녀가 아직 돌아오지 않자 일이 뜻대로 되었다고 생각하게 되었다. 다만 원수를 이미 갚았지만 청련사태도 원수와 함께 재가 되었을 것이라 생각하고는 저도 모르게 비 오듯 눈물을 흘렸다. 남빙심은 애통하여 오랫동안 울다가 돌연 들어오는 사람이 있는 것을 발견하고 머리를 들고 바라보았는데 암주인 담화사태였다. 그녀는 동시에 지금 이미 점심때가 가까워져 왔음을 발견하였고, 청련사태가 아직도 소식이 없으니 상서롭지 못함은 틀림없었다. 담화사태가 말했다.

"부인은 울지 마세요. 청련사태는 아마도 별일 없을 것이에요."

남빙심은 뜻밖의 상황에 크게 기뻐서 눈물범벅으로 된 얼굴에는 기쁨의 웃음을 띠며 소리쳤다.

"그녀가 돌아왔나요?"

"아니요."

담화사태가 말했다.

"그러나 제가 사람을 파견해서 알아보았는데 어제저녁에는 아무런 일도 발생하지 않았다고 합니다."

"그러나 그녀가 돌아오지 않았는데……."

"내가 그녀에게 아무런 일도 발생하지 않았다고 여기는 것은 전혀 근거가 없는 것이 아니에요. 첫째로 어제저녁 온 성 안에서 폭발로 불이 난 사건이 발생하지 않았어요. 이로 보아 그녀는 독화진을 시전하지 않았어요. 둘째로 그녀가 려사를 기다리려고 매복한 곳을 내가 검사해 보았는데, 독화진을 펼친 흔적을 발견하였지만 그 진은 이미 거두어졌고, 잘 정리정돈되어 조금도 흐트러지지 않은 것으로 보아 그녀가 억압을 받아 진을 거두었거나, 그것으로 려사를 막지 못했기에 스스로 진을 거두었을 것이에요."

"그렇다면 그녀는요?"

"계속 들어보십시오. 셋째로는 어제저녁 한 객점에서 두 남자와 한 여인이 다투는 소리를 들은 사람이 있었는데, 더욱이는 나중에 한 남자가 떠나갈 때 화를 내면서 말을 남겼는데 삼 일 이후의 약속을 정한 것 같아요. 그 뒤 일남일녀가 종적을 감추었으므로 원래의 두 명의 손님도 사라졌어요."

"원래의 손님들이 어떤 사람들인지 당신이 조사하셨습니까?"

"그들은 모두 사천 흑도에서 아주 유명한 인물로 꽤나 세력이 있고, 점원도 그들을 알고 있었어요. 때문에 저의 생각에는 그들이 한 여인을 위하여 다투었고, 원래 이 두 사람의 내력으로는 청련사태와 연관될 수 없었는데, 절묘하게도 그녀가 바로 실종됐고 또한 무공이 높아 담을 뛰어넘고 지붕에 오를 수 있는 여인은 필경 많지 않다고 생각됩니다. 따라서 저의 생각에는 그녀도 멀리 갔다고 할 수 없어요."

"그럼 그녀는 어디로 갔을까요? 왜 돌아와서 알리지 않나요?"

"그녀의 행방을 조사해내지는 못하였어요. 그것은 당신도 알다시피 그녀는 이미 세속의 부인들의 복색을 갖췄기 때문에 알아내기가 쉽지 않아요. 그러나 려사의 행방은 발견했어요."

"정말입니까? 그는 어디에 있나요?"

"그는 서문西門의 안려객잔安旅客棧 동쪽 사랑채를 홀로 투숙해 있습니다. 소식에 의하면 그의 신변에는 백색의 말 한 필만 있을 뿐이에요."

남빙심은 몸을 떨더니 말했다.

"그것이 갈기가 붉은 백마인가요?"

"그런 것 같아요. 아, 그것이 연성보의 준마인가요?"

"그래요."

남빙심은 돌연 한 가지 생각이 떠올랐는데 조용한 말투로 말했다.

"괴상한 것은 청련사태가 도대체 어디로 갔는가 하는 것입니다."

"우리는 인내심을 가지고 기다릴 수밖에 없어요. 아마 사흘이 더 지나면 그녀가 나타날 것이에요."

담화사태는 그녀의 정서가 고요하게 회복된 것을 보고는 안심을 하며 그녀와 잠시 몇 마디 이야기를 나눈 뒤 곧 선방禪房으로 돌아갔다. 남빙심은 그녀가 나가자 즉시 화장을 시작하고 각종 준비를 하였지만 그 어떤 행동도 하지 않았다가 황혼이 물들 즈음에 살그머니 자운암을 떠났다. 그녀는 곧장 성 서쪽을 향해 걸었고 오래지 않아 목적지에 이르렀는데 바로 그 그럭저럭 쓸 만한 여관이라고 할 수 있는 안려객잔이었다. 그녀는 바로 객잔에 들어서더니 동쪽 사랑채로 향했다.

객잔의 주인과 점원은 그녀가 자신들에게 묻지도 않으니 그녀가 투숙한 손님과 약속이 있어 왔다고 여기고는, 그녀를 가로막고 쓸데없이 묻지 않았다. 남빙심은 정원에 들어선 뒤 머리를 정돈하고 의복을 다듬고서야 바로 큰 채에 다가가서 문에 걸린 발을 열어젖히고 방 안을 들여다보았다. 첫 번째 방은 사람 하나 없이 조용하였고, 두 번째 방에 갔을 때 방 안으로부터 려사의 목소리가 들려왔다.

"당신은 취환翠環이라고 하는 낭자가 아닙니까?"

"맞습니다."

그녀는 교태를 부리면서 대답했다.

"어르신 혼자 계시나요?"

"저 혼자입니다. 어서 들어오십시오."

남빙심이 걸어 들어갔는데, 려사는 몸에 딱 붙는 간편한 장속을 하고는, 한가한 태도로 의자에 앉아 있었다. 그는 몸을 일으켰는데 그 행동은 대범하고 자연스러웠다. 남빙심은 속으로 중얼거렸다.

'만약 내가 복수를 위해 오지 않았다면 아마 이 남자를 좋아할지도 모른다.'

그녀는 이 남자의 매력을 인정하지 않을 수 없었지만 그가 풍도와 매력을 갖추고 있어 그녀가 일을 처리하기에 용이한 점이 있었다. 그녀는 반드시 그에게 접근하여야만 손 쓸 기회가 있을 수 있다. 만약 그가 진저리나는 사람이라면 남빙심이 교태를 부릴 때도 태도가 자연스럽고 열렬하도록 보이기 어렵기 때문이다. 지금 그녀는 먼저 자기가 이 남자를 좋아하는 듯이 보이게 하여, 진심으로 그에게 교태를 부리고 유혹함으로써 접근하려는 것이다.

이런 목표를 달성하려면 아주 자연스럽고 열정적인 태도를 가장하지 않으면 안 되었다. 남빙심은 진심으로 이 남자를 좋아해야만 그녀가 추진하려는 행동이 순리롭게 진행되리라는 것을 생각지 못했고, 또한 반대되는 방향으로 발전할 수 있다는 가능성에 대해서는 더욱 생각지 못했다.

남빙심은 려사를 죽여 남편을 위하여 복수할 목적을 이룰 수 있는 유일한 방법이 그녀의 미모를 이용하여 이 남자에게 교태를 부리며 접근하는 것이며, 필요할 때에는 설사 몸이라도 바쳐야 한다는 것을 알고 있었다. 그녀가 려사와 접근할 때를 기다리면 자연적으로 많은 기회가 생길 것이며 그녀가 감추고 있던 작은 독칼로 그를 찔러죽일 수 있을 것이다.

앞에서 말한 바 있지만 남빙심은 원래 엄숙하고 정숙한 여인으로 타고난 미모 외에도 온 천부적인 재능을 간직한 여인이었다. 하지만 그녀가 만약 려사와 만났는데도 그의 면모에서 꺼림칙함을 느끼며, 대화에서도 무미건조하다면, 그녀가 교태를 피우고자 함에도 양심을 숨기고 억지로 가장하는 느낌을 주게 되어 매우 자연스럽지 못할 것이다.

하지만 그녀가 상대방의 풍채와 언변이 모두 매우 뛰어나다고 느끼고 좋아하는 감정을 가진다면, 그에게 접근하려고 할 때 억지로 할 필요가 없기 때문에 그 감정이 열정적이며 진지하게 나타날 것이다.

이런 상황은 그녀가 상대방에 접근하려는 바람에 많은 도움을 줄 수 있을 것이고, 성공할 기회를 더욱 증가시켰다. 하지만 반대로 그녀가 려사와 교제하는 과정에서 진실한 사랑을 느끼게 된다면 그때는 그녀에게 복잡한 상황이 발생하는 것으로 더욱 상대방에게 접근할 수 없게 되는 것이다. 물론 그녀는 이런 여러 가지 문제를 생각하지 않았고 마음속에는 복수하려는 생각뿐 다른 생각은 없었다.

려사는 아주 흥미를 가지고 그녀를 바라보았고, 아무런 거리낌도 없는 눈길로 그녀를 훑어보았는데 그녀를 감상하는 모습이었다. 남빙심이 말했다.

"저더러 앉으라고 하지도 않나요?"

려사는 다급히 말했다.

"앉으세요. 앉아. 당신이 갑자기 찾아온 것이 저에게는 지나친 영광이었기에 깜빡 잊고 인사를 잊어버렸습니다."

남빙심은 살며시 자리에 앉으며 말했다.

"려대야는 매우 이상하다고 생각하나요?"

려사가 말했다.

"확실히 뜻밖이지만 걱정하지 마십시요. 저는 쉽게 정을 주는 사람도 아니고, 또한 쉽게 허튼 생각을 하지도 않습니다."

남빙심은 방긋이 웃으면서 말했다.

"아주 좋군요. 천첩이 한 번 보고도 당신이 세속의 예의에 구애됨이 없이 신념대고 행동하는 사람임을 알았으며, 모든 행위가 평범한 사람과는 다르다고 생각해요."

"만약 당신이 바쁘시지 않는다면."

려사가 말했다.

"제가 친히 차를 끓여 아름다운 초대받지 않은 당신을 초대하면 어떻겠습니까."

"너무 좋군요. 그런데 려대야께서는 어떤 좋은 차로 손님을 초대하겠어요?"

"원래 당신도 차에 일가견이 있나보오."

려사는 기쁜 기색을 노출하고 말했다.

"저의 행랑에 산지가 서로 다른 두 가지 좋은 차가 있는데 당신께서 어느 차를 드시고자 하실지 모르겠습니다."

남빙심이 말했다.

"두 가지는 어떤 차인가요?"

"하나는 호주湖州 고저顧渚에서 나는 자순紫筍이고, 또 다른 하나는 회규會稽의 일주日鑄입니다."

남빙심은 웃으면서 말했다.

"아무거나 다 좋습니다."

려사는 이맛살을 찌푸리고 말했다.

"당신의 어투를 들어보면 이 두 명차를 모두 마지못해 마신다는 것 같군요?"

남빙심이 말했다.

"만약 평소라면 한가하고 편안한 화창한 날씨에 주인이 내놓은 두 명차를 끓여 마신다면 그것은 분명 신선과도 같이 정취情趣가 넘실거리는 듯할 겁니다. 천첩이 어찌 이 두 가지 희귀한 명차를 얕볼 수 있겠어요?"

"그러나 지금은 한가하지도 편안하지도 않으며, 화창한 날씨도 아니기 때문에 당신의 생각은 그렇지 않다는 것이겠지요?"

"그래요."

남빙심이 말했다.

"지금 객잔에서 우연히 만나 서먹서먹한데 적당히 육안차六安茶라도 끓여 마신다면 답답함과 피로를 풀 수 있을 겁니다."

려사는 저도 모르게 '픽' 하고 웃고 말했다.

"원래 그런 의도였군요. 저는 자순과 일주차가 마시기에 족히 부족하다고 여기시는 줄 알았습니다."

남빙심이 말했다.

"고제의 자순은 천하에 유명하며, 구양수歐陽修는 일주가 제일이라고 말했는데 천첩이 어찌 이 두 가지 명차를 얕볼 수 있겠어요. 그런데……."

려사가 말했다.

"그런데 어떻단 말입니까?"

남빙심이 말했다.

"그런데 만약 좀 엄격하게 말하자면 무이武夷 우전雨前을 포함하여 천하 명차라도 우리 성의 아주雅州 몽산蒙山 정상에서 생산되는 전하제일 산아석화散芽石花에 미치지 못해요."

려사는 그녀의 말을 듣고 모든 것이 다 이치에 맞아 그녀가 분명 진정한 차 전문가이므로 감히 주장할 수 없어 말했다.

"제 기억에는 천하에서 가장 좋은 차는 작설빙아雀舌冰芽라고 알고 있는데, 당신께서는 어찌하여 몽정석화蒙頂石花가 천하제일 명차라고 하십니까?"

이 말은 가르침을 받으려는 뜻이 있었으므로, 언사도 아주 성실한 면이 있었다. 남빙심이 말했다.

"려대야의 말이 틀림없어요. 그 작설빙아는 확실히 아주 좋은 품종일 뿐만 아니라 조사漕司, 세금을 조달하는 관청에서 진상품으로 조정에 올려보냈다고 하지만 사실상 그때는 송나라 때였고, 지금은 대명 조정이 차에 대하여 매우 정진하여 그 풍미가 서로 다름이 있기 때문에 천첩은 감히 몽

정화석이 천하제일이라고 추천하는 바입니다."

그녀는 잠깐 멈췄다가 또다시 말했다.

"그 작설빙아는 가장 좋은 세아細芽 중에서 엄격하게 선별하고, 그곳에서 단지 한 줄기 잎을 뽑아 진귀하고 정결한 그릇에 넣고 맑은 샘물에 담그면 눈부신 은실과 같습니다. 당시 한 과誇의 가격이 사십만 전에 달하였다고 합니다. 려야도 알고 계시듯이 한 과로는 몇 잔밖에 우려낼 수 없는데 그 값을 논한다면 확실히 대적할 것이 없지요."

려사가 말했다.

"이처럼 값비싸고 정선된 명차가 다른 차보다 그 맛이 못하겠습니까?"

"그런 것도 아니에요."

남빙심이 말했다.

"송나라 때 차에는 용뇌龍腦 등 많은 명차들이 있었지만 그런 찻잎들은 모두 본디 향이 없어지고, 작설빙아도 먼저 물에 담가 사실상 진정한 맛이 사라지므로 후세의 명가들도 모두 그 맛과 향을 알 수 없다고 느꼈어요."

려사는 이때에야 문득 깨닫는 바가 있어 말했다.

"그것은 다만 서로의 입맛이 다르기 때문입니다. 저의 생각에는 선대의 차 제조법이 지금에 미치지 못하기 때문이 아닐까요."

그는 앞의 미녀를 뚫어지게 바라보았는데, 그녀를 다시 가늠해 보는 것 같았다. 남빙심이 웃으면서 말했다.

"당신은 아마도 이상하다고 여길 것입니다. 천첩과 같은 미천한 출신이 어떻게 차에 대해 이리 많이 알고 있는지?"

려사가 말했다.

"당신이 이미 성도에서 문장으로 이름난 기녀이니 차에 대해 알고 있는 것이 어찌 이상하다고 할 수 있겠습니까?"

그는 주머니에서 주먹 크기만 한두 개의 백석으로 만들어진 원구관圓口罐을 꺼내고는 말했다.

"이것이 자윤과 일주인데 항아리의 마개를 덮었음으로써 그 향기가 새어 나오지 못합니다."

남빙심은 하나의 관을 받아 마개를 열고 조금 손바닥 위에 쏟아 놓고 자세히 살펴본 뒤 조심스럽게 냄새를 맡고는 찬탄하였다.

"이것은 호주湖州 고저顧渚 자순紫筍으로 정말 좋은 차입니다. 애석하게도 적합한 다구가 없고, 또한 이곳에 좋은 샘물도 없어 맛볼 수 없어요."

려사가 말했다.

"당신은 너무 완고하지 않으셨으면 합니다. 매양 모두 철저하게 추구한다면 아마도 한평생 열 차례도 마실 수 없을 것입니다."

남빙심이 말했다.

"그러니 느끼함을 제거하고 소화를 도와주는 육안차라든지 아무 곳에서나 끓일 수 있고 갈증을 풀 수 있는 차를 마시면 됩니다. 하지만 이런 좋은 차는 그럴 수 없지요."

려사는 어깨를 으쓱거리고는 말했다.

"마음대로 하십시오. 당신은 차를 제외하고 또 무엇에 정통하십니까?"

남빙심은 그에게 달콤한 웃음을 보내면서 말했다.

"천첩은 비록 먹고 마시고 노는 여러 가지에 대해 적지 않게 알고 있지만 정통한 것은 없다고 할 수 있고 다만 남자들의 시중을 드는 데에 상당한 배움이 있어요."

려사의 눈에서 이글거리는 빛이 스쳐 지나더니 말했다.

"내가 시험할 자격이 있겠습니까?"

남자들을 시중한다는 이 말은 많은 속내를 가지고 있어 사람들로 하여금 제멋대로 생각하게 할 수 있었다. 남빙심이 말했다.

"만약 려대야께서 싫어하지 않으신다면 천첩은 즐겁게 따르겠어요."

려사는 단도직입적으로 솔직하게 물었다.

"그럼 당신은 먼저 무엇을 하겠습니까?"

남빙심은 비록 이런 일을 전문적으로 배운 적은 없었지만 그녀가 진백위에게 시집간 뒤 두 사람의 감정이 잘 어울렸기 때문에, 그녀도 일심전심으로 진백위를 시중들었다. 다시 말해서 그녀는 경험이 있는 사람이라고 말할 수 있었고, 더군다나 매우 총명하고 아주 재치가 있었으므로 정말로 상당한 체험이 있다고 할 수 있었다. 그녀는 뜻깊은 웃음을 웃으면서 말했다.

"상공相公, 말씀을 어디에서부터 시작할까요? 당신은 꼭 며칠 동안 몸소 체험하여야 알 수 있을 것 같군요."

"이것을 가리켜 모든 것이 말 속에 있는 것이 아니라는 것입니다."

"지극히 옳습니다."

남빙심이 말했다.

"남녀지간의 일을 어찌 적나라하게 밝힐 수 있겠나요?"

"그럼 당신의 뜻은 나와 함께 있기를 바란다는 것입니까?"

"그래요."

남빙심이 말했다.

"상공께서 만약 불편하지 않다면 천첩이 남아 상공과 동반하겠어요."

려사가 말했다.

"물론 좋습니다. 제가 불편하지는 않지만 원래 즉시 이곳을 떠나려고 작정한 바 있지만, 당신이 원한다면 잠시 머물겠습니다."

남빙심이 말했다.

"천첩이 상공을 따라 함께 가도 좋습니다."

"아닙니다."

려사는 머리를 가로저으며 말했다.

"여정을 떠나면 이곳저곳 떠돌아다니면서 갖은 고생을 하게 됩니다. 어디 편안함과 정취가 있겠습니까?"

남빙심은 그가 이미 대답한 것을 보고 마음속으로 기뻐하였고, 늦어도 내일 저녁에는 그를 죽일 수 있는 기회가 꼭 있을 것이라 생각했다. 두 사람은 또 적지 않은 이야기를 나누었고, 려사는 갈증이 난다고 말하고 좋은 차를 마셔야 한다고 주장했다.

남빙심은 하는 수 없이 점원더러 다도구를 사오라고 분부함과 동시에 값이 비싸도 아끼지 말고 백자로 만든 작은 잔을 찾아 사오라고 하였다. 화로 등의 물건도 중시하는 것이 있었지만, 이것을 제외하고도 차를 우리는 물을 끓이는 숯마저도 좋고 단단한 나무를 구워 만든 숯을 골라야 했다. 그녀는 려사에게 알려주었다.

"물 끓이는 것도 매우 중요하기 때문에 탕후湯候라고 부르는데, 반드시 급히 끓여 물이 쉽게 비등하도록 하여야 하고, 빠를수록 묘함이 있습니다. 만약 불길이 세차지 않고, 물을 끓일 때 오랜 시간이 흐른 뒤에 끓기 시작하면 이 물은 이미 노숙혼돈老熟昏鈍이 되어 버릴지라도 다시 끓여야 하고, 만약 빨리 끓으면 이물은 선눈풍일鮮嫩風逸하여 특출하게 됩니다.

단단한 나무로 만든 목탄은 불길이 세차므로 반드시 이것으로 불을 지펴야 합니다.”

려사가 말했다.

“하지만 물을 끓일 때 지나치게 끓이면 안된다고 들었는데 만약 불길이 세다고 한다면 눈 깜짝할 사이에 끓어버릴 것인데 오히려 좋지 않은 효과를 발생시키지 않겠습니까?”

“상공은 하나만 알고 둘은 모르십니다. 물론 물이 너무 끓으면 그 차의 향기가 흩어져요. 하지만 전문가들은 소리가 나면 즉시 덮개를 열고 물이 끓는 정도를 관찰하는데 기포가 떠오르는 것을 전문가들은 해안 蟹眼이라고 부르고, 그 뒤 수면에 약간 물결이 일어날 때 그 물을 사용해요. 그렇지 않으면 아주 빨리 부글부글 끓어 버려 물 끓는 소리마저도 없어요. 이때 물은 너무 끓어서 쓸 수 없게 됩니다.”

그녀는 침착하고도 태연하게 말했는데 아주 깊이가 있고 미묘했으며 능숙했다. 려사는 크게 기뻐 말했다.

“당신을 만났기에 이런 복을 만난 것 같습니다.”

그는 즉시 은자를 꺼내어 다점에서 꼭 노력과 자금을 아끼지 말로 남빙심의 말에 따라 물건들을 갖추라고 분부하였다. 그들은 객점 안에서 오후 내내 차를 음미하면서 즐겁게 이야기하였는데 아주 잘 어울렸다.

어느덧 저녁때가 되었다. 이 사이에 심우와 청련사태는 두 번이나 이 객점의 문어귀를 지난 적이 있지만 려사와 남빙심 두 사람이 차를 마시는데 몰두하여 출입하지 않았으므로 서로 만날 수 없었다.

심우와 청련사태는 이날 오전에 여관에서 운공 조식하면서 힘을 비축하여 두었다. 점심때가 지나서 두 사람은 멍하게 그냥 있는 것이 좋은 방법이 아니라고 느꼈기 때문에 잠시 의논하고 나서 서로 성 내에 들어가서 돌아보기로 결정했다.

그들은 한동안 거리를 돌아다니다가 또 교외로 나갔다. 사천은 천부지국天府之國으로 불렸는데, 토지가 비옥하여 오곡도 기름지고 맛도 좋았다. 또한 교외의 언덕과 골짜기에도 수림이 무성하여 온통 푸르렀다.

심우와 청련사태는 산에 오르고, 물가에 이르렀으며 마음껏 바라보면서 흉금을 털어놓아 마음이 아주 후련해졌다. 그들은 모두 상승의 무공을 닦은 지사로 얼마든지 체력이 있어 산을 넘든 물을 건너든 물론하고 피곤을 느끼지 않았다. 경치를 감상하려면 마음이 있어도 힘이 부족한 것이 가장 두렵지 않은가. 어떤 사람들은 절승지를 찾아 유람하며 경치 감상하기를 매우 즐기지만 선천적으로 체질이 약하고 후천적으로 훈련이 되어 있지 않아 쉽게 피로하고 지탱하지 못한다. 피곤하게 되었을 때에는 설사 천하에서 가장 아름다운 풍경이 있다 해도 넉넉하게 감상할 수는 없는 것이다.

그들은 체력이 뛰어난 것 외에도 청련사태의 속세를 벗어난 우아한 기질과 단아한 아름다움이 넘실거리는 이야기가 있었다. 이것들은 심우로 하여금 봄바람으로 시원한 목욕을 하는 느낌을 주었다.

하지만 청련사태는 이 청년을 두려워하는 것 같았다. 처음에는 심우의 의젓한 풍도와 너그럽고 인자하며 정겨운 성미를 아주 좋아하였다. 또한 심우의 생각은 왕왕 평범한 가운데 깊은 뜻을 함유하고 있었는데 사람으로 하여금 진심으로 경탄하고 흠모하는 특질을 가지고 있었다. 때문에 그녀는 비록 처음에는 마음에 꺼릴 것이 없었고 이 남자를 이성으로 여기지 않았다. 그녀 스스로도 여인으로 생각하고 있지 않았지만 그의 흡인력이 남자의 매력을 이루어 그녀는 내심으로부터 자신도 한 여인임을 각성하기 시작한 것이다. 그뿐만 아니라 그녀는 상대방의 눈길에서 스스로가 아주 사람의 마음을 움직이는 여인임을 깨달았는데, 이러한 점은 그의 말과 태도 중에서 알아차릴 수 있었다.

저녁이 되어 그들은 여관에 되돌아왔다. 그때에는 비록 손을 잡지는 않았지만 수시로 어깨를 나란히 하고 걷고 있어, 여간 친밀하게 보였으며, 사람들도 그들이 보통의 관계가 아닐 것이라 여기게 하였다.

객점에 돌아와서 서로 제각기 목욕하고 옷을 갈아입은 뒤 함께 나가서 식사를 하기 위해 식당으로 들어갔다. 심우는 몇 가지 간단한 요리를 주문하였는데 그중 두 가지는 채소 요리로 청련사태를 위한 것이었다. 청련사태가 웃으면서 말했다.

"생각 밖으로 당신은 매우 살뜰히 보살펴주는군요!"

그녀는 이 말을 끝내고는 즉시 후회하였다. 그것은 이 말이 분명 상대방을 놀리는 것이었지만, 그에게 남녀지간의 관계를 생각하게 했기 때문이었다. 심우는 오히려 별다른 생각이 없이 말했다.

"저는 확실히 다른 사람을 아주 살뜰하게 돌보아 줍니다. 애석하게도 저의 운명은 기구하여 오늘까지도 친근한 벗 하나도 곁에 없습니다."

청련사태가 이때 키득거리면서 웃었는데 심우는 의아해하며 물었다.

"제 말이 틀렸습니까?"

"아니에요."

그녀는 그냥 키득 거리고 있어 귀밑머리 몇 가닥이 가볍게 날려 귀여운 모습을 더욱 돋보이게 하였다.

"당신의 말이 틀림없지만 저는 갑자기 한 가지 일을 생각하고 웃음을 참을 수 없었는데 정말 실례했습니다."

"당신이 생각한 재미있는 일을 저에게 들려줄 수 있습니까?"

"원래 나는 당신을 위로하려고 말하려 생각했어요. 비록 지금 당신의 처지는 슬프다고 할 수 있지만 고생 끝에 낙이 온다고 나중에는 많은 친구를 사귈 것이고 친근한 벗도 생길 것입니다. 때문에 지금 비록 상당히 슬프다고 하지만 좋은 일은 향후에 있을 것인데 당신의 마지막 한마디가 나의 웃음을 일으켰어요."

심우가 말했다.

"저는 확실히 너무 미련합니다. 그것은 내가 당신의 말을 전혀 알아듣지 못했다고 하면 못 알아 들은 것은 아닌데, 그 말 속의 뜻을 알지 못하겠습니다."

"나는 이틀 전에 도려道侶 한 분과 이야기를 나누었는데, 그녀는 북방인으로 아마도 하남河南 사람일 것이에요! 그녀는 나와 한 가지 일을 이야기하였는데 나중에는 속담 한마디를 말하였지요. '수레 앞에 한 할머니가 앉아 있어요.'라고 말했는데 저는 아주 어리둥절했습니다. 그녀가 해석하기를 이 말의 뜻은 좋은 것이 그 뒤에 있다는 것이었어요."

심우는 어깨를 으쓱거리면서 솔직하게 말했다.

"나는 아직도 모르겠습니다."

"그 도려가 해석한 바에 따르면 북방에서는 딸자식이 시집갈 때 문을 나서면 마차를 타는데 할머니가 앞에 앉기 때문에 사람들은 '수레 앞에 할머니가 앉는다.'고 말한다고 합니다. 바로 뒤에 나이 젊은 예쁜 색시가 앉아 있기 때문에 보기 좋은 것이 뒤에 있다는 뜻이에요."

심우는 그녀가 방긋이 웃고 재미있어 하는 것을 보고 저도 모르게 홀가분하게 웃으면서 말했다.

"어리둥절했는데 그런 속담이었어요."

그의 눈길이 갑자기 날카롭게 굳어지면서 청련사태의 얼굴을 주시하였다. 그나마 아주 짧은 시간이었지만 눈앞의 아름다운 이 젊은 여인이 그로 하여금 아주 두렵고 불안하였으며 마음까지 약간 떨리는 것을 느꼈다. 심우는 서서히 말했다.

"생각 밖으로 당신과 같은 세외고인이 보통 사람보다 더욱 재미있고 대범합니다."

"이러면 좋지 않은가요?"

그녀가 다급히 물었다.

"나는 반드시 정중해야 하고 함부로 말하고 웃으면 안 되나요?"

"아, 사람은 그래도 사람입니다. 당신이 비록 부처님으로 되려 하지만 아직은 부처님이 아니기 때문에 아직 인간의 본성이 없어지지 않았습니다. 다시 말해서 나는 좋지 않을 것이 없다고 여깁니다."

청련사태는 기꺼이 말했다.

"당신이 나를 빈약하고 속된 여인으로 보지 않은 데 대해 나는 매우 감격해 마지않습니다."

심우는 무엇인가 생각이 있는 듯 대답했다.

"그럴 수 없습니다. 당신의 탈속한 고상한 기질은 사람들로 하여금 피곤함을 모르게 합니다. 이러한 반려를 상대할 수 있다는 것은 저에게 감격스러운 것입니다. 감사해야 할 사람은 저이지 당신이 아닙니다. 당신이 저를 아주 친한 사람으로 대해주시고 거리끼는 것이 없으니 제 평생 이런 기우가 처음이 아닌가 합니다."

청련사태가 말했다.

"인생의 만남은 아주 기묘하여 헤아릴 수 없다고 생각합니다. 마치 우리 두 사람과도 같이 근본적으로 같이 있을 수 있다는 것을 전혀 믿을 수 없었는데 뜻밖에도 우연한 만남으로 옛친구와도 같이 되었네요."

심우도 진지하게 대답했다.

"저도 그런 느낌입니다."

그는 정기있고 온화한 눈길을 상대방의 얼굴에 쏟아 부으면서 또 말을 이었다.

"저는 당신이 말을 할 때 속담을 인용하는 것이 참 좋습니다. 그것은 정말 당신을 생기있게 해줍니다."

청련사태는 참지 못하고 말했다.

"좋기는 하지만 당신은 저를 좋아하면 안 됩니다."

심우는 이 말에 내심 놀랐다. 이어서 그녀의 뜻을 이해하고는 머리를 가로저으면서 말을 이었다.

"저의 말은 전부 내심으로부터 나왔고 한마디 한마디가 사실입니다."

"그렇다면 더욱 좋지 않아요."

청련사태가 말했다.

"당신이 방금 저에게 세속적인 면이 아직 없어지지 않았다고 했는데, 이는 출가인으로 말하자면 아주 좋지 않은 것입니다."

요리가 들어왔기 때문에 그들의 이야기는 도중에 오랫동안 끊어졌다. 식당 심부름꾼이 간 뒤 심우가 말했다.

"드십시오. 이런 문제는 향후에 다시 이야기합시다."

청련사태는 일시에 상대방의 마음을 상하게 하지 않았는지 몰라 즉시 불안해하며 고개를 숙이고 밥을 먹었다. 한참 지나서 심우가 말했다.

"당신은 기분이 좋지 않으십니까?"

"저요. 아, 아닙니다."

그녀는 고개를 들고서 본능적으로 여성스럽게 웃음을 지으며 말했다.

"저는 당신의 기분이 좋지 않다고 느꼈는데요?"

"저도 그렇지 않습니다."

청련사태는 또 고개를 숙이고 밥을 먹었고 심우는 이미 두 그릇이나 들었는데도 거의 다 말끔히 먹어버렸다. 그의 식사량이 이상하다고 할 수 없었지만 청련사태는 오히려 아무리 보아도 눈에 거슬리지 않았고 다만 그와 함께 있으면 구미가 더 당기는 것 같았다. 그녀는 계속 평소의 식량을 유지하여 두 그릇 먹은 뒤 더 먹으려 하지 않았다. 심우는 조금도 사양하지 않고 한 그릇을 더 먹었다. 청련사태가 물었다.

"당신의 식사량이 줄곧 이렇게 좋았나요?"

심우는 머리를 가로저으며 말했다.

"그렇지 않습니다. 어느 시간에 먹는지, 어떤 사람과 같이 먹는지를 보아야 합니다. 이전에는 세 그릇을 먹었는데 두 그릇을 먹을 때도 있었습니다. 제가 먹지 못하는 것이 아니라 먹고 먹다가도 갑자기 식욕이 사라져 더는 먹지 않게 됩니다."

청련사태는 그를 눈여겨보았는데, 그녀 정기있는 눈에서는 싸늘하다가도 열렬하고 열렬하다가도 싸늘한 기색이 노출되었다. 이로 보아 그녀의 마음속의 정서가 아주 격렬하게 움직이고 있음을 알 수 있었다. 심우도 이를 발견하고 의아해서 말했다.

"어찌 된 일인가요?"

제 15 장

度春育枕下藏毒刀

춘색 가득한 침상 아래
독도毒刀를 감추다

청련사태가 머리를 가로저으면서 말을 하지 않았다. 심우가 말했다.

"저를 알게 된 것이 당신에게 번뇌가 되었습니다."

청련사태가 말했다.

"그래요. 특별히 오늘 유람하고 돌아온 뒤에요."

심우가 말했다.

"나는 정말 알 수가 없습니다."

단장한 청련사태가 너무도 아름다웠지만 심우는 그녀의 아름다움을 기리고 찬탄할 뿐 음탕한 욕망을 품지 않았다. 심우가 음탕한 생각을 품지 않은 가장 중요한 까닭은 자목대사의 제자로 불교 사상의 감화를 받아 불문 제자들에게 특별한 존경과 애호하는 마음을 품고 있었기 때문이었다. 따라서 심우는 절대로 청련사태를 보통의 여자와 같이 대하지 않았다.

심우는 청련사태가 수양을 시작한 지 오래되었기에 무릇 마음속 번민이 사라져가고 생각했으며 어찌 남녀 간의 정이 존재할 수 있는가 생각했다. 따라서 심우는 청련사태의 말에 대해 그 방면으로 생각할 수 없는 것은 아니었지만 그렇게 생각하려 하지 않았으나, 망연자실 곤혹 속에 빠지게 되었다. 청련사태는 이런 것을 모르고 말했다.

"정말 모르시나요?"

심우가 말했다.

"예, 그렇습니다."

심우는 만일 다른 여인이 이렇게 말했다면 자신이 바보가 아닌 이상 알아들었을 테지만 청련사태의 경우는 다를 것이라 생각이 미쳤다. 청련사태가 말했다.

"좋아요. 당신에게 알려주겠어요. 오늘 유람이 불문 제자에게 죄가 된다고 해도 저는 무척이나 즐거웠어요."

심우가 말했다.

"불교에서 소중히 여기는 것이 육근청정六根淸靜과 칠정육욕七情六慾을 버려야 하는 것일 테지요. 그런데 당신은 즐겁다고 하니 청정한 선심禪心에 해가 되어 번민꺼리가 되는 것은 아니신지 모르겠습니다."

"분명히 아닙니다."

청련사태는 조금은 부끄러운 나머지 노한 듯이 말했다.

"당신이 제게 스스로가 여자임을 느끼게 하였는데, 이것이 저에게 최대의 번민이라 할 수 있습니다."

심우는 가슴이 떨려 대답할 수 없었다. 청련사태가 말했다.

"나는 원래 남자와 같이 있어도 장애됨이 없이 자연스러웠고, 종래로 스스로 여자라고 생각해 본 적이 없었어요. 하지만 당신과 같이 있으니 오히려 나 자신이 여자라고 느껴지니 어찌 두렵지 않겠어요?"

심우는 매우 두렵다는 것을 마음속으로 시인하였는데 그녀가 말을 꺼내지 않으면 몰라도 이렇게 속내를 드러내자 그녀를 여자로밖에 볼 수 없었다. 천하에서 남자가 여자를 볼 때 특별한 상황, 예를 들면 지치거나 늙었거나 몸에 장애가 있는 것을 제외하고 얼마간이라도 색정적인 의미가 포함되지 않은 것이 없었다. 색정이란 단어는 듣기엔 거북하나 사실은 언제나 사실인 것이다. 우주 속에서 이성이 서로 끌리는 원칙에 기초하면 원래 천성에 부합하는 현상인 것이다.

이런 색정적 의미가 적당한 제어를 받거나 혹은 더욱 높은 정서 예를 들면 우정, 인애仁愛 등으로 승화되면 진부한 것이 신기한 것으로 변하고, 고귀하고 위대한 지조로 완성된다. 결국 남자가 여자를 볼 때 그 인상은 언제나 먼저 무의식적인 정욕을 통하여 시작되어, 그 후 다른 정조情操로 귀속하게 된다. 엄격하게 말하자면, 이렇게 되어야 정상이라고 할 수 있다. 아울러 이것은 남자가 한 여자를 대하는 태도를 결정한다. 단지 행위와 태도에서 실수가 없으면 아마도 정인군자라고 할 수 있다.

심우는 현재 청련사태에 대한 태도와 행위에 있어 실수는 없었다. 비록 그가 이미 보통 여자들을 대하는 심정으로 이 여승을 대하고 있지만 색정을 함유한 눈길로 여인을 보는 것은 지금으로서는 죄악도 과오도 아니라고 할 수 있었다.

이러한 이론은 이전에 어떤 사람이 말한 적이 있었다. 모처의 성황묘 앞에 대련에도 이러한 글이 쓰여 있었다.

百行孝爲先, 論心不論事, 論事貧家無孝子。
萬惡淫爲首, 論事不論心, 論心終古少完人。

모든 행동百行에는 효孝가 우선이고, 마음을 논論心하고 일을 논論事하지 않는다.

일을 논한다면 가난한 집에 효자가 없게 된다.

모든 악萬惡에는 음淫이 으뜸인데, 일을 논하고 마음을 논하지 않는다.

마음을 논한다면 영원토록 완전한 사람은 거의 없다.

대련중 아래 연에서는 음행의 죄악을 논함에 있어 음행을 범하였는가 하는 것은 실제 범한 사실이 있는 가의 문제이지 마음속에 그러한 생각을 품은 것에 대해서는 묻지 않고 있다. 다시 말해 남자가 마음속으로 여자에 대해 본분에 맞지 않은 생각이 있더라도 실제로 범하지 않았다면 죄과가 있다고 말할 수 없는 것이다.

만약 생각만으로도 죄악이라면 고금 세상에는 인격을 완전히 갖춘 사람은 없을 것이다. 그러나 심우의 상황은 이와는 달랐다. 그는 본래 불교의 계를 어길까봐 두려웠기 때문에, 청련사태가 자기를 여자로 대해주기를 바랬지만 그는 거절할 수밖에 없었다. 하지만 상대방이 먼저 남녀의 구분을 지었기에, 그는 그녀를 여인으로 인정할 수밖에 없었다. 심우는 한동안 침묵하고 있다가 갑자기 자신감을 갖고 미소를 지으며 말했다.

"려사가 들으면 비웃을 테니 이런 이야기는 그만둡시다."

청련사태가 말했다.

"부탁드릴 것이 하나 있는데, 객점에 돌아간 뒤에 방을 하나 정해주시면 좋겠습니다. 당신의 옆방이기만 하면 제가 수시로 건너갈 수 있어요."

심우는 다급히 말했다.

"우리 한 번 더 상의하는 것이 좋겠습니다. 당신은 려사가 삼일 내에 나의 목숨을 빼앗을까 두려워 이렇게 나와 동반했습니다. 그것은 그가 당신이 내 곁에 있으면 손을 쓰지 않겠다고 말했기 때문이지요."

청련사태가 말하였다.

"그렇습니다. 저는 이제서야 이해가 되려 합니다. 그가 삼두육비三頭六臂의 괴물도 아닌데 어떻게 아무런 기척 없이 당신을 죽일 수 있겠어요? 그러니 제가 옆방에 있어도 괜찮을 겁니다."

심우가 말하였다.

"그는 근본 저를 죽일 수 없습니다. 나는 상대방의 계획을 역이용해서 그에게 반격하려 했습니다. 하지만 지금은 계획을 바꾸려고 합니다. 당신은 암자로 돌아가십시오. 다시는 암자를 떠나지 마십시오. 제가 약속 드리겠는데 오래지 않은 앞날에 꼭 그를 죽여 당신 오라버니의 원한을 갚도록 하겠습니다."

"저는 돌아가지 않겠어요."

그녀는 단호하게 말하였다.

"당신과 한방에 머물지 않는다면 그 어떤 위험도 초래하지 않을 겁니다."

심우는 저도 모르게 쓴웃음을 지으며 속으로 중얼거렸다.

'당신이 나와 한 침대에서 잔다고 해도 아무 일이 일어나지 않을 겁니다. 당신이 여승의 신분이 아니고 또 서로 원할 경우에는 위험할 테지요. 그러나 그때도 위험하다고 할 것은 아니고, 풍류의 일이라 할 수 있겠지요.'

그들은 더 이상 이 문제에 대해 말하지 않았다. 그들은 배불리 먹고 나서 식당을 떠났다. 객점으로 돌아가는 길에서 그들은 려사와 남빙심이 투숙해 있는 객점을 지나게 되었다. 그들이 문어귀를 지날 때 심우는 머리를 돌려 객점 안을 들여다보았다. 그가 말했다.

"려사가 어디에 있는지 알 수 없습니다. 만약 나의 친구가 해를 입지 않았다면 다만 뜨거운 차 한 잔 마실 시간이면 알아낼 수 있었습니다."

청련사태가 말했다.

"려사가 어디에 있는지 알면 또 어떻게 하겠어요? 지금 당신은 그의 적수가 아니에요."

그들이 거주하고 있는 객점에 도착하였을 때 청련사태가 물었다.

"당신은 언제쯤 려사를 대적해 이길 수 있나요?"

심우가 말했다.

"조급하게 생각 마십시오. 제가 먼저 당신에게 방을 잡아 드리겠습니다. 당신이 저에게 이렇게 하라고 하지 않았습니까?"

청련사태가 말했다.

"그래요. 하지만 당신은 일을 자연스럽게 해야 해요."

심우가 고개를 끄덕이고 여관에 들어선 뒤 곧장 주인에게 물었다.

"빈방이 있습니까?"

그 주인은 급히 대답하였다.

"있습니다. 있습니다. 손님 방 몇 개를 원하십니까?"

청련사태는 마음이 무거워졌으며 실망하는 마음이 솟아올랐다. 심우를 막으려고 하였으나 차마 말을 입 밖으로 꺼낼 수 없었다. 심우는 조용하게 말했다.

"방 하나면 족합니다."

청련사태는 돌연 심우가 원망스러웠다. 그녀가 심우를 원망스러워한 것은 심우가 그녀가 다른 방으로 옮겨가는 데에는 조금도 개의치 않는 것 같았기 때문이다. 주인이 말했다.

"안채에는 방이 하나밖에 남지 않았고, 다른 채에는 여럿 방들이 비어 있습니다."

"아참, 깜빡했소."

심우가 말했다.

"내가 원하는 방은 이전에 묵었던 그 방과 바로 옆에 이웃한 옆방이라오."

주인은 이맛살을 찌푸리고 머리를 가로저으면서 말했다.

"그렇다면 없습니다. 지금 비어있는 안채도 다른 정원 안에 있는데 어찌하겠습니까?"

주인은 문어귀를 바라보았으나 사람이 없어 매우 의아해하며 말했다.

"손님께선 친구 분을 들어오라 하지 않는데 가서 확인해 보시겠습니까? 아마 친구 분께선 원하시지 않나 보군요."

심우와 청련사태가 어젯밤에도 한 방에 투숙하였으므로 이 주인은 다른 방을 주문하는 것이 아름다운 부인이라는 것이라고는 꿈에도 생각하지 못했다. 심우는 머리를 가로저으면서 단호하게 말했다.

"방값을 더 줄 수도 있으니 방법을 만들어 보십시오."

주인은 두 손을 펴며 말했다.

"정말 방법이 없습니다. 손님께서 양해해 주십시오."

심우는 머리를 끄덕이고 말했다.

"좋습니다. 내가 먼저 방으로 돌아가겠으니 꼭 방법을 생각해 보십시오. 만약 된다면 내게 알려 주십시오. 방값의 네 배를 내겠습니다."

심우는 되돌아서 청련사태와 방으로 들어갔다. 방에 돌아오자 청련사태는 나직하게 물었다.

"그들이 방을 준비해 줄 수 있을까요?"

심우가 말했다.

"힘들 것 같습니다. 주인이 손님하고 상의하여 하룻밤 무료로 묵게 한다 해도 방을 옮기는 일이 손님들을 번거롭게 하고 또 시끄러운 일이라 가능하지 않을 겁니다."

심우는 대범하며 자연스러운 웃음을 웃으며 또다시 말했다.

"방이 없다면 당신은 어떻게 하겠습니까?"

"저는 모르겠습니다."

청련사태가 말했다.

"또 저녁을 참선하면서 세울 수는 없으니 만약 당신이 침상에서 자면 나는 걸상에 눕겠어요. 그럼 모든 것이 해결됩니다."

심우가 말했다.

"다만 침대가 문제라면 해결하기 쉽습니다. 내가 심부름꾼을 불러 침대 하나를 가져오라고 해서 우리 둘 다 편안히 잘 수 있습니다."

"아니, 안됩니다."

청련사태가 오히려 반대했다.

"우리가 어제저녁에 어떻게 잤는가 하는 것을 다른 사람들이 생각하지 않겠어요?"

"다른 사람이 어떻게 생각하는가는 신경 쓰지 마십시오."

"아닙니다. 이러하다면 제 체면이 너무 깎이는데요."

심우는 저도 모르게 '픽' 웃고는 말했다.

"이것이 무슨 체면 깎일 일입니까?"

"사람들은 당신이 나하고 같이 자기 싫은 줄로 여길 것인데요!"

심우는 이유 같지 않은 이유를 듣고 어깨를 으쓱거리고 더 말하지 않았다. 이어서 그는 의자를 한 데 붙이고 잠을 자려고 하였다. 그러나 청련사태는 의자를 원 자리에 갖다 놓고 말했다.

"아직 잠깐만 기다려요. 주인이 들어올 텐데 그가 보게 되면 쑥스러울 것 같습니다."

그들이 침대 문제로 옥신각신할 때 다른 한 방에서는 려사와 남빙심이 매우 순조롭게 한 침대에 들었다. 방 안의 불은 이미 어두워졌고 휘장도 드리워 있었다. 남빙심은 려사의 단단한 품에 안겼는데 몸이 나른해지고 뜨거워졌다. 그녀는 려사의 강철 같은 팔뚝을 벗어날 수 없었다.

려사는 그녀의 옷을 벗겼다. 그러나 절반만 벗기고는 돌연 멈추었다. 남빙심은 려사의 눈길이 날카로운 칼과 같이 자기를 보고 있음을 느꼈다. 그녀는 재빨리 자기가 어떤 허점을 노출하지 않았는가 하고 생각해 보았다. 려사가 말했다.

"이곳에서 밤을 지새우는 것이 괜찮은지요?"

남빙심은 웃으며 나직하게 말했다.

"그런 걸 왜 묻지요?"

"문득 미인의 혜택을 누리기가 가장 힘들다는 시구가 생각났소. 당신과 같은 미인이 문학은 물론 다경茶經 및 주보酒譜에 정통하지 않았소. 어쩌면 당신은 헤아릴 수 없이 많은 사람들이 꿈에도 바라는 대상이요. 그런데 어찌하여 사람들의 푸대접을 받게 되어 나의 침대까지 오게 되었소?"

"당신이 지금 저를 사기꾼으로 의심하나요?"

"그렇게 생각하지 않지만 꼭 원인이 있다고 생각하오."

"당신은 원인이 있기를 바라는 건가요? 아니면 없는 것이 좋아요?"

려사는 생각 끝에 말했다.

"물론 당신이 나에서 첫눈에 반했다고 한다면 좋겠습니다. 단지 아쉬운 것은 이것은 실질적인 문제이니, 희망한다고 하거나 희망하지 않는다고 하는 것이 아니라고 할 수 있소. 아마도 바꿀 수 있는 것이 아니겠소."

남빙심이 말했다.

"그럼, 당신에게 솔직하게 말하겠어요. 나는 한 가지 목적을 가지고 있어요."

"아, 사실이라 해도 방법이 없는 일일 겁니다. 그런데 당신은 나한테 어떤 목적이 있나요? 나는 당신이 도대체 어떤 사람인지 궁금하오?"

려사는 잠깐 생각하고 나서 말했다.

"취환, 당신은 비록 기녀이고 보통 처녀도 아니기 때문에 설사 우리가 이렇게 같이 밤을 보내도 당신한테는 특별한 일이 아니겠지요. 그러나 나는 그렇게 생각하는 것을 원하지 않소."

남빙심은 그가 진지한 태도인데다 그녀에게 어떤 수치심을 느끼게 하는 행동도 하지 않는 것을 보고 의아해하며 물었다.

"당신의 생각은 어떠한가요?"

"당신은 나의 생각이 너무 케케묵었다고 여기고 비웃을 것이요."

"말해 보세요."

"정식으로 내게 시집와서 내 아내가 되어 주겠소? 내 아내가 된다면 아내로서 본분을 지켜 현모양처가 되어주시오. 그렇지 않으면 우리 인연은 여기서 끝이 될 것이오."

남빙심은 머리를 가로저으면서 웃으며 말했다.

"당신의 말은 너무 이른 것 같지 않나요? 당신은 내가 어떤 사람인도 모르잖아요. 그러면서 어찌 아내로 맞을 생각을 하시나요? 더구나 나는 처녀가 아니고 온갖 풍파를 겪을 대로 겪은 여인인데 어찌 아내로 맞아들이려 하나요?"

"알고 있소. 신중히 생각하고 내린 결정이오. 물론 오늘 밤 당장 아내로 맞겠다는 것이 아니오. 앞으로 계속 같이 지내면서 서로의 의기가 맞는지 안 맞는지 살펴보고 결정해야겠지요. 앞으로 우리가 한 침대에 같이 잔다고 해도 마지막 예의를 넘지는 않을 것이오."

그의 말은 진지하여 남빙심은 중얼거렸다.

'이 사람은 비록 잔혹하게 사람 죽이기를 좋아하지만 남녀관계에 있어서는 정인군자이다. 뿐만 아니라 분명히 내가 기녀라도 아내로 맞으려는 것으로 보아 나를 깊이 생각하는구나. 아! 이 사람은 도대체 어떤 사람일까? 이 사람은 좋은 사람일까 아니면 악한인 걸까?'

려사는 그녀의 얼굴을 어루만지며 말했다.

"나와 혼인을 하면 그때 우리는 관계를 가질 것이오. 당신의 부드러운 성격과 타고난 아름다움, 그리고 당신의 학문의 깊이가 모두 나로 하여금 당신에게 반하게 했소."

"저한테 반해서 아내로 맞으려는 건가요?"

"그렇소. 우리가 함께 지내면서 서로를 좀 더 관찰해야겠지요. 사람마다 결점이 있는데 당신의 결점을 내가 견딜 수 있는지 당신은 또 얼마나 나에 대해 참을성이 있는지 확인해야겠지요. 만일 우리가 서로를 지혜롭게 견딜 수 없다면 우리는 부부가 될 수 없을 것이오."

남빙심은 마음속으로부터 찬미하고 말했다.

"당신 생각에 따르겠어요. 설사 우리가 맞지 않아 헤어진다고 해도 나는 당신을 잊지 않겠어요."

남빙심은 깊은 신뢰의 눈으로 려사를 바라보았다. 려사는 처음으로 마음 깊은 곳에서 편안함을 느꼈다. 그는 행복하다고 느꼈다. 려사는 이불을 당겨 그녀와 함께 덮고 휘장 끝을 응시하면서 생각에 잠겼다. 그는 이 같은 평온한 쾌락가운데 무엇을 잃은 듯 낙심하여 중얼거렸다.

'아, 내가 품에 안은 여인을 아름답게 지켜주는 것이 더없이 즐겁다. 이것이 착한 일을 하는 즐거움의 하나인가! 내가 이미 이런 낙을 맛보았으니 마음속에 착한 근성이 심어져 향후 마음이 냉혹한 무정한 사람이 될 수 있을까? 아, 그렇게 되면 나는 영원히 마도의 최고 경지에 이를 수 없을 테지.'

남빙심은 몸을 돌려 그를 안고 부드럽게 말했다.

"무슨 생각을 해요?"

"나는 선악에 관한 문제를 생각하고 있는 중이요."

려사는 되는대로 대답하였다. 사실상 그의 생각도 정말 선과 악의 문제에 닿아 있었다. 남빙심은 흥미진진해져서 물었다.

"왜 선과 악에 관계되는 문제를 생각하나요?"

"많은 사람들이 나를 악인이라고 하고 나 역시 부인하지 않지만 나는 철저한 악인이 되긴 어렵게 되었소. 어떤 때에는 착한 일을 하고는 마음 속으로 소위 행선지락行善之樂을 느끼는데, 이것은 내가 도달하려는 무림 최고의 경지에 방해되는 감정이오."

남빙심은 흥미진진하게 듣다가 그만 눈이 휘둥그레지고 말았다. 려사는 또 말했다.

"나한테는 한 명의 적수가 있는데 심우라고 하오."

남빙심은 그가 심우를 제기하자 더욱 재미있다고 느껴 일부러 참견하며 말했다.

"심우라는 사람은 어떤 사람인가요?"

"젊은 녀석인데 나와 어떻게 원한을 맺었는지 거기까지 당신이 알 필요는 없소. 하지만 나는 꼭 그를 죽일 것이오."

"이미 그를 죽이지 않았나요?"

려사는 머리를 가로저으며 말했다.

"이미 죽였다면 이렇게 말하지 않을 것이오."

"그래요. 묻는 제가 어리석었어요."

"심우도 무공을 알지만 아직은 나의 적수가 아니요. 우리는 몇 번 만난 적이 있고 만날 때마다 그를 죽일 수 있는 기회가 있었지만 나는 오히려 손을 쓰지 않았는데 무슨 영문인지 당신을 알겠소?"

"저는 모르겠어요. 혹시 그의 무공이 너무 약해서 꺼리는 것이 아닌가요."

"아니요, 그의 무공은 나와 비할 수 있고 천하에서 찾기 드문 적수이기 때문에 그를 죽여도 나의 보도를 더럽힌다고 꺼리는 것은 아니오. 내가 그를 죽이지 않은 까닭은 우습게도 그가 가련하기 때문이요. 며칠 전만 해도 그 때문이 아니라고 생각했지만 방금 돌연 생각해서야 사실 그를 죽이지 않는 것이 그가 가련하기 때문이라는 것을 알게 되었소."

"당신이 그를 가련하게 생각하는 것은 착한 마음이 그렇게 하는 것이에요. 이로 보아 당신의 말이 맞나 봅니다. 당신이 정말로 나쁜 사람이라면 왜 그를 가련하다고 여기겠어요?"

"심우는 살아가려는 의지가 약한 자요."

"뭐라구요? 저는 이해되지 않습니다."

"그는 지금 비탄에 빠져 살아가려는 의지가 약해졌소. 내가 그를 죽이지 않은 것은 그를 소원성취해 주는 게 두려운 것이 아니라 그의 처지가 민망해서요."

"그렇군요. 그럼 당신은 그를 잊으세요."

"아니, 안되오. 그는 나의 유일한 강적이요. 그러므로 나는 꼭 그가 살려는 의지를 일으켜야 하오. 그가 더 이상 소침한 채 죽을 생각을 하지 않게 되었을 때 그때 결전을 할 것이오."

남빙심은 속으로 중얼거렸다.

'심우를 만나면 알려줘야 하겠다.'

그녀의 생각에는 심우가 단지 려사 앞에서 삶의 희망을 포기하려는 모습을 보인다면 살신지액을 면할 수 있을 것이라고 생각했다. 그들은 침묵에 잠겼다. 오랜 시간이 지난 뒤 남빙심이 낮은 목소리로 말했다.

"잠들었나요?"

"아니오."

려사가 대답했다. 남빙심이 말했다.

"저도 잠이 오지 않네요."

"왜?"

"당신 때문이지요."

"난 당신한테 아무것도 하지 않았지 않았소?"

"나는 알아요. 바로 당신이 아무것도 하지 않았으니 비로소 나로 하여금……."

려사는 웃음을 터뜨리고 말했다.

"그럼 당신의 뜻은 내가 당신한테 어떤 일을 해줘야 한단 말이오?"

려사는 두 가지 뜻이 담긴 말을 했다. 모든 것을 체험한 바 있는 남빙심은 물론이고, 설사 사랑의 꽃망울이 아직 피어나지 않은 소녀라 그 말 뜻을 알아들을 수 있었다. 남빙심은 급히 말했다.

"그렇게 말하지 말고 농담도 마세요. 나의 마음속의 번민과 고통은 확실히 형용할 수 없을 정도예요."

려사는 생각하고 나서 말했다.

"나는 좋은 사람이 아니고 또 앞으로도 좋은 사람이 될 수 없는데 하필 속된 견해에 구속되어 오늘 밤을 헛되이 지내겠소. 자, 다른 말은 다음 날에 하기로 하고 우리 마음껏 즐깁시다."

그는 남빙심을 그윽하게 쳐다보며 말했다.

"당신도 잠깐 동안의 즐거움을 달갑게 생각하지 않소?"

남빙심은 말이 없었고 려사가 하는 대로 내버려 두었다. 려사가 그녀의 옷을 벗기고 허리띠를 풀었다. 려사는 돌연 손을 떼고 의아해서 물었다.

"왜 눈물을 흘리시오?"

남빙심은 가까스로 미소를 자아내고 말했다.

"아니, 아니에요."

려사가 말했다.

"당신이 반대하지 않는다면 계속 하겠소."

남빙심이 말했다.

"내가 반대한다면요?"

려사가 말하였다.

"지금 반대해도 늦었소!"

남빙심이 말했다.

"만약 당신이 나의 반대에도 불구하고 관계를 가지려 한다면 따르겠지만 그렇게 된다면 나는 영원히 당신한테 시집가지 않을 겁니다."

려사가 말했다.

"그건 향후의 일이요."

려사가 어깨를 으쓱해 하며 또 말했다.

"향후의 일은 향후에 말합시다."

려사는 그녀의 옷을 벗겼다. 그녀의 몸에서 옷을 모두 벗겨 내고 려사는 옆에 누웠고 길게 숨을 쉬고는 말했다.

"나는 바쁘게 일처리 하는 것을 좋아하지 않기 때문에 먼저 쉬는 것이오."

남빙심은 베개 밑에 손을 넣었다. 차갑고도 단단한 칼자루에 닿았다. 그것은 그녀가 늘 갖고 다니는 독을 바른 작은 칼로서 벌써 베개 밑에 숨겨두었던 것이다. 그녀는 한동안 서운하여 속으로 중얼거렸다.

'그가 나를 범하지 않고 줄곧 처음과 같은 태도를 유지한다면 그를 어떻게 해야 좋을지 모르겠다. 그를 죽이자니 가슴이 아프고 죽이지 말자니 돌아간 남편을 볼 수가 없구나. 차라리 잘됐다. 그가 나를 진심으로 대하지 않는 이상 남편의 원수를 갚아야겠다.'

그녀는 독이 있는 칼을 뽑아내고는 이불 밑에서 천천히 몸을 돌려 려사의 아랫배를 향해 느릿하게 찔러갔다. 그녀의 칼이 려사의 몸에 거의 닿았을 때 갑자기 그녀의 손목이 몹시 아팠다. 마치 게의 집게발에 잡힌 듯이 움직일 수 없었다. 려사가 눈동자가 휘장 끝을 바라보면서 냉랭하게 말했다.

"정말 살풍경한 장면이군. 따뜻한 이불 속에 향기롭고 아름다운 알몸 외에 독이 있는 칼이 있다니."

남빙심은 이를 악물고 손목의 아픔을 참으면서 말했다.

"당신은 이미 알고 있었군요?"

려사가 말했다.

"내가 알든 모르든 칼이 베개 밑에 있다면 나는 그 비린 냄새를 맡을 수 있소. 하물며 당신처럼 훈련받지 못한 사람은 동작도 느리고 힘이 없소. 다만 칼끝이 나의 피부에 닿기만 하면 나는 기를 넣어 막을 수 있는 데다가 동시에 당신을 죽여 버릴 수도 있소."

남빙심은 눈물이 두 볼을 따라 하염없이 흘러내리는 것을 느꼈다. 손목의 통증 때문만은 아니었다. 스스로 무능하다고 느껴져서였다. 이 남자는 벌써 그녀의 음모를 알고 있었고 조금 전에 속삭인 사랑의 모든 말이 거짓이었기 때문이었다. 려사는 일부분의 지력을 거두었으나 남빙심은 계속해서 움직일 수 없었다. 려사가 물었다.

"슬퍼해야 할 사람은 바로 나요. 우리 둘은 즐겁게 반나절이나 이야기를 나누었는데 이렇게 당신이 칼을 들고 나를 죽이려 하다니. 하지만 이런 당신을 오히려 내가 책망하지 않는데 눈물을 보이다니 당신의 눈물이 이렇게 값이 없단 말이요?"

남빙심은 마음속으로 생각했다.

'당신이 나를 거짓으로 좋아하는 척했으니 어찌 슬프지 않겠는가.'

려사는 한동안 기다렸다가 또 말했다.

"당신을 놓아준다면 차후에 더 이상 날 성가시게 하지 마시오."

남빙심이 말했다.

"나도 모르겠어요."

려사가 다섯 손가락을 교묘하게 돌리더니 독이 있는 칼을 빼앗아 들고 살펴보았다. 그리고 냄새를 맡아보더니 이마를 찌푸리고 손을 휘둘러 그 칼을 던졌다. 칼은 침대 끝의 기둥에 꽂혔다. 려사가 말했다.

"독한 칼이군. 이것은 내가 본 중에 독이 가장 세군."

남빙심은 움직이지 않고 굳어진 듯 누워있었다. 그녀는 몸뿐만 아니라 생각도 멈췄다. 려사가 말했다.

"내가 어제 이 성에 도착했을 때 진백위의 미망인이 남편을 위해 복수하리라는 것을 알았소. 하지만 솔직히 이토록 젊고 아름다운 여인일 줄은 생각도 못했소. 심지어 우리가 함께 많은 시간을 보낸 뒤에도 나는 당신이라고 인정하고 싶지 않았소. 줄곧……."

그는 남빙심이 조금도 반응이 없는 것을 보자 말이 뚝 멎었고 눈썹을 찌푸리고 그녀를 보면서 말했다.

"지금 불쾌한 사람은 나인데 당신은 왜 불쾌한 거요?"

남빙심은 그를 거들떠보지도 않았고 못들은 척하였다. 려사는 화가 났다. 그는 이불을 제치고 말했다.

"도대체 어쩌자는 거요?"

이불을 제쳐 버리자 나이 어린 과부의 알몸이 그의 눈에 들어왔다. 그녀의 하얀 피부는 등불 아래에서 유난히 빛났다. 남빙심의 눈길은 휘장 끝에서 그의 얼굴을 응시했지만 입을 열지 않았다. 려사가 그녀의 가느다란 목을 죄며 소리 질렀다.

"당신을 죽이는 게 힘들 것 같소?"

려사의 말은 사실이었다. 그가 손목을 조금만 더 죄면 마른 나무를 꺾듯 남빙심의 경골이 즉시 끊어지고 말 것이다. 그러나 려사는 힘을 주지 않았다. 남빙심 역시 두려워하는 기색이 조금도 없었다. 그는 전혀 반항할 능력이 없는 이 미녀에 대해 차마 독수를 뻗칠 수 없었다. 그는 저도 모르게 중얼거렸다.

"나는 당신을 두렵게 할 방법이 어쨌든 있을 것이요."

남빙심은 냉랭하게 말했다.

"그럼 시험해보세요."

려사는 여러 가지 방법이 떠올랐지만 마땅한 것이 없었다. 그것은 보통 사람들이나 무림인을 대처하는 방법이었기 때문이다. 터무니없는 생각이 그의 머리에 언뜻 떠올랐다.

'내가 그녀를 차지해버리고, 이후 그녀가 내가 없이는 하루도 견딜 수 없을 때가 되었을 때 그녀를 버릴 것이다.'

이런 생각이 들자 그의 얼굴에는 금할 수 없는 잔혹한 웃음이 떠올랐고 눈에 서는 사악한 빛이 흘러나왔다. 남빙심은 려사의 모습에 크게 놀랐다. 그녀는 총명하고 기민하였고 견식이 넓어 려사가 앞으로 자신을 사악한 수단으로 취할 것이라 느껴졌다. 이런 것은 견딜 수 있다고 하더라도 더 걱정되는 것은 무릇 한 사람이 악한 일을 저지른 뒤 왕왕 두 번째 세 번째 무수히 많은 악행을 저지르게 된다는 것이다. 이것이야말로 대단히 엄중한 것이었다. 그가 이런 사악한 빛을 사출하는 것을 그녀는 처음 본 것이다.

남빙심은 본성이 순진하고 선량하여 일단 려사가 사악의 위험에 빠지는 것을 보고 그녀는 부득불 이후에 해를 입을 사람들, 특히는 여인들을 생각해 내지 않을 수 없었고, 다음으로는 려사를 위해 가슴 아파하였다. 그러나 그녀는 그에 대항할 수 있는 방법이 없었다. 유일한 무기가 있다면 바로 그녀의 지혜와 언어로 힘을 발휘하는 것이었다. 그녀는 스스로 냉정을 되찾고, 신속하게 이 상황을 해결할 수 있는 여러 가지 방법을 생각했다.

우선 먼저 반드시 그의 의향을 알아내야 하였다. 이것이 모호한 상황으로부터 가장 조리있는 최선의 방법을 통해 벗어날 수 있는 방법이었다. 만약 정신없이 대처한다면 그가 가진 생각을 말로 이야기하지 않을 것이 분명했다. 바로 이런 것이 냉철함을 되찾는 첫 걸음이 될 것이다. 어떤 사람들이 일시적인 충동으로 섣불리 짐작해서 대응한다면 십중팔구는 상황을 더욱 악화시키고 말 것이다. 남빙심은 냉랭한 소리를 내며 격장법으로 유도하며 말을 했다.

"나를 어떻게 할 건가요?"

려사가 말했다.

"나는 당신을 취할 것이오. 당신이 원하든 원치 않든 상관하지 않겠소."

남빙심이 말했다.

"당신이 내 몸을 갖겠다는 말인가요?"

려사가 말했다.

"그렇소."

남빙심이 말했다.

"당신이 욕망을 채운 뒤에는 어떻게 할 건가요?"

려사가 말했다.

"그때 다시 생각하겠소."

남빙심이 말했다.

"당신은 나와 즐긴 뒤 날 죽이든가 아니면 버리겠지요."

려사가 말했다.

"아니오. 당신 생각은 틀렸소."

그녀의 목을 잡았던 그의 손이 아래로 미끄러져 내려왔다. 그의 손이 그녀의 몸을 타고 내렸다.

"당신과 즐긴 뒤 당신을 내 옆에 둘 것이오. 그래야 당신이 나를 암살할 수 있을 것이 아니오. 당신이 실패했다고 스스로 인정하게 된다면 그때 우리 다시 이야기할 수 있을 것이오."

남빙심은 려사의 애무에 감각이 없는 체하였다. 하지만 그녀는 려사의 뜨거운 손길을 느끼고 있었다. 그녀는 계속해서 냉랭하게 말했다.

"당신을 암살하려는 계획을 포기하겠어요. 나도 당신 곁에서 당신의 끝을 지켜보겠어요."

려사가 말했다.

"거짓말 마시오. 당신이 어찌 나를 암살하려던 생각을 포기하겠소?"

남빙심이 말했다.

"내 힘으로는 불가능하다는 걸 알았어요."

"하! 하!"

려사는 하늘을 우러러 웃고 말했다.

"정말 새삼스럽소."

이때 그는 그녀의 몸에서 손을 뗐고 심지어는 눈길도 그녀의 몸에서 벗어났다. 그것은 그녀와의 몇 마디 짧은 대화가 확실히 그에게 이성을 회복시킨 것이고, 불현듯 애림을 떠올리게 했다.

려사는 애림이 떠오르자 남빙심을 신변에 두려던 계획을 다시 생각해야 했다. 만일 려사가 애림을 얻으려 한다면 남빙심은 부담이 되었다. 애림이 그에게 보낸 밀지에 이 여인의 가련한 신세를 말하며 너그럽게 대하라고 했다. 만약 그가 지금 남빙심과 즐기는 것을 애림이 안다면 모든 것이 헛된 일이 될 것이다. 이것은 순전히 이해득실에 견주어 생각한 것이었다.

하지만 감정으로는 남빙심이 복수를 포기한다고 말할 때 려사는 그녀의 말이 거짓이라는 것을 알면서도 기뻤다. 이미 려사의 마음 깊숙이 남빙심이 자리를 잡았기 때문이었다. 남빙심은 려사에게 너무도 아름다운 여자였다. 또한 재능과 감정이 풍부하여 그녀와 이야기를 나눌 때면 려사는 참으로 즐거웠다. 려사는 그녀를 사랑하고 있었다. 려사는 자신의 이런 감정에 혼란스러웠다. 그 역시 그녀를 해하고 싶지는 않았다. 려사는 잔뜩 이맛살을 찌푸리고 말했다.

"일어나 옷을 입으시오."

남빙심이 말했다.

"옷을 입으라니요?"

려사가 말했다.

"몇 번을 말해야 알아듣겠소?"

남빙심은 조금도 두렵고 긴장하지 않았다. 그것은 려사의 눈에 있던 사악한 빛이 이미 사라졌기 때문이다. 그녀는 움직이지 않고 물었다.

"내가 싫어졌나요?"

려사가 말했다.

"당신이 원해서 몸을 맡긴다면 나는 거절하지 않겠소. 하지만 그 뒤에 우리는 서로 갈 길을 가야 할 것이오. 더 이상 내게 그 어떤 것도 바라지 마시오."

남빙심이 말했다.

"당신은 내가 스스로 몸을 맡기길 원하나요?"

려사는 저도 모르게 그녀를 응시하면서 매우 의혹스럽다고 여겼다. 원래 이런 상황에서 그녀는 확실히 그와 즐기기를 바라는 것 같았다. 생각이 바뀌자 려사가 느릿하게 말했다.

"그렇다면 어떻고 그렇지 않다면 또 어떻소?"

남빙심은 웃으면서 말했다.

"나는 옷을 입고 이곳을 떠나면 더 이상 복수할 생각을 않겠어요."

그도 솔직하게 대답했다.

"그렇다면 서둘러주시오. 내가 당신을 붙잡게 될까 두렵소."

남빙심은 옷을 챙겨 입었다. 그녀는 방을 나서면서 려사에게 말했다.

"저에게 말씀해 주세요. 당신이 어떤 이유로 군자로 변하였는가를 말입니다?"

려사는 애림에 관한 일은 알려줄 수 없었으나 다른 한 가지 이유를 알려주었다.

"나는 여색을 즐기지 않소. 더욱이 남녀 간의 즐거움은 나의 무공 정진에 방해가 될 뿐이오."

남빙심은 의문이 해소된 듯 웃으며 말했다.

"나는 당신을 영원히 기억할 거예요. 이것도 사랑인지 원한인지 모르겠어요."

려사는 하늘을 우러러 웃더니 그녀의 가느다란 허리를 안고 문 앞으로 걸으면서 말했다.

"잘된 일이요. 사랑 중에 원한이 있고 원한 중에 사랑이 있소. 언젠가는 내가 당신을 도울 일이 있을 것이오."

남빙심은 방문을 열었지만 머리를 돌려 그를 응시하다가 한동안 지나서야 말했다.

"사람을 죽이지 마세요."

려사는 대답이 없었고 남빙심은 부드러운 목소리로 말했다.

"사람을 죽이지 마세요. 당신이 얻은 만족감과 즐거움은 많은 사람들의 고통과 슬픔이랍니다."

그녀는 말을 마치지도 않은 채 방을 나가더니 어둠과 함께 사라졌다. 오래지 않아 객점에서 문이 닫히는 소리가 들렸다. 그녀의 말은 그의 귓가에 맴돌았다. 어둠 속에서 그가 무수한 건물의 지붕 위를 넘어 심우가 묵는 객점 방문 밖에 이를 때까지도 그 말은 사라지지 않았다. 방 안의 등불은 이미 꺼져 캄캄했다.

려사는 방문의 표식을 보고 심우와 청련사태가 함께 방 안에 있다는 것을 알았다. 이 상황을 보면 심우와 청련사태는 이미 관계가 발생했을 것이다. 방문의 표식은 점원이 남긴 것이다. 려사는 많은 은전을 주고 밀정을 심어놓았다.

그는 공력을 끌어올려 방 안의 소리를 살폈다. 과연 방 안에서 두 사람의 숨소리가 들려왔으므로 그는 매우 만족해하면서 몸을 날려 지붕 위로 뛰어올랐고 경공을 시전하여 객점으로 되돌아와 잠을 잤다. 그러나 어두컴컴한 방 안에서 심우와 청련사태는 잠을 자지 않고 있었다. 심우가 나직하게 말했다.

"려사가 떠나갔습니다."

청련사태가 말했다.

"그는 엿보지도 않고 방 안에 숨어 들어오지도 않고 떠났는데 이상하군요."

심우가 말했다.

"그는 우리 숨소리를 듣고 우리가 이 방에 있는 걸 확인한 후에 떠난 겁니다."

그들은 탁자 하나를 마주하고 앉은 채 밤을 지새울 생각이었다. 청련사태가 말했다.

"당신은 강호에서 솜씨가 대단한 것 같은데요?"

심우가 말했다.

"과찬입니다."

청련사태가 말했다.

"그러나 당신은 당초에 마중창과 우득시 이 두 사람을 알게 될 때 흑도문의 은어로 그들과 이야기를 나누었다고 말했어요. 이런 은어는 많은 노련한 강호인老江湖들도 모를 텐데 말입니다."

심우가 말했다.

"나는 책에서 배웠습니다."

청련사태가 말했다.

"어떤 책인가요? 내게 빌려줄 수 있나요?"

심우가 말했다.

"그럴 수 없습니다. 그 은어는 돌 위에 새겨져 있습니다."

청련사태는 뜻밖이므로 물었다.

"돌 위에 새겨져 있어요? 어떻게 해서 흑도의 은어가 돌 위에 새겨졌을까요? 마치 고전을 후세에 전수하려는 것 같지 않아요?"

심우가 말했다.

"나도 모릅니다. 대개 다른 사람들을 가져가지 못하게 하려는 원인이 겠지요!"

그는 말하면서 바짓가랑이를 걷어 올린 다음 장화 안에서 한 자루의 단도를 칼집 채로 꺼냈다. 어둠 속에서 칼집 위의 비취 보석을 알아차릴 수는 없었으나 심우가 불을 켜자 삽시간에 방 안은 온통 눈부신 빛으로 빛났다.

청련사태는 그 칼을 넘겨받고 여러 번이나 검시하였고 또 칼집에서 칼을 뽑는데, 약간 굽은 칼날에서는 사방으로 빛을 쏘아냈으므로 더없이 날카롭다는 것이 뚜렷했다. 청련사태가 물었다.

"이것은 어떤 칼인가요? 보기에 날카롭고도 보귀하여 꼭 평범한 물건이 아닌 것으로 보입니다. 머리카락도 떨어뜨려 끊어 낼 수 있고 쇠도 진흙 베듯이 할 것 같은데."

심우가 말했다.

"이 칼의 이름은 매우 특별하기에 보통 사람은 이 칼을 가지기를 원하지 않습니다. 이 칼의 이름이 기화奇禍인데 들어본 적이 있습니까?"

"없어요."

청련사태는 머리를 가로저었다. 이때 방 안은 따뜻하였지만, 그들은 겉옷을 벗지 않고 있었다. 그녀의 두 볼은 방 안의 기운으로 홍조가 피어올라 더욱 아름답고 사랑스러웠다.

"이름이 불길하니 이 칼을 쓰지 마세요."

심우는 머리를 끄덕이고 말했다.

"누구도 기화란 이름을 가진 이 칼을 가지고 다니기를 꺼립니다. 하지만 내가 불길한 사람이라 그런지 이 칼을 가지고 다녀도 괜찮습니다."

청련사태가 말했다.

"이 칼에 이 이름이 붙여지게 된 것은 아마도 기이한 사연이 있어 이런 이름을 얻게 되었겠지요."

심우가 말했다.

"기화는 '석경石經'에 기록이 있습니다. 이 칼의 특징은 너무 짧아 큰 쓸모는 없는 것입니다. 하지만 날카롭기는 어떤 칼보다 뛰어납니다. 이 칼이 유용한 곳은 위험에 빠져 죽게 되었을 때 양패구상兩敗俱傷의 초식을 발출하여 적을 공격하는 데 알맞습니다. 칼날이 워낙 날카로워서 상대의 도검을 가를 정도입니다. 하지만 방금 말한 것처럼 이 칼은 날이 짧아 적을 상하게만 할 수 있을 뿐입니다. 그래서 이 칼의 명칭이 기화인 겁니다. 이 칼을 얻은 몇 사람은 이 칼의 위력을 의지해 상대와 동귀어진同歸於盡하였답니다."

청련사태가 말했다.

"그렇다면 이 칼은 확실히 불길한 물건이에요."

청련사태는 칼을 칼집에 넣은 다음 심우에게 돌려주며 말했다.

"될수록 이 칼을 갖고 다니지 말아요."

심우가 말했다.

"안됩니다. 나는 이 칼의 진정한 주인을 찾고 있는 중입니다."

청련사태가 말했다.

"진정한 주인이라니요?"

심우가 말했다.

"이 단도가 비록 지금은 저의 수중에 있지만 저는 이 단도의 주인이 아닙니다. '석경'의 기록에 의하면 이 칼은 촉蜀의 두가杜家에서 대대로 전해져 내려온 보물입니다. 이 칼은 두가 사람에게 돌려주어야 합니다."

청련사태가 말했다.

"촉의 두가는 유명한 무림세가였지만 이미 세력이 약화된 지 백여 년이 되고 이 파는 많이 사라져 거의 없습니다. 혹시 면양錦陽에 가서 찾아보았나요?"

심우가 말했다.

"물론 면양에 가서 찾아보았지만 그곳 사람들도 무림에서 두가를 알고 있는 사람이 없더군요. 그 뒤에 이렇게 성도까지 찾아오게 되었습니다."

청련사태가 말했다.

"두가의 자손이 없다면 당신이 찾아도 소용이 없지요. 설사 후대가 있다고 하도 이 지경에 이르도록 쇠약해졌으니 당신이 이 칼을 그들에게 돌려준다 해도 보상을 받을 수 없겠군요."

심우가 말했다.

"아닙니다. 두가의 후예가 이 칼을 얻게 되면 선대가 남겨놓은 보물 굴을 찾을 수 있어 두가는 거부가 될 테지요."

청련사태가 말하였다.

"당신은 보상금으로 얼마나 요구할 건가요?"

심우가 급히 말했다.

"저의 뜻을 오해하지 마십시오. 나는 금전을 얻으려는 것이 아닙니다."

청련사태는 탄식하고 말했다.

"만일 당신이 금전이 필요하다면 내가 당신에게 줄 수 있어요. 그런데 당신이 돈을 요구하지 않으니 문제가 비로소 엄중하다고 생각해요."

심우는 그녀의 말에 도리가 있음을 인정하지 않을 수 없었다.

"당신의 말이 맞습니다."

청련사태가 말했다.

"당신이 금전을 위해서 아니라면 무엇을 위해서죠?"

심우가 말했다.

"두가는 무림 중에서 도법으로 위명을 떨친 집안입니다. 제가 이 칼을 돌려주면서 두가의 비전도법을 배우기를 청할 겁니다."

청련사태가 말했다.

"두가의 도법이 매우 고명하다고는 할 수 없는데 당신이 그런 걸 배워서 뭘 하려고 하나요?"

심우가 말했다.

"'석경'에 의하면 두가의 도법은 십 여초가 되는데 모두 일초에서 새로운 초식이 변화되어 이루어진 것입니다. 처음 일초식은 심오하고 광대하여 몇 대 이래 그 초식을 시전 할 수 있는 사람이 없었다고 합니다. 기이한 이 단도로 그 일초식의 도법을 전수받고자 합니다."

청련사태가 말했다.

"당신이 이러는 건 마도와 맞서려는 것이군요."

심우가 말했다.

"그렇습니다. 내가 얻으려는 것은 두가의 그 일초입니다. 이것으로 우문등의 비전 마도를 파해할 수 있을 것입니다. 당신도 알다시피 우문등의 최고 경지의 초식은 간단하고 순수하며 화려한 것이 조금도 없으므로 근본 마도라고 부를 수 없을 정도입니다."

청련사태가 말하였다.

"물론 알고 있어요. 내가 이릴 적에 서백부한테서 마도의 오묘함를 들은 적이 있지요. 서백부가 바로 신기자 서통인데 당신도 그의 명성을 들어보았겠지요!"

심우는 급히 말했다.

"물론 들어보았습니다. 그런데 그 어른의 생사가 어떻게 됩니까?"

청련사태가 말했다.

"내가 알기로는 어르신은 이미 돌아가셨지만 어르신의 유체를 본 사람은 없어요. 하지만 어르신이 지금까지 살아있다 해도 가능해요. 어르신의 나이로 볼 때 그리 늙진 않았거든요. 게다가 어르신의 행동은 가늠할 수가 없으므로 나 역시 어르신이 돌아가셨다는 것을 믿지 못하겠어요."

심우가 말했다.

"려사가 그 어르신을 찾고 있다는 걸 당신도 알고 있습니까?"

청련사태가 말하였다.

"알고 있어요. 그는 우문등이 남겨놓은 도경刀經을 찾기 위해 혈안이 되어 있다죠. 상승의 경지에 이른 그 일초의 도법 때문에 서백부를 찾고 있어요. 풍문에 의하면 서백부는 우문등과 왕래가 있던 사람들 중 유일하게 살아있는 사람이라고 합니다. 당시 서백부는 나이가 젊었지만 그의 뛰어난 재질이 그로 하여금 일대의 마왕 우문등과 사귀게 했답니다."

심우가 말했다.

"그가 우문등의 무상심법을 숨겨둔 곳을 알고 있다는 말입니까?"

그녀 역시 긴가민가 하는 태도로 말했다.

"아마 알고 있을 수도 있지 않을까요."

잠시 멈췄다가 청련사태는 이어서 또 말했다.

"나도 잘 모르겠어요. 내가 당신에게 말하지 않았나요? 그 어르신의 일은 헤아릴 수 없어요."

심우는 생각하고 나서 말했다.

"그는 아마 알고 있을 것입니다. 그리고 그는 무산에 살고 있을 겁니다."

청련사태가 말했다.

"그래요. 그러나 당신은 절대 그곳에 가지 마세요. 이것은 어르신의 경고입니다. 만약 그의 경고를 어기는 자가 있다면 산속에 갇혀 죽을 것이라 했습니다."

심우는 솔직하게 말했다.

"려사가 간다면 저는 따라갈 수밖에 없습니다."

청련사태가 말했다.

"왜 그렇지요?"

심우가 말했다.

"무산으로 가면 결과는 두 가지 입니다. 하나는 서선배의 유언처럼 산속에 갇혀 죽게 될 겁니다. 이렇게 되면 저 역시 죽음을 면치 못하겠지만 그도 목숨을 잃게 되니 그를 대처할 일에 걱정할 필요가 없게 됩니다. 두 번째로는 그가 서선배나 서선배의 유체를 찾고 혹은 우문등이 남긴 도경을 찾으면 그가 그 초식을 연마하기 전에 저는 그를 대적해야 합니다."

그는 기이한 단도를 툭툭 치더니 또 말했다.

"그때가 되면 아마 이 칼이 저를 도울 수 있겠지요."

청련사태는 신기자 서통을 숭배하였기에 그들이 가게 되면 절대 살아서 돌아올 수 없다고 여겼으므로 심우의 결정에 대해 매우 마음이 아팠다. 등불 아래에서 청련사태는 심우의 표정을 뚜렷하게 볼 수 있었다. 그는 이미 려사를 따라 무당산으로 갈 결심을 한 표정이었다. 그녀는 말로는 심우를 결심을 돌릴 수 없음을 알았다. 그녀는 궁리 끝에 심우가 무당산으로 가려는 것을 제지할 수 있는 두 가지 방법을 생각해 내고 말했다.

"려사는 분명 무림의 큰 우환이므로 당신이 그를 대처하지 않으면 안 되겠지만 당신의 억울함과 당신 부친의 비참한 죽음은 어떻게 할 작정인가요?"

심우는 멍하니 청련사태를 쳐다봤다.

"무슨 뜻입니까?"

청련사태가 말했다.

"지난 저녁에 말한 사람 말이에요. 그 사람이 어쩌면 당신의 부친과 같은 그런 기이한 상황을 설명해 줄 수 있을 거예요."

심우는 급히 물었다.

"그 사람은 누굽니까?"

청련사태가 말했다.

"그 사람은 여자예요. 이름은 강채하江彩霞인데 서백부와 연원이 깊지요. 물론 좋은 사람은 아니지요. 그녀는 무산 선녀의 부하예요."

심우는 알겠다는 듯이 말을 이었다.

"원래 무산 선녀의 부하라니 분명히 좋은 사람이 아닐 겁니다. 언젠가 부친과 스승이 한담할 때 무산 선녀에 대해 말하는 것을 들은 적이 있습니다. 부친이 말하기를 미모가 출중하고 음탕한 무산 선녀는 뜻밖에도 후반생을 은거하였는데 세상에 악을 행하지 못했는데, 이것이 신기자 서선배의 공로였습니다."

청련사태는 탄식하며 말했다.

"그래요. 그래서 서백부는 무산에 있게 되었습니다. 강채하로 말하자면 용모가 매우 예쁘고 더없이 총명한데 기억력이 특별히 좋습니다. 때문에 그녀가 알고 있는 무공 절학도 당세에는 알고 있는 사람이 몇이 안된다고 생각합니다. 물론 그녀는 다만 알고 있을 뿐 연마한 적은 없습니다."

심우가 말했다.

"그녀와 나의 불행이 어떤 관계가 있습니까?"

청련사태가 말했다.

"그녀는 영존이 왜 성미가 급변했는지 알 수 있을 거예요. 그녀는 소싯적부터 많은 무림 인물들과 교분을 나누었지요. 정사가 모두 있고 손을 꼽아 보아도 셀 수가 없을 정도예요. 그러니 그녀가 당신 부친의 일을 짐작하지 못한다면 아마 당신 부친의 일을 설명해 낼 수 있는 사람은 없을 겁니다."

심우는 호옥진이 한 말이 떠올랐다. 그녀는 그와 헤어질 때 그의 집안과 부친을 말한 적이 있었다. 그녀의 집안은 무림 명숙이었는데 조부와 부친은 군대에 투신하여 혁혁한 전공을 세웠다. 그 뒤 군대에서 물러났고 그녀의 부친은 세간에서 약자편에 서서 일을 처리하면서 인간 세상의 많은 불공평한 일을 알게 되었다. 이런 까닭으로 려사가 마도 절학을 계승하였다는 것을 알게 되었던 것이다. 그래서 재질이 뛰어난 지사를 찾아 상승의 무공을 연마하도록 길을 열어 주어 려사와 같은 대악인에 대항하려고 하였다. 그래서 호옥진은 이런 상황에서 양곡陽穀 사가謝家의 외동아들인 사진謝辰과 혼약을 맺었던 것이다.

그가 이 일을 생각하게 된 것은 호옥진의 부친이 많은 비밀을 알고 있는데 모두 다른 사람들이 종래 알지 못하는 것이라고 호옥진이 말하였기 때문이다. 그러므로 만약 무산 신녀의 부하인 강채하가 모르고 있다면 아마 그는 응당 호옥진의 부친을 찾아가 조사해 보아야 할 것임을 알았다. 이러한 생각을 하며 다시 물었다.

"강채하가 지금 무산에 있습니까? 나이는 얼마나 됩니까?"

청련사태가 말했다.

"대략 오십 세 정도 되었을 겁니다. 그녀는 무산을 떠난 지 오래되었는데 그녀의 서백부에 대한 태도가 무산 신녀의 불만을 쌓았기 때문이에요."

심우가 말했다.

"그런 일이 있었습니다. 그럼 그녀는 지금 어디에 있습니까?"

청련사태가 말했다.

"그녀는 강호로 떠돌아다닌 지 얼마 지나지 않아 작위를 받은 한 장군에게로 시집가서 아들도 낳았고 지금 양곡현에 산다고 합니다."

심우는 크게 놀라 물었다.

"그의 남편의 성이 혹시 사씨가 아닙니까?"

청련사태는 말했다.

"그렇습니다. 당신도 사가를 알고 있어요? 그들의 가전 절학인 수라밀수修羅密手는 무림 절예 중의 하나예요. 지금 강채하가 독용창과 많은 무공비급을 가져갔으니 그녀의 무공은 아마 더욱 고강해졌을 겁니다."

심우는 머리를 가로로 저으며 말했다.

"저는 사가를 모릅니다."

청련사태가 말했다.

"정말 이상하군요. 당신이 그들을 모른다고 하면서도 사가를 알고 있으니. 아, 아마 양곡 사가의 수라밀수가 면양錦陽 두가杜家의 도법처럼 무림에 유명하기 때문에 당신이 알 수도 있겠군요."

청련사태는 자기가 계획이 성공할 희망이 크다고 속으로 생각했다. 그것은 심우가 가문의 불행을 말할 때 이미 려사를 잊은 것 같았기 때문이었다. 심우는 그녀의 해석을 애매하게 인정하고 물었다.

"강채하가 사가로 간 이후에 혹시 도덕에 어긋나는 일을 한 적이 없었습니까?"

청련사태가 말했다.

"어찌 없었겠어요? 듣기로는 사장군은 칠팔 년 전에 이미 고인이 되었다고 합니다. 강채하는 남편이 죽자 즉시 옛 모습이 되었다더군요. 그러나 아들을 의식해서인지 조심한다 합니다."

심우는 궁금하였다. 그것은 출가인이 어떻게 남이 남몰래 소리없이 즐기는 일도 그렇게 뚜렷하게 알아냈는가? 그는 끝내 웃어버리고는 물었다.

"그녀가 지금도 산동 양곡현에 살고 있습니까?"

청련사태가 말했다.

"그래요. 당신은 어서 빨리 그녀를 찾아가 보세요."

심우가 말했다.

"안됩니다. 내가 무산에 가서 죽지 않고 살아온다면 그때 찾아가 볼 것입니다."

청련사태는 탄식하고 말했다.

"참, 당신이 그럴 필요가 뭐가 있나요."

그녀는 첫 번째 방법이 실패하자 두 번째 방법을 말했다.

"당신은 이미 세상 사람들을 위해 자기 한 사람을 희생하고자 하는데 저도 물론 뒤처질 수 없지요. 저도 당신과 함께 가야겠어요. 그럼 미력하나마 당신을 도울 수 있겠지요. 게다가 나는 무산에 가본 적이 있어 지리를 잘 알고 있습니다."

심우는 크게 놀라며 말했다.

"당치도 않습니다. 저 혼자 가겠습니다."

청련사태가 말했다.

"당신은 제가 연루될까 두려운가요?"

심우가 말했다.

"우리가 동행하면 불편한 일이 생길 겁니다."

청련사태가 말했다.

"그럼 따로따로 가면 돼요. 제가 먼저 무산에 가서 당신을 기다리겠어요."

그녀는 웃으면서 말했다.

"애림을 의식하고 있군요. 그렇지요?"

심우는 두 손을 벌리고 말했다.

"아닙니다. 그녀가 나를 오해하든 않든 상관이 없습니다."

청련사태가 말했다.

"사실상 오해라고도 할 수도 없지만, 당신은 이런 일이 발생하기를 바라지 않겠지요?"

그녀는 손을 들어 그가 말하려는 것을 제지하며 말했다.

"이것은 사람에게 늘 있는 일이니 이상할 것이 없어요."

심우는 진심어린 마음으로 말했다.

"정말입니다. 저 한 사람으로도 족합니다."

청련사태는 굳건하게 말했다.

"당신도 스스로 상황과 역량을 분석했겠지만 분명히 한 사람으로는 안 되는 것을 알고 있을 겁니다."

심우가 말했다.

"좋습니다. 당신에게 알려드리겠습니다. 제가 이번에 그의 뒤를 따르는 가장 큰 목적은 그가 몸에 지니고 있는 도경비급을 훔치려는 것입니다."

청련사태는 그의 기색과 말투를 보고 거짓이 아님을 알았다. 그녀는 즉시 물었다.

"그 도경비급은 왜 필요한 것이죠?"

심우는 가급적 말을 아끼고 싶었다.

"도경 비급은 두가杜家의 비급과 마찬가지 이유라 할 수 있습니다."

"오, 당신은 비급에서 적수를 이길 방법을 얻어내려는 것인가요? 그것도 가능한 방법이겠군요."

그녀가 깊이 생각해 보더니 다른 생각이 떠올랐다. 한동안 머뭇거리다가 비로소 입을 열었다.

"제게 한 가지 방법이 있는데 당신을 도울 수 있나요."

심우는 마음이 한결 가벼워졌다. 그는 이 아리따운 소부少婦, 실제로는 여승인 청련사태가 그를 떠나기만 하다면 문제가 생기지 않을 것이라 여기고 다른 방법을 반대하지 않았다.

"내가 한 사람을 찾아 돕도록 하겠어요."

청련사태는 또렷하게 말했다.

"이 사람은 천성적으로 나쁜 인간이지만 그가 려사와 한통속이 되어 그를 따른 게 된다면 며칠 지나지 않아 꼭 목적을 달성할 거예요."

심우는 머리를 가로저으며 말했다.

"안됩니다. 려사는 홀로 다니는 사람입니다."

"다른 사람은 아마 려사에게 접근할 수 없겠지만 이놈은 무공이 괜찮고 더욱이 아첨하는데 능하답니다. 려사가 아무리 홀로 다니는 사람이라 해도 이 자는 려사와 사귈 수 있을 테니 걱정마세요."

심우는 어깨를 으쓱거리면서 말했다.

"당신의 말이 옳을 수도 있습니다. 정직한 군자일수록 다른 사람과 접촉하기가 힘듭니다. 설사 접근해도 쉽게 멀리합니다. 그것은 정인군자는 친구의 과오를 보면 있는 힘껏 권고하기 때문입니다. 자고로 충언은 귀에 거슬린다 했지요. 하지만 소인배들은 오히려 듣기 좋은 말만 하고 비위에 맞는 일만 하니 사람들이 그와 같이 있기를 좋아합니다."

청련사태는 웃으면서 말했다.

"당신이 알면 됐어요."

심우가 말했다.

"그 사람의 이름이 무엇입니까? 그가 도우려 할까요?"

청련사태가 말했다.

"그는 아미 출신峨嵋인데 어려서부터 도주道主가 되었지만, 그 뒤에는 도를 닦는 자로는 어울리지 않아 장문인의 칙령에 따라 환속還俗하였습니다. 그의 이름은 동화랑董華郎인데 우리를 도우려 할지 알 수 없으니 내가 가서 물어보겠습니다."

심우가 말했다.

"그는 어디에 살고 있습니까?"

"이곳과는 수십 리 떨어진 곳에 살고 있지요. 제가 떠난 뒤에 려사가 오면 어떻게 하시려는 지요?"

"아직도 하루가 남아 있지 않습니까? 어서 길을 재촉하십시오."

청련사태는 머리를 끄덕이고 말했다.

"지금 바로 출발한다면 여명 때에 그곳에 이를 수 있을 거예요. 일을 본 다음 점심때면 돌아올 수 있어요."

"날이 밝은 다음 떠나십시오. 일단 지금은 쉬십시오."

청련사태는 일어서서 머리를 가로저으며 말했다.

"안 돼요. 될수록 빨리 가야 해요."

심우는 더는 그녀를 만류하지 않았다. 청련사태는 문어귀에 이르러 돌연 묻기 시작했다.

"만약 비급을 훔친다면 려사를 이길 수 있습니까?"

심우는 결연히 말했다.

"꼭 이길 겁니다. 뿐만 아니라 나는 한 번만 읽으면 됩니다."

청련사태는 말했다.

"만약 그 비급을 손에 넣어 당신이 읽은 후 다시 비급을 되돌려 놓는다면 동화랑으로 하여금 우리를 돕도록 설득시키기 쉬울 겁니다."

그녀는 몸을 돌려 표연히 문밖으로 나갔다. 심우는 등불을 끄고 단도를 조심스럽게 장화 속에 넣었다. 심우는 침대에 몸을 뉘었다. 온몸에 피로가 한번에 몰려왔다. 심우는 눈을 감았다. 그러자 청련사태의 모습이 떠올랐다.

"방금 그녀의 미소 중에는 근심이 있는 것 같았는데 무슨 까닭으로 근심하는지? 나의 안전 때문인가? 아니면 이번에 동화랑을 끌어들이는 일이 불안해서일까? 만약 그녀가 동화랑과 어떤 응어리가 있었다면 이번 걸음이 홀가분한 일이 아닐 것이다."

청련사태가 여러 번이나 동화랑을 타고난 나쁜 놈이라고 강조하여 말한 탓으로 심우는 저도 모르게 그가 그녀에게 나쁜 생각을 품은 적이 있을 수 있다고 짐작하였다. 그렇다면 이번 길에 그녀는 동화랑을 돕도록 하는데 자신이 없을 뿐만 아니라 심지어 그에게 당할 수 있다.

이때 청련사태는 이미 성 밖을 향해 달리고 있었고, 그녀는 이 성 안에서 오래 살았기에 길에 익숙하였다. 그녀는 어둠 속에서도 앞을 향해 질주했다. 날이 밝을 무렵 그녀는 한 채의 장원에 이르렀다. 이 장원 앞에는 강이 흐르고 있었고 기슭에는 수양버들이 보기 좋게 드리워져 있었다. 수양버들은 새벽바람에 흔들렸다. 강에는 돌다리가 놓여 있었다. 그 다리를 건너면 널찍하고 평탄한 광장이 나왔다. 새벽빛 가운데서 바라보는 장원은 상당히 아름다웠다.

그녀가 다리를 건너 광장으로 들어서자 즉시 개짖는 소리가 들려왔다. 장원의 대문은 아직 닫혀 있었다. 청련사태는 문고리를 잡고 두드렸다. 문고리를 두드리는 소리는 고요한 새벽에 유난히 크게 울렸다. 곧이어 사람이 나왔다. 문을 열고 나온 사람은 산뜻한 차림의 남자였는데 문을 두드린 사람이 미모의 소부이고 또한 홀몸이므로 이상하게 여겼지만 예를 다해 찾아온 뜻을 물었다. 청련사태는 말했다.

"왕王장주를 찾아뵈려고 청성산靑城山에서 왔습니다."

그 남자는 경건하게 말했다.

"청성산에서 오셨군요. 소인이 가서 말씀드리겠습니다."

그는 먼저 청련사태를 장원 안의 넓은 객실로 안내하였다. 청련사태는 오히려 이상하다고 느꼈다. 조금 전의 남자가 하인이 아닌 것을 알 수 있는데 이렇듯 깍듯하게 자신을 대했기 때문이다. 만약 이러한 예절이 장원의 규칙이라면 왕장주의 엄격한 사람이라는 것을 능히 짐작할 수

춘색 가득한 침상 아래 독도毒刀를 감추다 **345**

있을 것이다.

그녀는 물론 주인을 알고 있었고 이전에는 자주 만나서 두터운 정을 쌓았다. 다만 지금은 그녀가 이미 머리를 깎고 출가하여 정례참불頂禮參佛한 까닭으로 지난 일들이 어렴풋하게 남았을 뿐이다. 얼마 지나지 않아 세 가닥의 검은 수염을 지닌 중년인이 큰 걸음으로 객실에 들어섰다. 그는 청련사태와 얼굴을 마주치자 삽시간에 멍하니 그녀를 쳐다보았다. 청련사태는 일어서서 미소를 짓고 말했다.

"왕정산王定山, 저는 청청입니다. 저를 잊은 건 아니겠지요?"

산뜻한 옷차림의 그 남자는 미모의 소부가 주인을 상냥하게 부르는 것을 보고는 그만 놀라고 말았다. 왕정산은 몸을 한번 떨더니 손을 들어 수염을 쓰다듬고 이어서 '아'하고 소리치며 말했다.

"청청, 헌데 당신의 옷차림이? 못 알아볼 뻔했소."

청련사태가 말했다.

"말하자면 길어요."

왕정산은 그녀 곁으로 다가왔고 얼굴에 황홀하고도 기쁜 웃음이 가득하였다. 왕정산을 그녀를 눈여겨보았다. 그의 눈은 그녀를 열렬히 환영하는 기색이 역력했지만 말투는 예절을 잃지 않았다.

"생각지도 못한 일이요. 당신이 이렇게 나를 찾아오다니. 앉으시오. 당신은 이곳을 지나는 걸음에 들렀소? 아니면 일부러 내게 볼 일이 있어 왔소?"

두 사람은 자리에 앉았다. 여 시종이 차를 가져왔다. 청련사태는 차로 입술을 축였다.

"당신에게 용무가 있어 이곳을 찾아왔어요. 수고스럽지만 당신이 날

도와주어야겠어요!"

왕정산은 한 번 둘러보았는데 객실에는 그들 둘만 있었다. 그는 즉시 어깨를 으쓱거렸고 홀가분해진 태도로 말했다.

"수고라니, 당치않소. 당신이 원한다면 분부만 하시오."

청련사태가 말했다.

"내가 이곳에 걸음한 지 벌써 십여 년이나 흘렀군요."

왕정산이 말했다.

"이번까지 두 번이오. 그런데 왜 이런 차림새를 했는지. 당신이 친히 이곳에 온 이유를 알고 싶소."

청련사태가 말했다.

"내가 부탁할 것은 당신이라면 힘든 일이 아닐 거예요. 하지만 먼저 이전의 당신과 나의 우정을 기억해 주세요."

왕정산은 복잡한 표정으로 웃으며 말했다.

"청청! 환속할 생각은 없소?"

그녀가 짜증내면서 눈을 부릅뜨고 말했다.

"당신 생각에 내가 그럴 사람으로 보이나요?"

왕정산은 급히 말했다.

"아니오. 하지만 당신의 차림새가……."

"다른 사람들의 호기심을 피하기 위해 부득불 속가의 옷차림을 한 것입니다."

"아, 그런 것이군. 그래 당신이 내게 부탁할 일이란 게 무엇이오?"

"나는 당신의 사제 동화랑을 찾고 싶어요."

그녀의 입에서 동화랑의 이름이 나오자 왕정산이 놀라는 기색이었다.

그녀는 왕정산의 표정에 하던 말을 멈추고 의아한 눈길로 그를 쳐다보았다. 왕정산은 길게 탄식하고 난 뒤 조용하게 말했다.

"한발 늦었소. 그는 이 성에 살고 있지 않소."

"동화랑이 이곳에서 살지 않으면 안 되는데!"

왕정산은 머리를 긁적이면서 말했다.

"당신이 왜 그를 찾소?"

청련사태가 말했다.

"일이 있는데 그의 도움이 꼭 필요해요."

왕정산이 말했다.

"그는 우리 문파의 망나니로 몸가짐이 바르지 않으며 본분을 지키지 않는다는 것을 당신도 알고 있을 거요. 그는 십 년이 지나도록 지금까지 품성에 변함이 없소. 게다가 이전보다 더욱 심하오. 아울러 무공도 고명하지 않은데 그자가 당신을 위해 무슨 일을 할 수 있겠소?"

청련사태가 말했다.

"그가 바로 나쁜 놈이기 때문에 그를 찾는 거예요."

"아, 원래 당신이 하려는 일이 그와 같은 나쁜 놈이어야 할 수 있는 거로군."

"그래요. 그런데 그 사람을 어디에서 찾을 수 있죠?"

왕정산은 생각하고 나서 말했다.

"그는 구금되어 있소. 나의 관속이 소홀한 탓에 몇 년이래 그는 많은 죄를 지었소. 지금 산에서는 이미 많은 증거를 찾아내었는데 나의 소홀한 죄도 벗어나기 어렵기 때문에 전전긍긍하면서 가법家法의 처분을 기다리고 있소!"

청련사태가 말했다.

"당신은 단지 소홀히 한 것뿐이니 큰일이야 있겠어요?"

왕정산은 쓴웃음을 짓고 나서 말했다.

"화랑의 죄행은 가벼운 것이 아니오. 사람을 시켜 장문인에게 신고했는데, 내가 알기에는 나도 이미 감싸준 죄를 면치 못할 것 같소."

그는 깊이 탄식하고 또 말했다.

"나 역시 그 때문에 곤경에 처했소."

청련사태는 아미파가 규정이 매우 엄하고 처분도 중한 것을 잘 알고 있었기 때문에 그 말을 듣고는 왕정산이 걱정되었다.

"당신이 감싸준 일이 없다면 혐의를 벗을 수 있을 거예요."

"할 말이 없소."

왕정산의 목소리에 힘이 없었다.

"몇 년 이래 나는 화랑의 감언이설에 미혹되어 그를 신임했고 화랑에게 불리한 보고들은 거들떠보지도 않았소. 나는 화랑이 바른길에 들어섰다고 여겨 그를 중상하는 보고에 아랑곳하지 않았소. 그러나 화랑은 그동안 이곳 백성들을 억압하고 착취했고 재물을 탐내고 여색을 즐기는 악명이 자자했던 것이오."

"그래서 당신은 그를 감싸준 혐의를 벗어날 수 없다는 건가요?

"내가 어찌 책임이 없다고 할 수 있겠소."

"나도 모르겠어요."

라며 청련이 걱정되어 말했다.

"산에서 사람을 보내왔는가요?"

"아마도 이틀 안으로 사람이 올 것이오. 아, 나는 무공에 정신이 팔려

온종일 연마에만 몰두하면서 화랑을 단속할 겨를이 없었소."

청련사태는 어떻게 하면 그를 위로할 수 있을지 몰랐고 두 사람은 한동안 침묵했다. 돌연 왕정산이 말했다.

"청청, 우리 어릴 적에 성도에서 한 쌍의 나비가 꽃을 꿰뚫던 놀이를 기억하고 있소?"

"물론 기억하고 있어요."

"사실 우리가 논 것은 제가끔 구불구불한 길을 따라 여러 번 엇갈려 지나가고 신속히 달리면서 나중에는 줄곧 팔을 스치면서 부딪치지 말아야 했소. 그렇지 않소?"

"그래요. 기억하고 있어요."

"최근에 내가 상승 검도 심법에 몰두하고 있는데 우연히 기발한 생각이 떠올라 한 가지 유희를 연구했소. 그래서 한 가지 검법을 만들었는데 신속히 교차하는 신법을 충분히 이용하여 두 사람이 동시에 검식을 시전하면 두 사람이 하나로 되는 기묘한 기법이오. 이것은 공격과 수비에 호응하기가 절묘하기가 짝이 없소."

－ 3권에서 이어집니다.

무도연지겁 2
연위풍운(連威風雲)

1판 1쇄 펴낸날 2014년 07월 10일

지은이 사마령
옮긴이 중국무협소설동호회 중무출판추진회

펴낸이 서채윤
펴낸곳 채륜
책만듦이 김승민
책꾸밈이 Design窓

등록 2007년 6월 25일(제25100−2007−000025호)
주소 서울 광진구 능동로23길 26
대표전화 02−465−4650 | **팩스** 02−6080−0707
E-mail book@chaeryun.com
Homepage www.chaeryun.com

책값은 뒤표지에 있습니다.
ISBN 979−11−85401−03−4 04820
ISBN 978−89−967201−3−3 (세트)

武道胭脂劫#1-5
ⓒ 1999 by SUNG ENTERPRISE INC.
All rights reserved. First published in Taiwan by Chen Shan Mei Publishing Co.
Korean translation rights arranged with ChineseKungfu Inc. and CHAERYUN (Subsidiary: CHAERYUNSEO).

이 도서의 국립중앙도서관 출판예정도서목록(CIP)은 서지정보유통지원시스템 홈페이지(http://seoji.nl.go.kr)와 국가자료공
동목록시스템(http://www.nl.go.kr/kolisnet)에서 이용하실 수 있습니다.(CIP제어번호: CIP2014018132)